合唱　岬洋介の帰還

中山七里

宝島社
文庫

宝島社

Contents

合唱　岬洋介の帰還

I

Allegro ma non troppo, un poco maestoso

アレグロ マ ノン トロッポ，ウン ポーコ マエストーソ

1

「畜生」

目の前の信号が寸前で赤に変わると、古手川和也（こてがわかずや）は思わず罵りの声を上げた。

「信号に当たるな」

助手席で腕組みをしていた渡瀬（わたせ）がぽつりと洩（も）らす。半覚半睡のような目をしているが、その実、四方に注意を向けているのはいつも通りだ。

「市内は信号が多過ぎるんですよ」

「交通量に比例した配分だ。東京はもっと過密に設置されてる」

「クルマも遅いです」

「警察車両だからってエンジンが特別仕様になっている訳じゃない。第一、警察車両が交通法規を破れるか」

「でも犯人はそこら中で交通違反を繰り返して」

「相手と同じ土俵で闘うな。ほれ、青だ」

渡瀬の声を合図に古手川はアクセルを踏み込む。マークXのエンジンが唸（うな）り、タイヤが悲鳴のような軋（きし）みを上げる。

一刻も早く捕まえなければ、被害はさらに拡大する惧れがある。古手川は焦燥に駆られる。横にお目付け役の渡瀬がいなければ、とうに暴走している頃だ。だが渡瀬も安閑としてはいない。半開きの目でも緊張しているのが分かる。今この瞬間にも、渡瀬と古手川以外の捜査一課の人間と浦和署強行犯係がたった一人の容疑者を確保するために市内を走り回っている。今回はただの捕物ではない。もし容疑者を取り逃がしでもしたら県警の一大汚点となるのは必至だ。上層部のクビが一つか二つは飛ぶかもしれない。

いや、この際上層部のクビなどどうでもいい。犯人を半死半生の目に遭わせてでも確保する。久しく表出しなかった猪突猛進が頭を擡げているのは、追っている獲物がまるで容赦も同情もできない容疑者だったからだ。

容疑者仙街不比等は今朝がた市内の幼稚園に乱入し、園児三人と教員二人を惨殺して逃亡中だった。

九月二十日、さいたま市浦和区高砂にある高砂幼稚園から浦和署に通報がもたらされたのは午前九時を少し回った頃だった。

『不審者が園内に侵入して、園児と先生に刃物で切りつけています』

第一報を受けた署員は通報内容に驚愕したが、次いで幼稚園名を確認して絶句しそうになった。高砂幼稚園といえば県警本部の目と鼻の先だ。まさかそんな場所で惨劇が引き起こされるとは予想だにしなかったのだ。

直ちに浦和署強行犯係が急行すると容疑者は既に逃走した後で、現場では累を逃れた園児と関係者が恐怖に怯えていた。だが犯行現場を目の当たりにすると、今度は捜査員たちが恐れ慄く番になった。

犯行現場となった教室は血の海と化していた。大人二人と幼児三人がメッタ刺しにされ、壊れた人形のような格好で倒れていた。さほど広くない教室に打ち棄てられた大小五つの死体を彩るように、机と言わず壁と言わず無数の血飛沫が撥ねている。女性捜査員の一人はその場でへなへなと腰を抜かしたほどだという。駆けつけた救急隊員が蘇生を試みたものの、五人とも死亡が確認された。

浦和署強行犯係に続いて県警本部の捜査一課も臨場した。古手川が事件に関与したのもこの時点からだ。

震えていた関係者たちをいったん落ち着かせ、容疑者の人相を尋ねると年齢は三十代半ば、細面で黒っぽいセーターとジーンズを着用していたと言う。どうやら園の近くに停めてあったクルマで逃走したらしい。

証言を得た捜査員たちが直ちに似顔絵を作成し、容疑者と該当する逃走車を追跡しようとした矢先、意外な方面から途方もなく重要な情報が寄せられた。何と県警本部刑事部組織犯罪対策五課が容疑者らしき男の素性を伝えてきたのだ。

男の名前は仙街不比等三十五歳、東京都出身。現在はさいたま市内のコンビニエンスストアに勤務。組対五課が仙街の情報を握っていたのは彼に覚醒剤所持の容疑がかかっていたからであり、組対五課の捜査員が彼を尾行中に悲劇が起きた次第だった。

ここに至って県警の里中本部長は捜査一課と組対五課に合同捜査を命じた。情報共有の必要性も然ることながら、県警本部の至近距離で事件を起こされた事実。犠牲者の数が多く、早期解決しなければ世間の非難を浴びるのが必定だったためだ。

情報の共有が遅れ、事件発生から三時間が経過するものの、仙街の行方は杳として知れない。仙街が運転しているのはレンタカー屋から調達したと思われる赤色のアルトだが、未だ捜査網に引っ掛かっていない。むろん自宅アパートには捜査員が張り込んでいるが、仙街が舞い戻ったという報告もない。

いったい、どこを逃げ回っている。

古手川の焦燥ぶりを横目で眺めていた渡瀬は片目だけを開けてこちらを睨んだ。

「市外に通じる主要道路と公共交通機関には既に捜査員が配置されている。仙街は袋のネズミだ」

「しかし五人もの人間を殺傷したばかりで犯人は何をするか分かりません。凶器の刃物も所持したままです」

「物騒な相手には違いないが、思考回路はお前とそう変わらん。お前が袋のネズミだったら、どこに向かうか考えてみたらどうだ」

　言われて古手川は考える。市外に出ようにも主要道路には検問が設けられている。鉄道の各駅にも捜査員が配備されているが、こちらは駅の改札口を監視されているだけで、車両の中にまで入り込んでいる訳ではない。

「クルマを乗り換えるか、一時どこかに身を潜めてほとぼりが冷めるまで待つかのどちらかです」

「どちらにしても赤のアルトを追わなきゃしょうがない。逃げるにしても身を潜めるにしても、クルマを乗り捨てた場所が始点になる。第一クルマを追っているのは俺たちだけじゃない。主要国道に設置された自動車ナンバー自動読取装置（Nシステム）も同様に目を光らせている」

　今は一匹の猟犬に徹しろという意味だ。古手川は法定速度を維持しながら路肩に停めてあるクルマに注意を払う。

「班長、いいですか」

「何だ」

「仙街が幼稚園に乱入した理由は何ですかね。まさか園児に恨みがあったとは思えない。組対五課の情報通り覚醒剤の常習者だったとして、今回の乱入も意識がトんだ状態での犯行ということになるんでしょうか」

渡瀬は正面を向いたまま、目だけをこちらに向ける。

「今から三十九条の心配か」

図星だった。仮に仙街を逮捕したとしても、犯行時に心神喪失の状態であることが立証されれば、裁判所は刑法第三十九条を適用して被告人を罰しない。

「幼稚園への襲撃が多分に計画的なものなら、心神喪失の根拠も薄れる。自宅アパートの家宅捜索も始まっている。襲撃計画を匂わせる物的証拠が出てくれば、充分公判を維持できる」

五人もの命を奪った人でなしが、心神喪失という理由だけで何の咎めもなく法の軛から逃れられる。そんな理不尽があって堪るものか。

古手川は最前に目撃した犯行現場を思い出し、感情を昂らせる。殺害された教員は二人とも女性で、園児三人は年少組だったという。将来があり、無限の可能性を持った何の罪もない生命が瞬時に抹殺された。

自分が正義だとは思わない。この国の司法システムが完璧だとも思っていない。だが古手川の中の法律が仙街を赦さない。

必ず償わせてやる。

ステアリングを握る手に力が籠もる。不思議なことに気が立っている時ほど運転にはミスがない。神経が研ぎ澄まされており、四肢が無駄なく動いてくれる。

その時、無線から声が飛んできた。

『本部から各車へ。Nシステムが当該車を捕えた。赤のアルトは県道四〇号線を西に向かっている。十分前に南区別所四丁目を通過。繰り返す。Nシステムが当該車を捕えた。赤のアルトは県道四〇号線を西に向かっている。十分前に南区別所四丁目を通過』

「逆方向だな」

「戻します」

古手川は次の交差点でUターンをかけ、県道四〇号線を目指す。

「今の交差点、Uターン禁止じゃなかったのか」

「確認するなら後にしてください」

ようやく県道四〇号線に乗り入れた古手川は別所四丁目を目指す。

「この周辺に仙街の知り合いでもいるんでしょうか」

「幼稚園襲撃は速報でテレビニュースに取り上げられている。ネットニュースはそれより早い。捜査本部は敢えて仙街の実名を公表し、報道機関もそれに倣っている。現段階で仙街を匿おうとするヤツはいない。いるとすれば共犯者くらいだろう」

「共犯者、いると思いますか」

「ゼニカネが絡んでなけりゃ可能性は低い。見返りもないのに、こんな事件に関わるはずがない」

「仙街の交友関係を知りたいところですね」

「あまり深く付き合っている人間はいないさ」

「どうして断言できるんですか」

「そんな友だちがいるなら、とっくに本人を止めている」

二人を乗せたマークXは四〇号線をひた走る。県警の全車両が仙街を追っているのに先行車は一台も目にしていない。

「班長。ひょっとして俺たちが仙街に一番近づいているんじゃないですか」

「それがどうした」

渡瀬は低く唸る声で返してくる。古手川のように慣れた者でなければ、この声を聞いただけで脅されていると思うに違いない。

「先駆けの功名なんて狙ってねえだろうな」

声が一層、低くなる。

「まさか」

「そのまさかで続けて二度も死にかけたヤツはどこのどいつだ」

「あれは油断していたからで」

「じゃあ今回は最後の最後まで気を抜くな」

西浦和駅を過ぎて商店街に入ったところで、渡瀬が呟いた。

「前方五十メートル」

ほぼ同時に古手川も視界に捉えた。路肩に停められた赤のアルト、接近してナンバープレートを確認すると、やはり手配中の当該車に違いなかった。

スピードを緩め、アルトの前方を塞ぐようにして停める。渡瀬と古手川は外に出ると、距離を取りながらアルトの車内を警戒する。

車内に人影は見当たらない。渡瀬はボンネットに手を置く。

「エンジンが温かい。まだ遠くには行っていないはずだ。本部に連絡」

古手川が当該車の発見を連絡している最中も、渡瀬は周囲をぐるりと見渡している。退路は東西南北に展開している。だがここには二人しかいない。手分けして二方向を探すか、それとも応援を待つか。

道路を挟んだ両側には店舗と中低層のビルが建ち並び、それぞれ脇道がある。古手川が黙って見ていると、渡瀬は左手の薬局の角から入る脇道に興味を示したようだった。古手川の迷いを知ってか知らずか、渡瀬は何の躊躇も見せずに脇道を歩き出す。古手川はその後を追うしかない。

「仙街の遺留品でも見つけたんですか」

「この先に閉店したコンビニがある。一時的に身を潜めるには持って来いの場所だ」

「班長、この辺に土地鑑があるんですか」

「コンビニの閉店情報くらい、定期的にチェックしておけ。そういう場所は大抵碌でもないことに利用される」

そんな情報を日々更新しているのも記憶しているのも渡瀬くらいのものだろう。相変わらずの博覧強記ぶりだが、今更驚きもしなかった。

四メートル幅の脇道を辿っていくと、果たしてテナント募集の張り紙がされた空き店舗が見えてきた。店内は空の陳列棚が視界を遮っている。

渡瀬は正面入り口には目もくれず裏手に回る。

「班長、表は」

「こんな昼日中、閉店したコンビニの正面から堂々と侵入する馬鹿がいると思うか」

裏手には従業員の通用口があった。渡瀬が手袋を塡めた手でノブを回すと、ドアは呆気なく開いた。

「行くぞ」

「応援を待たないんですか」

「まず所在を確認する。応援要請はそれからでいい」

古手川はホルダーに手を当てて拳銃が収まっているのを確認する。射撃には自信がないが、威嚇には役立つ。

ドアを開けると狭い廊下と繋がっている。商品の搬入は正面入り口から行えばいいので、裏口を広くする必要がないのだろう。廊下の右側にトイレ、左側に更衣室がある。

渡瀬を先頭に薄暗がりの中を進んでいくと、不意に空間が広がった。どうやら、ここが元のバックヤードらしい。

渡瀬の足が止まり、半歩下がる。

六畳ほどの部屋の中、隅に男が腰を落としていた。まるで眠っているかのように壁に凭れている。

黒っぽいセーターとジーンズはたっぷりと返り血を浴びている。何よりその顔は組対五課から提供された仙街不比等のものだった。

闖入者に気づいたらしく、仙街は薄目を開けてこちらを見た。

焦点の合わない目。よく見れば仙街の足元には注射器が転がっている。

ここでキメていたというのか。

考えるより先に身体が動いた。

「仙街不比等だな」

返事はなく、仙街はこちらをぼおっと眺めているだけだ。

「殺人の容疑で逮捕する」

次の瞬間、三つのことが同時に起きた。

手錠を持った古手川が三歩、進み出る。

咄嗟に渡瀬の手が伸びて古手川の肩を摑む。

仙街が背中に回していた手を突き出す。手には大ぶりのナイフが握られていた。

ナイフの切っ先が古手川の鼻先を掠める。渡瀬が後ろに引いてくれたのと咄嗟に顔を上げたことで直撃は避けられたものの、顎に微かな痛みが走った。

古手川は体勢を立て直し、顎に手をやる。うっすらと血がついていた。

血を見た途端に脳内でアドレナリンが噴出した。

仙街はさっと立ち上がり、ナイフを持つ手を構えた。覚醒剤を打った直後は身体の動きが敏捷になる者もいる。仙街もそのタイプかもしれない。

ジャンキーに負けて堪るか。

古手川はくるりと踵を返すと半回転し、踵で仙街の手を蹴り上げる。

ナイフが仙街の手を離れて宙に舞い飛ぶ。

渡瀬の動きも敏捷だった。普段の鈍重さはどこへやら、跳ね上がった仙街の腕を捕え、素早く後ろ手にする。背後から膝を崩し、あっという間に仙街を組み伏せた。

かしゃり、という音とともに仙街の手首に手錠が掛かる。

「本部に連絡しろ。容疑者を確保した」

ナイフと注射器を足で仙街から遠ざける。スマートフォンで本部に連絡したのも束(つか)の間、パトカーのサイレンが遠くから聞こえてきた。

　これで一件落着かと思ったが、仙街の様子を見て甘い考えだと悟った。

「追加連絡。簡易鑑定でいいから尿検査できるように用意させろ」

「班長」

「何だ」

「こいつ、幼稚園に乱入した時から覚醒剤キメてたんでしょうか」

　仙街は二人の会話を理解しているのかいないのか、捕縛された状態でもまだ薄笑いを浮かべている。

「立証は難しいな。だが常習者であり、逮捕した時点でもクスリ打ってやがる。簡易鑑定したら陽性反応を示すだろうな」

「まさか、それを狙って」

「有り得ない話じゃない」

　渡瀬は忌々(いまいま)しげに仙街を見下ろす。

「無能な弁護士たちのせいで、今や刑法第三十九条はすっかり人口に膾炙(かいしゃ)している。悪用しようってヤツが現れても何の不思議もない。お前だって、三十九条絡みじゃ散々痛い目に遭っただろうが」

興奮と緊張が収まると、途轍もなく不快な思考が頭を巡った。

正常な心理状態で幼稚園に乱入し、五人の命を奪う。直後に逃走し、覚醒剤を打ってわざと心神喪失の状態に陥る。

その昔、飲酒運転での検挙を免れるためパトカーから逃げ切り、停車したクルマの中で堂々と酒を呑むという手が面白おかしく喧伝されたことがある。こうすればアルコールが検知されたとしても停車前に飲酒していたかどうか判別できなくなるので、切符は切られないという理屈だ。もし仙街が正常な心理状態の下で犯行に及んだとすれば、これはその応用に他ならない。

理不尽さが再び怒りを呼び起こす。古手川は思わず仙街の胸倉を掴み上げようとしたが、すんでのところで渡瀬から止められた。

「やめとけ」

「でも」

「手錠が掛かっている。ここで俺たちの仕事はいったん終わりだ。こいつを訴えたり罰したりするのは他の誰かの仕事だ」

仕事に情熱は必要だが感情的になるな――いつもの渡瀬の理屈だった。

やがて県警と浦和署の面々が部屋に入ってきた。

その場で簡易鑑定が為され、仙街の身体からは覚醒剤の陽性反応が出た。捜査員からは安堵とも憤りともつかない溜息が洩れる。

古手川を襲ったナイフと仙街の着衣からは犠牲者たちの血液も採取された。犯行を目撃した者は多く、凶器も確定した。後は本人から供述を引き出すだけだ。

取り調べは渡瀬班が担当した。逮捕から二時間もすると覚醒剤の効力が消え去り、仙街は正気を取り戻したのだ。

取調室での会話は古手川を更に苛立たせる内容となった。姓名や住所といったプロフィールには明快に答えるものの、幼稚園襲撃についての回答はまるで要領を得なかったからだ。

「尿検査の結果は陽性だった」

「そうでしょうね。朝方一パケ、キメたから」

「売人は誰だ。連絡先は」

「それは簡単に教えられないな。刑事さんだって知っているでしょ。売人の情報を洩らしたら、出所してからえらい目に遭う」

「五人も殺しておいて出所できると思っているのか」

仙街は黙り込む。こいつが刑法第三十九条を知らないはずがない。知っていて言質を取られたくないから黙っているのだ。

「いつから常習し始めた」

「今年に入ってからですね。もう、あんまりよく憶(おぼ)えてませんけど」

「きっかけくらいは憶えているだろう」

「そういうのじゃなくて、要するに現状に対する不満をクスリで紛らわせているんですよ。俺、これでも四大出ているんですよ。それもAラン」

「知っている」

「それなのに、ほとんどの企業にも門前払いを食らって、結局は正社員にはなれず終(じま)い。コンビニの前にも色々勤めたけど、どこも契約社員かさもなきゃバイトだ。それなのに俺より後に卒業したヤツらは楽々入社しやがる」

　就職氷河期世代の悲哀という話だろうが、そんな言い訳は今までも耳にタコができるほど聞いている。

「社会への復讐(ふくしゅう)で、罪もない園児たちを殺したっていうのか」

「今のはあくまでも日頃の鬱憤ですよ。クスリをキメた時は記憶なんてぶっ飛んでますからね。幼稚園の敷地に入ったのも刑事さんと格闘したのも全然憶えていないんですよ」

　仙街はへらへらと無責任に笑う。その顔に正拳をお見舞いしてやりたい気持ちを抑えて古手川は質問を続ける。

「園児三人と教員二人を刺した記憶もないのか」

「ありませんねえ。さっきも刺された人たちの写真を見せてもらいましたけど、全く見知らぬ人たちばかりで、恨みなんて持ちようがないじゃないですか。あ、でも」

仙街は古手川の苛立ちを愉しんでいるようだった。

「あの高砂幼稚園ってのは富裕層の子どもたちが通っている幼稚園なんですってね。あそこに入園したら小中高といい学校に進学できて、エスカレーター式にそのまま大学まで行けちゃうらしい。そういう恵まれた子どもに対する嫉妬みたいなのはあったかもしれませんね。もちろん潜在的にですから俺自身にも判断できませんけれど」

「恵まれた子どもって、まだ四歳だぞ」

「たった四歳で将来が約束されているから嫉妬するというケースだってあるんですよ」

仙街の目には酷薄な色が浮かぶ。生命に対する慈悲や敬意など欠片も感じさせない目だった。

こうして問答を繰り返していてもクスリの抜けた仙街に異常性は感じられない。

古手川は憤怒と焦燥を覚える。この供述調書をそのまま作成すれば、仙街不比等は覚醒剤の常習者であり、事件当時はクスリの作用で心神喪失の状態であったとの判断材料になりかねない。事件を送検しようとしている行為が、結局は仙街が無罪になる材料を集める作業になりつつある。

「被害者に申し訳ないという気持ちはないのか」

「結果的に俺が殺してしまったのなら遺族には謝るしかないですけど、記憶が飛んで自分がしたこととは思えないですからね。謝っても、所詮形式的なものになります。そんな謝り方されたって遺族はムカつくだけなんじゃないですかね」

まるで他人事のように語る仙街を見ていると、そろそろ古手川も堪忍袋の緒が切れそうになってきた。

「あの閉店したコンビニは以前から使っていたのか」

「コンビニの間取りなんて、どこも似たようなもので、ひと目見ただけでバックヤードの位置も分かる。自宅アパート以外でクスリ打ってた方が見つかるリスクが分散するんで、良さそうな物件を物色していたんですよ」

鑑識がコンビニ跡を捜索すると、バックヤードからは使い捨ての注射器やら覚醒剤の入っていた袋が多数発見された。それもまた仙街が覚醒剤の常習者である証左の一つだった。

また幼稚園近辺に設置された防犯カメラの映像には、赤のアルトで乗りつけた仙街が幼稚園の柵を乗り越えて園内に侵入し、犯行後は正門から突破して逃走する姿が克明に映し出されていた。その行動自体から、当時の仙街が心神喪失の状態であったかどうかを推し量るのは困難に思える。

ひと通りの供述調書を作成した古手川は、仙街が署名捺印するのを見届けるなり、無言で席を立った。取調室を出て人目の届かないフロアの隅まで移動すると、思いきり壁を蹴り上げた。

クソッタレ。

仙街や同僚の前で取り乱すような真似だけはしたくなかった。だが限界ぎりぎりだった。あれ以上、仙街の御託を聞いていたら間違いなく拳の一つか二つを顔面に炸裂させていた。

「庁舎を破壊するな。ただでさえ老朽化しているんだ」

突然の声に振り向くと、そこに渡瀬が立っていた。

「その壁に穴が開いたら、補修と塗装だけでお前の給料ひと月分が飛ぶぞ」

「班長」

「取調室で我慢できたのなら、庁舎内でも我慢しろ」

「取り調べ中の仙街はまともでした」

「見ていた」

「覚醒剤を打った時だけ心神喪失の状態になるんだと印象づけている」

「常習者だって、普通はそうだ」

「確信犯ですよ。あいつは間違いなく刑法第三十九条を逃げ道に用意した上で五人を殺しています」

「大声を出すな。それくらい捜査本部の全員が勘づいている。だが、それを立証できるのは俺たちじゃない。精神科医だけだ」

「起訴前鑑定するんですか」

「検事の胸三寸だな」

検察は常に有罪率100パーセントを目指している。換言すれば公判を維持できそうにないもの、予め弁護側優勢と思える案件は不起訴にする傾向がある。乱暴な言い方をすれば起訴前鑑定も検察側の勝算を見定めるためのいち工程に過ぎない。

「検察庁の意向に唯々諾々と従うありきたりの検事か、あるいは刑法第三十九条と真っ向から渡り合おうとする怖いもの知らずなのか」

「仙街の事件を担当する検事はどちらのタイプなんですか」

「天生高春検事。知らないか。上昇志向がネクタイを締めたような、一番の有望株と呼ばれている検察官だ」

「名前だけは聞いたことがあります。でも有望株ってだけで刑法第三十九条案件と闘えるんですか」

「犯行時に心神喪失の状態になっていたからといって、裁判所が闇雲に刑法第三十九条を適用する訳じゃねえ」

渡瀬は不味いものを咀嚼するような顔をする。

「近代刑法ってのは責任主義を基本原則にしている。当事者に責任能力があるのなら罪を償わせるという考えだ。責任能力がなければ罰しない、あるいは減刑するというのはその基本原則に由来するものだ。だがな、実務の全てが基本原則に則っている訳でもない。たとえばだ、元々善悪の判断や責任能力のある人間が飲酒運転をしたら当然処罰される。それは飲酒の段階で飲酒運転をする意思が明確だからだ。同様に幼稚園襲撃が仙街の計画的犯行だった場合、犯行当時に心神喪失の状態であったかどうかは決定的な論拠にはならない。むしろ重要なのは、覚醒剤の使用が幼稚園襲撃を目的とした行為だったか否かだ」

渡瀬の説明は簡にして要を得ており、すっと腑に落ちる。このおそろしく強面な上司が、凶悪犯を追う一方で判例集にも目を通しているのは古手川自身が目撃している。

「しかし班長。そうなると仙街の犯行が計画的だったことを立証する必要があります。その天生という検事が独自に捜査するんですか」

「検察官が補充的な捜査をするのは珍しいことじゃない。ただし検察官の手に余るような内容だったら、またこちらにお鉢が回ってくる。どちらにしても仙街の事件は終わった訳じゃない。始まりが終わっただけの話だ」

まだ自分たちの仕事は残っている。そう思うと少しだけ憂さが晴れた。下手に慰められるよりは発破をかけてもらった方が数倍有難い。

仙街の逮捕を受けて、各メディアは事件の詳細を報道した。明らかになった犠牲者は次の五名だ。

・本間るり子（三十五歳）幼稚園教諭　担任
・坂間美紀（二十八歳）幼稚園教諭　副担任
・高畑真一（四歳）
・能美ひなた（四歳）
・風咲美結（四歳）

今年二〇一六年は七月に相模原障害者施設殺傷事件が発生し戦後最悪の十九人の死者を出している。それにも拘わらず、各メディアは仙街不比等を〈平成最悪の凶悪犯〉と呼ぶのにまるで躊躇を見せなかった。犠牲者に三人もの頑是ない子どもが含まれているのも然ることながら、罰を逃れるために覚醒剤を打ったという犯行態様が極めて悪質と断じられたからだ。

世間もマスコミも仙街事件に対しては厳罰を求める風潮が強く、検察庁の動きに期待する声が高まっていた。市民の慟哭と義憤を代弁してくれという希望なのだろう。

だが、その期待の声は公判の進み具合によっては検察庁への批判や悪罵に転じることを意味していた。

2

九月二十二日、さいたま法務総合庁舎内さいたま地方検察庁。

天生高春刑事部一級検事は執務室で検面調書のチェックを終えると小さく息を吐いた。腕時計を見ると二時間ぶっ通しで調書を読んでいた計算になる。調書のみに用いる独特の言い回しと無味乾燥な文章は読むだけで疲労感を蓄積させる。暦の上ではすっかり秋だが、この時間帯は部屋の中に熱気が残っているので、スーツは椅子の背凭れに掛けたままだ。

己に与えられた執務室を見回して、少しばかり感慨に浸る。何の悪戯（いたずら）か、この執務室こそ天生が司法修習生時代に初めて足を踏み入れた実習場所だった。あれから十年、まさか自分の執務室になろうとは想像もしていなかった。今ではすっかり慣れ親しみ、官舎の自室よりも落ち着くことさえある。

しかし今は、せめて十五分程度の休憩が欲しい。

椅子に掛けたスーツのポケットから携帯オーディオとイヤフォンを取り出す。最近はスマートフォンのアプリで音楽を愉しむ者がほとんどで、イヤフォンもBluetoothに対応したワイヤレス型が主流になっているが、人一倍音質にうるさい天生はポータブルオーディオとコード型イヤフォンに拘りたい。Bluetoothは信号を圧縮するため、どうしても音を劣化させてしまう。何しろ聴くのはクラシック一辺倒だから、細かな音のニュアンスを聴き取るためには最低限の拘りだと信じている。

十五分で聴けるとなればあれか。

天生が再生リストから選んだのはベートーヴェン交響曲第九番〈合唱〉、第一楽章だった。年の暮れになれば日本中で演奏される一番有名な曲だが、ベートーヴェン好きの天生にとって季節などは関係ない。

早速、再生ボタンを押す。

弦楽器のトレモロとホルンが這うように弱々しい音を繋いでいくが、急激に激しい感情を炸裂させる。この悲愴さを湛えたメロディーが第一主題だ。ベートーヴェンはこの第一楽章にmaestoso（マエストーソ　荘厳）という標語を付しているが、悲愴さと荘厳さのせめぎ合いが力強さを演出している。ニ音とイ音を主体とした第一主題が最初はニ短調で、二度目は変ロ長調で現れる。攻め入るように雪崩れ込んだと思えば、一転して優雅な旋律が魂を慰撫してくれる。これが第二主題。弦と木管が短調と長調で反復するが、この対立が聴く者を興奮へ誘う。天生の頭からは検面調書の文言が消え、代わりに華やかな世界が広がっていく。

再現部で冒頭の最弱音が再生されるが、ここでは確固たる通奏低音が下支えをしているので、弱々しい印象はない。すぐに第一主題がティンパニーのff（フォルテシモ）で畳みかけてくる。提示部のそれとは打って変わり、より激しく身悶えするような旋律だ。最強の音が堂々とした振る舞いで君臨する。

　天生はこの再現部が特に気に入っている。まるで聴く者を鼓舞しているようで、眠っていた情熱を叩き起こされる。この情熱がやがて第四楽章の歓喜に結実していく。

　荒々しい強打の後、ふっと牧歌的なメロディーに変わるものの、直後に急峻な坂を駆け上がり、上向と下向を繰り返しながら提示部よりも勇壮さを醸し出す。ここからは短調による展開となり、危機と革命がもつれ合い呼応しながら不安をねじ伏せていく。

　いささか破壊的にも思える立ち上がりは、いつも天生に勇気を思い出させてくれる。検察上層部からの期待と同僚からの嫉妬、そして世評との軋轢。鉄面皮を貫いているつもりでも、連日連夜の激務で仮面が剝がれ落ちそうになるのもしばしばだ。精神的なタフさが欲しくなった時に交響曲九番を聴くのは、この勇気を補給するためだ。

　いよいよ曲はコーダ（終結部）に突入する。半音階を落ちていく旋律は迫りくる戦慄と化し、聴く者は不安と勇猛の対決を見守るしかない。絶望と怒り、奈落の底から光を求めて伸びる指先。地の底から形容しがたいほど激烈なエネルギーが湧き起こってくる。やがて弦奏に導かれるかたちで全ての楽器が咆哮し、第一主題のユニゾンが壮大な楽章のピリオドを打った。

　休憩時間、終わり。天生は一時停止ボタンを押して、しばし余韻に浸る。たった十五分間、されど至高の十五分間。精神的疲労は消し飛び、清新な気持ちで作業を再開できる。

　ふと彼を思う。

　天生よりも深くベートーヴェンを敬愛し、楽聖の生き方までも自らの指針にした男。六年前には何とショパン・コンクールのファイナルまで進み、優勝は逃したものの、予定にないノクターンの演奏によって世界中に名前を知られることになったピアニスト。

　天生は司法修習生時代、彼と同じグループだった。ともに座学を聴き、ともに実習を学んだ。一年にも満たない交流だったが、彼から受けた刺激は計り知れない。

　ショパン・コンクール以降の消息は各国でのコンサート情報を時折洩れ聞くばかりで、本人は一度も帰国していないらしい。昔から飄々(ひょうひょう)として摑みどころのない男だったが、今はどこでどうしていることやら。

　懐かしい顔を思い浮かべていると、記憶を搔(か)き消すかのように卓上の電話が鳴った。表示を見れば福澤(ふくざわ)次席検事からの着信だった。

「はい、天生です」

『今からこちらに来られますか』

次席検事は各検察官が事件処理をする際の処分や公判活動に関する一次的な裁断を下す決裁官だ。地検では検事正に次ぐナンバー2の存在であり、呼び出しに逆らえる検察官はいない。

「すぐに伺います」

福澤の執務室は上階にあり、天生は小走りで急ぐ。この時期に呼ばれる理由は一つしか思いつかないが、早く到着するに越したことはない。

「天生、入ります」

次席検事の執務室に入るのは初めてではないが、常に緊張が伴う。告げられる内容に察しがついている今も例外ではない。

福澤は壁を背にして座っている。事件を担当する検事は執務室に被疑者を呼んで検事調べを行うが、その際は窓を背にして自分の顔を逆光で判別し難くする。こちらの感情を読まれなくするための配置だが、次席検事ともなればそんな気遣いは無用ということらしい。

「忙殺されている最中に呼んだ理由は分かりますか」

「おおよそのところは」

「本日、高砂幼稚園乱入事件の仙街被疑者が送検されました」

案の定、その件か。

「先に伝えたように捜査担当は天生検事にお願いしてあります」

担当検事だからといって検事調べから公判までを一人の検察官が担当する訳ではない。捜査検事が書面を作成し、公判検事が法廷でそれを読み上げる完全な分業制だ。

「心してかかってください」

福澤は眉一つ動かさずに言う。

「普段であればいちいちこんなことは言いませんし言いたくもない。担当検事の方でも聞きたくないでしょう。しかし今回は話が別です」

そう言いながら机の隅に積み重ねられていた新聞を扇形に開く。今朝がた天生も目にした三大新聞と埼玉の地方紙が並ぶ。一面のトップはいずれも仙街事件の続報だった。

〈平成最悪の凶悪犯〉

〈踏みにじられた命〉

〈問われる刑法第三十九条の存在意義〉

日本を代表する三大紙にしては扇情的な見出しだが、事件がそれだけ衝撃的だった事実を示している。地方紙に至っては更に落ち着きのない見出しだ。

「幼稚園襲撃というのは、嫌でも二〇〇一年の池田小事件を想起させます。加えて、本人が覚醒剤常習者であり、それを理由に刑法第三十九条適用を狙っているという推測が世間の関心を寄せています」

「関心を寄せる理由はよく分かります」

「〈平成最悪の凶悪犯〉という見出しにはマスコミの総意が垣間見える。彼らは仙街不比等を徹底的に断罪するつもりなのでしょうね。その方が部数を伸ばせるし、読者に迎合した記事を書ける」

「迎合、ですか」

「読者の読みたい記事を書くというのは、一様に部数の落ちている新聞各社において必須の紙面作りです。保守系はより保守に、革新系はより革新に傾斜していく。社会が膠着的になる時にはしばしば見られる現象でしょうね」

温厚そうな顔で福澤は辛辣なことを口走る。

「仙街について起訴前鑑定を実施しますか」

「その予定です。鑑定の段階で心神喪失と判断されれば公判を維持できなくなりますから」

「鑑定医には検察が推奨する医師を用意します」

既に決定事項という口調だった。

「おそらく仙街の責任能力ありと認められるでしょう」

言わずもがなだと思った。検察は有無を言わせず、仙街を法廷に引っ張り出す意向のようだ。

「世間もマスコミも仙街を断罪したがっている。無論、検察が民意に迎合する謂れはありませんが、起訴すべき案件を不起訴にすれば当然批判は起きます。迎合云々以前に、我々は市民から信頼される存在でなければなりません」

福澤の言い分はもっともだが、一方で教条主義の誹りを免れない。起訴すべき案件を起訴したとしても、裁判で負ければ倍以上にカウンターが返ってくる。

「仰ることは理解できますが、弁護側は刑法第三十九条を主張してくるに決まっています」

「事件のあらましはわたしも知っています。裁判の趨勢を決するのは幼稚園襲撃に計画性が認められるか否かでしょう。送検されたといっても捜査が終結した訳ではない。これ以降も捜査本部との密な連携が必要になってくる。もちろん天生検事自らが捜査することにも何ら支障はありません。密な連携というのは、そういう意味も含みます」

持って回った言い方を翻訳すれば、お前も警察も仙街を有罪にするために骨を惜しむなという訓示だ。

「ここだけの話、検事正もこの案件に大きな関心と期待を寄せています」

検事正と聞いた途端、天生は動揺し始めた。ナンバー2に呼ばれただけで緊張するのだから、ナンバー1の存在を持ち出されて平然としていられるはずもない。

天生は上昇志向が強い。エリート意識の強烈な検察庁内部において上昇志向は必要条件という声もあるが、その中でもひときわ高いと思っている。自己診断がそうなのだから傍目には尚更だろう。

上昇志向の高さは自己肯定感の低さに由来している。司法修習生時分、例のピアニストには座学でも実習でも大きく水をあけられていた。どんな世界にも天才と称される存在がいるのは否定しないが、それが己ではない事実に絶望する。

凡庸な人間が99パーセントの努力で為し得たものを天才が1パーセントの閃きで軽々と飛び越えていく。自然の摂理だと諭されればその通りと首肯するしかないが、心が折れそうになる。自己肯定感など木っ端微塵に吹き飛ぶ。

天生の上昇志向の高さはその頃の反動なのだろう。法の女神テミスと音楽の女神ミューズの両方に祝福された彼に勝ちたいのではない。彼の才能の前に膝を屈した自分に勝ちたいのだ。

「検事正が期待を寄せているのは、少なからず天生検事の発奮材料になりませんか」

「光栄だと思います」

「状況は予断を許さないし、正直一筋縄ではいかない部分も多々あります。しかし、この案件をそつなく処理した暁には相応の評価が与えられるでしょうね」

検察官の定時審査は法務省の専管事項だが、審査の基本となる評価は検察庁内部が下す。当然のことながら検事正の意見が重視される。

地検検察官の階級は次の通りだ。

一年目　新任検事
二～三年目　新任明け検事
四～五年目　Ａ庁検事（ここまでが検事としての教育期間と位置づけられている）
六年目以降　シニア検事

この後、三席検事、次席検事、検事正と続くのだが、入庁十年目の天生はシニアに属している。次に狙うポストは三席検事だが、無論誰でもがなれる訳ではない。

他方、無罪判決を受けたり、検察審議会で不起訴不当・起訴相当の議決を受けたりした担当検事は定時審査の槍玉（やりだま）に上げられる。つまり仙街事件をどう処理するかで、天生の将来が決定するということになる。実際、入庁四年目に某重大事件を不起訴処分にした時などは、定時審査でずいぶん叩かれた。

入庁十年目にして訪れた正念場。負けはもちろん逃げも許されない。

ぐびりと喉が鳴った。

天生の緊張を解（ほぐ）すつもりか、あるいは増幅させるつもりか、福澤は椅子から立ち上がると天生の傍に歩み寄る。

そして肩にぽんと手を置いた。

「ピンチとチャンスは大抵同時にやってくる。どちらに転ぶかは本人の裁量だ」

「励ましのお言葉、有難うございます」

「期待しているのはわたしもです。よろしく頼みますよ」

これ以上、福澤と話していると妙な毒気に当てられそうだった。

「失礼します」

一礼して執務室を出るなり、自然に肩から力が抜けた。ふと気づけば腋（わき）の下から嫌な汗が流れている。

己の小心さに自虐的な笑みが浮かぶ。被疑者たちを取り調べ、法廷に立ち、組織の中で揉（も）まれても芯の部分はあまり成長しないらしい。

自分の執務室に戻ると、検察事務官の宇賀麻沙美（うがまさみ）が自分を待っていた。

「検事。川口（かわぐち）の強盗事件の証拠物件、照合完了しました」

宇賀の足元には段ボール箱が二段重ねになっている。警察署から送検された捜査資料や証拠物件を照合するのも事務官の仕事だ。

川口の強盗事件というのは、食い詰めたヤクザ者が拳銃片手にコンビニエンストアに押し入った事件だった。二日前に犯人が逮捕され、拳銃と弾丸その他の証拠物件とともに送検されてきたばかりと聞いている。

「ああ、ご苦労様」

宇賀は二年前に採用されたばかりの事務官だが、万事にそつがなく事務処理能力に長けている。検察官補佐として天生についてからも、仕事の端々に有能さを見せつけている。眼鏡姿から醸し出される理知が更に有能さを際立たせる。それでいて本人は誇らしげにする訳でもなく、天生の陰でサポート役に徹している。仕事に性差を持ち込むつもりはないが、男の事務官でもここまで優秀な者はそうそういない。

「ご不在だったので記録は事件番号順にキャビネットに仕舞っておきました」

「伝言も残さず悪かった。いきなり次席に呼び出されてね」

「次席に。珍しいですね」

「うん。仙街事件については検事正も次席も注目しているので、心してかかるように言われた」

検察官補佐は言わば検事の手足だ。だからという訳でもないが、宇賀には大抵のことを伝えている。

「本当を言えば、天生検事が事件の捜査を担当されると聞いた時に覚悟をしていました」

「覚悟。何の覚悟だい」

「検事はこの事件の争点はどこにあるとお考えですか」

「それはもちろん、仙街の責任能力の有無だろうな。犯行態様は残虐、犠牲者の数も五人。責任能力がありと判断されればまず極刑は免れない。逆に責任能力がなかったと判断されれば刑法第三十九条でヤツを罰することはできない。まるで丁半博打(ばくち)みたいなものだ」

「勝てば官軍、負ければ賊軍ですね」

「古い言い回しを知っているな。まあ、その通りだ。有罪にできれば相応の評価が得られる代わりに、無罪や不起訴に終われば詰め腹を切らされる」

宇賀はふうと失意したような息を吐く。

「わたしの言う覚悟というのは、そういう意味です。どうして天生検事がそんな剣峰に立たされなきゃいけないんですか」

「ピンチとチャンスは同時にやってくると次席は言っていた」

「期待を寄せているとか関心を持っているとか、見ている方は楽ですよ」

「そうでもないさ。裁判に負けたり逃げたりしたら、当然さいたま地検のトップとナンバー2は批判に晒(さら)される。矢面(やおもて)に立たされるのはその二人だ」

「でも評価対象は天生検事です」

「わたしの行く末を心配してくれるのか」

「希望して天生検事の検察官補佐になった人間ですから」

「君は優秀だから、わたしがどこかの地検に左遷されても他の検事が放っておきはしないよ。わたしのことは心配しなくていい」

宇賀はまだ何か言いたそうにしているが、憐(あわ)れんでほしいとは微塵も思っていないので続きを聞く気にはなれない。

「仙街は本日送検されている。本人への取り調べは何時に予定してある」

「午後三時からです。書類一式は既に到着しています」

送検された捜査関係資料のチェックは事務官の役目だ。従って天生に先んじて宇賀が書類に目を通しているはずだった。

「資料について、どう考えた」

「足りていません。警察では捜査を継続中なのでしょうが、仙街が幼稚園襲撃を計画していたという証拠が皆無です」

「書類を今すぐ読みたい。しばらく一人にさせてくれ」

「承知しました」

宇賀が持ってきてくれた捜査関係資料を机の上に広げ、天生は資料読みを始める。事件の概要は聞き知っていたものの、現場写真を目にすると新たな恐怖と義憤が湧き起こってくる。

殊に辛かったのは園児たちの死体写真だ。三人とも頸部、胸といった急所を刺されて夥しい出血をしている。あどけない顔が刺創の禍々しさを際立たせており、死体写真に慣れた天生でさえ目を背けたくなる。仙街事件は裁判員裁判だが、この写真を見せられた裁判員はどんな反応を示すだろうか。眺めているこちらも辛いが、現場でカメラを向けた鑑識係も居たたまれなかったに相違ない。

　辛い資料は他にもある。辛うじて難を逃れた園児たちの証言だ。

　襲撃されたのは年少のうさぎ組。クラス十六人の園児を二人の教員が担当している。ところが教員二人がともに凶刃に斃れているため、仙街が乱入した時の状況を証言できるのは生き残った園児たちだけだった。

『お遊戯していたら、いきなり黒い服を着た男の人が入ってきました。本間先生が「誰ですか」って近寄ると、男の人が持っていたナイフで刺されて、クラスのみんなが悲鳴を上げました』

『本間先生が床に倒れて、坂間先生がわたしたちの前に立ってくれました。でも、すぐに坂間先生も刺されました。わたしの方に坂間先生の血が飛んできて……そこから憶えていません。ごめんなさい』

『先生二人を刺した犯人は僕たちの方に向かってきました。途中で真一くんとひなたちゃんを刺して、美結ちゃんも刺しました。それから他のクラスの先生たちがやってきたので、犯人は窓から逃げました』

証言してくれた園児たちは一様に震えていたという。証言できた子たちはまだましな方で、他の子たちは碌に話もできないほどショック状態だったらしい。彼らのことを考えると、天生は胸が痛んだ。

県警捜査一課の刑事たちが発見した仙街の潜伏先の写真も醜悪だった。廃墟と化したバックヤードに点在する注射器とポリ袋。鑑識の報告では仙街以外の不明毛髪や下足痕が採取されたというから、侵入者は他にもいたのだろう。彼ら彼女らは空になったビール缶や成人雑誌を放置している。その荒廃感が仙街の心象風景のように映っている。

いや、違う。

潜伏場所の光景だけで当事者の心の裡を想像するのは間違いであり危険でもある。検事調べもしていないうちから先入観を抱いては、相手の思うつぼだ。

次は仙街の自宅アパート内部の写真だった。ワンルームで縦長、ベッドとカラーボックスを置けば他の物が入らなくなる。それでも不思議に散らかっている印象がないのは、必要最小限の物しか置いてないからだろう。カラーボックスの中にはバイト雑誌数冊とティッシュペーパー、目覚まし時計くらいしか見当たらない。布団のシーツも乱れておらず、決して裕福とは言えないまでも、生活の乱れを指摘できるほどではない。鑑識の報告では部屋から覚醒剤に関するものは見つかっていないらしく、こちらも意外といえば意外だった。少なくともアパートの部屋から仙街の異常性や精神錯乱の傾向は垣間見えない。

逮捕時に仙街が所持していたスマートフォンに関しては現在も分析中であり、報告書には網羅されていない。通話記録から覚醒剤の売人の名前なり連絡先なりが判明すれば有利なのだが、過大に期待しない方がいいだろう。

凶器に使用されたナイフからは被害者五人及び逮捕時に負傷した警察官の血液が採取された。問題は入手経路だった。アウトドア用の折り畳みナイフだが、ホームセンターで売っているマスプロ品であるために仙街がどこで購入したのかは未だ判明していない。

次に天生は供述調書を手にした。

供述調書

本籍　東京都足立区入谷九丁目○－○
住居　さいたま市南区鹿手袋四丁目○－○
職業　無職　コンビニエンスストアバイト
氏名　仙街不比等（せんがい　ふひと）

昭和五十六年七月十日生（三十五歳）

上記のものに対する殺人事件について平成二十八年九月二十一日、埼玉県警本部において、本職はあらかじめ被疑者に対し、自己の意思に反して供述をする必要がない旨を告げて取り調べたところ、任意次の通り供述した。

一　私は今年の一月に入ってから、ある知人を通じて覚醒剤を入手し、常用するようになりました。大学を卒業したのにどこの会社も正社員に雇ってくれず、将来に不安がありました。覚醒剤を使用すればこの不安が少しは紛れると思ったのがきっかけでした。確かに覚醒剤の効き目は抜群で、注射一本で三時間はハイな気分でいられました。安いバイト代の中から一パケ（0・2グラム）で一万円を捻出するのは痛かったですが、あの快感を思い出せば安いものだと思いました。アパートの自宅で注射をすると、もし警察とかに踏み込まれた時に証拠が残るので、以前から目をつけていた近所の、閉店したコンビニの跡地を使うことにしました。コンビニというのはいったん閉店して中の商品や備品を搬出してしまうと、割と管理が杜撰になります。通用口の鍵は簡単に壊せましたしね。店舗の中のバックヤードは窓もないので、隠れ家にするにはおあつらえ向きでした。

二　本年九月十九日の午前九時過ぎにレンタカー屋で赤のアルトを借りました。二日間非番だったので、久しぶりに遠出がしたかったんです。その日は荒川の運動公園とか桶川スポーツランドとかに行きました。ドライブが割と好きなんです。買えないし維持費が払えないから、いつもレンタカーを利用しています。戻ってきたのは深夜でした。その日は運転疲れしたので、隠れ家に直行しました。駐車場はガラ空きで誰も気にも留めないし、疲れた時には覚醒剤を打つのが一番なんです。早速一本打ってから、スマホで音楽を聴きました。覚醒剤を打ってから音楽を聴くと、音の一粒一粒が独立して聴こえるんです。その夜は覚醒剤の効き目がなくなると、自宅アパートに戻って寝ました。

三　翌朝は午前七時に起きてレンタカーを返しに行こうと、コンビニ跡に向かいました。まだ朝早くだったので、バックヤードで一本打ったことは憶えています。ただ、その後の記憶がすっかり飛んでいます。覚醒剤を打った後に記憶が飛ぶのはしょっちゅうです。でも、気づいたら警察の留置場の中でした。刑事さんから説明されて、私が幼稚園に乱入して園児三人と先生二人を刺したと知らされました。しかし私にはその間の記憶が全くありませんので、刑事さんの質問には答えられません。

四　私が所持していたとされるナイフですが、これも全く身に覚えがありません。買った覚えもないので、刑事さんに見せられた時はとても驚きました。

仙街不比等（署名）拇印

以上の通り録取し読み聞かせたところ誤りのないことを申し立て署名指印した。

埼玉県警察本部
司法警察員
巡査部長　古手川和也　押印

一読して、供述調書を作成した古手川なる刑事の苦渋が仄見える内容だと思った。記録によれば逮捕時に負傷したのが、この古手川刑事らしい。個人的な恨みも、警察官としての職業的倫理も、そして何より人としての怒りがあるだろうに、それを押し殺している。

通常、現行犯で逮捕された被疑者の供述調書はもっと長くなる。仙街の供述調書が短いのは、肝心要の犯行部分がすっぽり抜け落ちているからだ。自白主義は今も尚健在で、換言すればこの供述調書は証拠物件としては甚だしく軟弱といえる。それでも本人が責任を回避しようとしていることが行間から滲み出ているのは、偏に質問者の執念の為せる業だろう。

片や被疑者である仙街の供述は卑劣としか言いようがない。覚醒剤の常習については半ば誇らしげに語る一方、幼稚園襲撃に関しては記憶がないとの主張を貫いている。

公判で刑法第三十九条の適用を訴えるための主張と仮定するのなら、用意周到もいいところだと思う。

いずれにしろ検事調べをし、精神鑑定をした上で起訴することになるだろう。公判前整理手続きに要する時間も考慮すれば、初公判までは二カ月から三カ月の猶予がある。その間に証拠を揃えればいい。仙街事件はさいたま地検のみならず、埼玉県警本部にとっても不起訴や無罪では到底看過できない案件だ。県警の威信をかけて捜査に協力してくれることだろう。

午後からの検事調べを前に、腹ごしらえをする。精神的にも肉体的にもタフであることを要求される。店屋物ではなく、何か精のつくものを食べなくてはと思う。

昼休憩の時間になったのでワイシャツ姿のまま庁舎を出た。その途端、真横からICレコーダーとカメラの放列が飛び出してきた。報道関係者と思しき一団が待ち構えていたのだ。

「仙街事件を担当する天生検事ですね」

ICレコーダーを握っていた女が正面に回り込んできた。ショートボブで切れ長の目。そこそこ整った顔立ちなのに、物欲しそうな表情が全てを台無しにしている残念な女だ。

「帝都テレビの宮里といいます。仙街事件についてお話を聞かせてください」

マイクやICレコーダーを突きつけられるのは初めてではないが、事件が送検された当日というのは珍しい。それだけ世間やマスコミの関心が高い証拠なのだろう。

いつものようにノーコメントで通そうとして、ふと気が変わった。

これだけ関心が高いのであれば、検察は彼らの声を代弁していることをアピールするべきではないのか。もちろん天生個人の見解と注釈はつけるべきだが、自分が仙街事件について法廷で闘う意思を示すのは、三大新聞の問いかけに対する一つの回答になるだろう。

「話も何も、本日送検されたばかりの案件ですよ」

「発生して二日も経過した事件です。検事さんなら詳細もご存じですよね。ずばり訊(き)きますけど勝算はありますか」

レポーターによくいるタイプだが、話を訊きたいという割にこちらの話に耳を貸そうとはしない。訊き手が聞きたいと思っていることを相手の口から引き出そうとしているだけだ。

「勝算とかは関係ないでしょう。送検された案件を起訴するかどうか判断し、起訴した案件については徹底的に闘う。それが検察の仕事です」

「仙街事件は不起訴になるんでしょうか」

「起訴に至るまでは様々な手続きがありますが、わたし個人の見解として不起訴というのは相応しくないと考えます」

　ようやく引き出したい言葉を聞いたせいか、宮里の顔が喜悦に歪む。

「巷では刑法第三十九条が適用され、仙街容疑者は罪に問われなくなるという声も上がっていますが、その点はどうですか」

「心神喪失状態というのは厳密な検査の結果に下される診断であり、刑法第三十九条の適用は特例中の特例です。素人芝居で公判を乗り切れるようなものではありません。作為は必ず綻びます」

「力強い言葉ですね。園児三人と教員二人を惨殺した行為についてはどう思いますか」

「およそ人間のすることとは思えない。鬼畜の所業ですよ」

「犯人を憎んでいますか」

「仮にも人の親、人の子であるなら彼に同情を寄せるのは難しいでしょうね。同情するなら被害に遭った方々とその遺族に対してでしょう」

「仙街はやっぱり許せませんか」

「犯罪を許すような検察官など存在しません」

「死刑を求刑しますか」

「女性と園児の五人を殺害したのだから、罪状に相応しい罰は自ずと限られます。死刑以外にどんな罰がありますか」

次第に熱くなり、やや感情が入り出した。この辺りで切り上げた方がいいだろう。

「急ぎますので、失礼」

尚もICレコーダーを突き出してくる報道陣を片手で制し、天生は小走りに歩き出す。宮里の質問に答えたが、今の一問一答は報道陣に共有されたはずだ。

市民の正義を代弁する検察、という印象を植え付けることには成功した。少し感情的になったのも、庶民には好感を持ってもらえるのではないかと思う。個人の見解と断りを入れているのだから、さほど問題にはならないだろう。

ランチでも分厚いステーキを食わせる店を思い出し、天生の足は軽くなった。

3

午後三時、予定通り検事調べが始まった。通常の検事調べは被疑者数人に対して順繰りに聴取するのだが、今回は仙街一人だけが護送されてきた。それだけさいたま地検が仙街事件を重大事件として特別視している証左だった。もっとも県警本部は道路を挟んだ隣の敷地にある。護送といっても大掛かりなものではなく、仙街は警官二名に腰縄つきで連行されてきた。

執務室に仙街を連れてくると、警官たちは外に出て待機、手錠で拘束された仙街だけが残るが、特に怯えた様子は見せない。腰縄の端が椅子に結わえられているので、仙街は立ち上がることもできない。

迎える天生はスーツを着込み、窓を背にして座る。隣の机には立ち合い事務官として宇賀が座り、パソコンを開いている。記録用のＩＣレコーダーとチェック用イヤフォンもその横にある。

検事調べの最中に警官が執務室に入ってくることはない。被疑者が警官に何の気兼ねもなく供述できるようにするための配慮だ。警官がいなくても被疑者に抵抗されないようにするため、検事調べ中の執務室には、武器になりそうなものは何一つ置かれていない。奥行一メートルの机に置かれた湯呑み茶碗もプラスチック製といった念の入れようだ。

正面に仙街を座らせる。細面で短髪。天生を前にして薄笑いを浮かべている。天生との距離は三メートルほどしかなく、表情が克明に見てとれる。天生は熱い茶をひと口啜ってから尋問に臨んだ。

氏名、本籍地、住所の自己申告で本人確認をした後、いよいよ質問に入る。ただしすぐ事件に言及するのではなく、本人の性格を把握するために雑談から始めるのが天生の流儀だった。

「捜査担当の天生です」

「あもう。どう書くんですか」

「天に生まれる、と書きます」

「いいですね。天に生まれて、現在は検事さんでいらっしゃる。決して名前負けしていない」

「あなたも、そんなに悪い名前じゃない。不比等なんてすごく個性的だ」

「死ぬほど嫌いなんですよ、この名前」

仙街は不貞腐れたように言う。

「どうして。藤原不比等と同じ名前でしょう」

「俺らの世代はキラキラネームの走りでしてね。この名前、他の子どもと差別化するためにつけたんだって親から聞いたことがあります。歴史上の人物なのはともかく、比べる者がいないという意味に読めるんですよ。この名前のお蔭でどれだけ嫌な目に遭ったか。俺の親、二人揃って馬鹿だったんです。何も他人に誇れるものがなかったから、せめて息子の名前くらいは個性的にしようとしたんでしょうけど、全くいい迷惑ですよ」

「あなた自身に誇れるものはありませんか」

「そんなもの一つもありません」

仙街は自嘲するように言う。

「才能もなけりゃ運もない。俺のプロフィールは知っているでしょう」

「概略くらいは。ご家族のことはあまり聞いていません」

「実家は足立区の入谷です。朝顔市で有名なところなんですけど、家はもうありませんね。ずいぶん前に両親とも死んじまったんで」

「あなたが学生の頃ですか。亡くなったのは」

「大昔に相次いで死にました。二人ともがんで。一人息子が何とか大学まで行ったんで、安心しちゃったのかもしれません。だけどですね、苦労して入った四年制大学を卒業してみたら就職氷河期で、有名な企業は書類選考の段階で門前払い。二百社も受けて内定もらったのは、たったの一社でした」

「一社でも、あってよかったじゃないですか」

「ところがですね、検事さん。そこは着物のレンタルで急成長した会社だったんですけど、自転車操業が続いていて、俺が入社する二日前に潰れちまったんですよ」

　ふっと天生の頭の隅を何かが掠めた。かすかな記憶の欠片かただの連想か。いずれにしても深く追及する間もなく、仙街の話に聞き入る。

「その頃にはどこも募集を締め切っていて、バイトで一年食いつなぐしかなかった。次の年には第二新卒として就活したけど、新卒で採用しなかった企業が第二新卒を採用するはずがない。あえなく撃沈、それからは契約社員とバイトの繰り返し。ね、俺って運がないでしょう」

仙街は自嘲するように言う。自嘲はプライドの裏返しだ。仙街の胸の裡には救いがたいほどのプライドが産業廃棄物のように積み重なっている。

「高砂幼稚園には良家の子女が多く通っているのは知っていましたか」

「そりゃあ有名幼稚園ですから」

「あなたが高砂幼稚園を標的にしたのはそれが理由ですか」

「標的だなんてとんでもない」

目の前で手を振る仕草がわざとらしい。

「いい身分だとは思っていましたけど、羨ましいからといって殺したいとは思いませんよ。第一、羨む対象が多過ぎますよ。俺はそんな大層なことは考えず、一人でクスリ打ってる方が性に合ってるんですよ」

ここは少し挑発した方がいいだろうと天生は判断する。

「しかし、あなたに門前払いを食わせた企業は毎年新卒を採用している。警察の取り調べであなた自身がそう供述している。自分の後に卒業したヤツらは楽々入社しているのにと。それはつまり、あなたが自分には能力があると信じているからではないんですか」

「採用試験を受けようってんですから、それなりの自信はありますよ」

「ところが企業も世の中もあなたには見向きもしてくれない。そういうことが重なると、現実逃避しているだけじゃ辛くなりませんか」

「それで良家の子女が通う幼稚園を襲撃したというんですか。検事さんも割と短絡的ですね」

「慎重な人間は、まず殺人なんて考えつきませんよ」

これは天生の本音だった。検察官の立場で今まで何十人何百人もの被疑者と話したが、彼らの犯行は一様に短絡的だった。生来の性格はともかく、犯行に及ぶ瞬間には長期的展望など消し飛んでいる。刹那に浮かんだ欲求と衝動に突き動かされているだけだ。そもそも殺人ほど割に合わない仕事はない。選択した時点で短絡的だと評価するしかない。

「検事さん。俺みたいな就職氷河期世代の人間が全体で何人いると思いますか。見たところ検事さんも俺と同世代らしいけど、あなたみたいな人は超エリートなんですよ。そうじゃないフリーターや無職の人間だけで百万人以上もいる。決して他の世代に比べて能力が劣っている訳じゃない。真面目なヤツ、組織に従順なヤツが少なくない。それなのに景気のせいだけで冷や飯を食わされている。正規社員じゃないから給料は少ない、貯金はできない、結婚できない。企業が採用を渋ったせいで、国は貴重な人材と税収と、将来の出生児を失った」

皮肉っぽい物言いだが、この男にしては真っ当な抗議だと思った。

「それだけじゃない。劣悪な環境に置かれたら、どんな人間だって性格が歪むし、犯罪に走りやすい。俺みたいな人間がクスリに頼らなきゃならないのは、国の無策のせいなんですよ」

自分が犯した罪を国の責任に転嫁するつもりか。言い分は分からないでもないが、卑怯(ひきょう)な印象は免れない。

百歩譲って、覚醒剤に頼らなければ生きていけないような環境を生んだのは確かに政府の経済政策のせいかもしれない。

だが五人の命を無慈悲に奪ったのはお前だ。

「そういえば警察の取り調べでは売人についてひと言も語っていませんね。売人はあなたを常習者にした張本人でしょう。何を義理立てする謂(いわ)れがあるんですか」

「クスリの常習者になればなるほど義理立てしますよ。俺がゲロって迷惑をかけたら、出所した時に報復される。二度とクスリを売ってくれなくなるのも痛い」

「五人も殺害して、出所できると考えているんですか」

「そこはね、検事さん。亡くなった人たちは気の毒だと思いますけど、ホントに記憶がないんです。殺した記憶もないのに責任を感じろと言われてもねえ」

ようやく話が本題に入ってきた。天生は巣を張る蜘蛛(くも)になったつもりで、仙街から有益な証言を引き出そうと身構える。

「刑法第三十九条について考えているのなら、あなたは少し誤解をしている。心神喪失の状態というのは、そう簡単に認定できるものじゃない」

仙街は薄笑いのまま表情を固める。

「マスコミやドラマでは面白おかしく扱われることが多いし、現実でも無能な弁護士ほど刑法第三十九条を主張する。しかし無能な弁護士が伝家の宝刀のように持ち出すくらいだからあまり汎用性はありません。近頃の裁判、ニュースとかで見ますか」

「あまり見ていません。自分に縁があるとも思えなかったので」

「犯行時に心神喪失の状態なら無罪になるというのは半ば都市伝説みたいなものです。日本の裁判所はそんな甘いものじゃない」

無論、数多の判例には刑法第三十九条を適用し、被告人を免責しているものもあるが、割合は0・1パーセント以下だろう。滅多にないケースだからこそマスコミが取り上げる側面もある。まずは仙街を不安に陥れることが先決だ。不安になれば、そこから綻びが生じる。

「たとえば、今わたしと会話をしているあなたは至極正常な状態といえる。責任能力の有無を問われれば、間違いなく有りでしょう。そういう状態の人間が覚醒剤を打って、心神喪失の状態になったからその間の行為は全て不問に付されるなんて到底有り得ない。覚醒剤を打つ寸前までまともな判断力を持っているのなら、その後の行動にも責任能力が及ぶというのが現在の司法判断です」

もちろん司法判断はケース・バイ・ケースであり、全ての案件に通用する解釈ではない。だが、この場は仙街の余裕を揺さぶるのが第一の目的だ。

仙街は薄笑いの表情を顔に貼りつけたまま、こちらを見ている。しかし追い打ちをかけるなら今だ。

「従って、犯行時に記憶を失っていたというあなたの供述はあまり役に立たない。いや、役に立たないどころか、却って裁判官と裁判員の心証を悪くさせるだけだ」

「心証を悪くさせるのは避けたいけど、記憶がないのにあるように証言したら偽証になっちゃうじゃないですか」

「犯行時に記憶があったかどうかより、どうして事件直前に覚醒剤を打ったかを訊きたい」

天生は徐々に詰問口調を強めていく。

「覚醒剤を打つのに然したる理由なんてありませんよ。むしゃくしゃした時とか気分が乗らない時とか、ばらばらですから」

「あなたが警察で供述した内容によればこうです」

天生は手元の供述調書を引き寄せて該当部分を読み上げる。

「『三　翌朝は午前七時に起きてレンタカーを返しに行こうと、コンビニ跡に向かいました。まだ朝早くだったので、バックヤードで一本打ったことは憶えています。』この部分、自分で供述していて不自然だと思いませんでしたか」

仙街は訳が分からないというように小首を傾(かし)げてみせる。

「あなたが契約したレンタカー会社は判明している。記録も確認した。供述通り十九日の午前九時過ぎに赤のアルトを借り、レンタカー会社から出発している。ここで問題になるのはレンタカーの基本料金だ。同社では六時間毎の利用時間で料金を設定している。六時間までで五千七百二十円、十二時間までで六千二百七十円、二十四時間までで七千八百十円。それ以降は一日毎に六千二百七十円の加算。つまり二十日の午前九時までに返却しないと六千二百七十円を延滞金として支払わなきゃならない。『安いバイト代の中から一パケ（0・2グラム）で一万円を捻出するのは痛かった』とも供述しているあなたにとって六千二百七十円というのは決して無視できる金額じゃないはずだ。午前七時に起きてコンビニ跡に着く頃には七時半前後。覚醒剤を打てば三時間は正気でなくなることを熟知していながら、どうしてそのタイミングで注射したのか」

天生はやや前傾姿勢になって仙街に迫る。

「それは最初からレンタカーを返却するつもりがなかったからだ。覚醒剤を打ち、心神喪失の状態を自ら作り上げて幼稚園を襲撃する計画だったからだ」

「そりゃあこじつけですよ」

仙街はやんわりと反発する。

「検事さんは覚醒剤を打ったことなんてないでしょう」

「あるものか」

「一度打ちゃ分かる。欲しい時って頭じゃなくて身体(からだ)が欲しがるものなんだ。ちょうど小便(しょうべん)したくなるのと同じ感覚だよ。小便をずっと我慢して我慢して膀胱(ぼうこう)が破裂しそうになって、もう限界って時に六千二百七十円なんてはした金どうでもよくなる。生理的な欲求には勝てねえよ。その時がちょうどそんな時だった」

「その理屈は同じ覚醒剤常習者には通用しても裁判官と裁判員には通用しない。主張すればするだけ心証を悪くする。いっそ全て計画的だったと吐露してしまった方がいい」

「何がいいだって」

仙街は不貞腐れたように返してきた。

「よく考えたら、裁判官と裁判員の心象が良かろうが悪かろうが、心神喪失の状態でなかったという前提なら下される判決は同じじゃねえか。心証が良いからって死刑が無期懲役になる訳じゃない」

開き直ったか。天生は心中で舌打ちをする。仙街のような人間が一度開き直ると面倒なのは、経験上知っている。

「犯行時に心神喪失の状態だったかどうかはともかく、あなたは五人の人間の命を奪った」

「そうらしいな」

「せめてその事実くらいは認めたらどうだ。少なくとも五人への謝罪くらいにはなる」

「記憶にないものを認めて堪るか」

二人が問答を交わしている間も、隣からは宇賀がパソコンのキーを休みなく叩き続けている音が聞こえる。欲を言えば仙街が罪を認める発言をしてくれれば有難いが、そうでなくても本人の無責任さや身勝手さが浮き彫りになるような調書が作成できるのなら御の字だ。この検面調書が仙街の首に縄を掛けてくれる。

「逮捕される直前、あなたはナイフを振るって抵抗した。そのナイフは五人を殺害した時にも使用された。これだ」

血塗(ちまみ)れになったナイフの写真を仙街の前に突き出してみせる。仙街は興味のなさそうな目で眺めるだけだ。

「ナイフの柄からはあなたの指紋だけが採取されている。あなたが使用したのは襲撃を目撃した幼稚園関係者、そして逮捕に立ち会った捜査員の証言からも明らかだ」

「見たっていう人がいるんなら、そうでしょうよ」

「このナイフ、どこで手に入れた。買った場所くらいは憶えているだろう」

「それが全然」

仙街は降参するように両手を挙げた。

「警察でも散々訊かれたんですけど、買ったことどころか見た憶えすらないんで。大体、俺の今の生活スタイルでアウトドアナイフを使うようなシーン、存在しないんですよ。どこかの山に分け入ってサバイバルする趣味もないし」

「普段の生活に使用しないのなら、特別な用途のために購入したのだろうな。人を殺傷するには手頃な得物だ」

ナイフの購入は幼稚園襲撃が計画的な犯行であったことの証左。裁判官と裁判員にそう解釈してもらうための誘導だった。こちらの意図にようやく気づいたのか、仙街は唇の端を歪める。

慎重に言葉を選んでいるようだが、やはり隙（すき）がある。その隙に楔（くさび）を打ち込んで検察側有利の調書を作成するのが天生の仕事だ。仙街は人を殺すのは初めてだが、こちらは過去に何百人という被疑者を相手にしている。その経験値の差は付け焼き刃の法律知識や臨機応変さくらいで縮まるものではない。

動機、殺害の方法、チャンス。この三要件が揃っていれば公判は維持できる。現段階で三要件は洩れなく検面調書に網羅できる。仙街がどれだけ犯行時の心神喪失を主張しようが、こちらの優位性はいささかも揺るがない。

残る問題は起訴前鑑定を実行するかどうかだ。次席は検察側に覚えめでたい鑑定医を用意すると言っていたが、今までのやり取りを反芻する限り、鑑定の必要性をあまり感じない。

いや、油断はならない。

仙街が弁護人を選任したら、弁護側は刑法第三十九条の適用を狙って犯行時は心神喪失状態だったとの鑑定結果を提出してくる可能性がある。対抗上、こちらは責任能力を問える内容の鑑定結果を提出しなければならない。

「それほど犯行時の記憶がないと主張するなら、鑑定医に診てもらえばいい」

「精神鑑定の前に弁護士を呼んでくれませんか。これ以上は弁護士がいなきゃ話さない」

「後でいくらでも呼んでやる。言っておくが検事調べに弁護士の同席は認めない。駄々を捏ねても無駄だ」

「じゃあ黙秘権を行使する」

何を眠たいことを言っている。

思わず鼻で笑いそうになったが、何故か本物の睡魔が襲ってきたので少し慌てた。

「弁護士費用がないのなら国選を選べばいい。国選といっても、最低限の費用でちゃんと仕事をしてくれるぞ」

皮肉めいた物言いになってしまったのは自制心が希薄になったからに相違ない。

妙だと思った。

最近、仕事が立て込んで碌に睡眠を摂っていなかった。しかし選り（よ）に選って検事調べの最中に眠くなるというのは初めての経験だった。

「起訴するか不起訴にするかを決める前に精神鑑定するんだろう。それなら鑑定医を決める前に弁護士と話をさせろ。あんたたちの指示に従っていたら、とんだ鑑定医を寄越（よこ）されそうだ」

矢庭（やにわ）に仙街の声が消え入りそうになる。

「その前に、こちらの質問に、全部、答えろ」

自分の声までが遠くなっていく。

睡魔はいよいよ意識の深いところまで下りてきた。

重くなった目蓋（まぶた）を必死に支えていると、今度は宇賀の声が聞こえてきた。

「すみません、検事。わたし少し具合が……三分だけお手洗い、よろしいでしょうか」

「ああ、うん。三分、だけなら」

思考が全く追いつかず、返事をするのがやっとだった。

「おいおい、検事さんたち。いったいどうしたっていうんですか。取り調べの最中だってのに何てざまだよ」

仙街の揶揄が途切れがちになる。

眠るな、起きろ。

己を叱咤するものの、意識は睡魔に取り込まれて抵抗できない。

間もなく天生は意識を失った。


不意に覚醒したのは数分後か、それとも数時間後か。

「検事、検事」

自分の肩を激しく揺さぶっているのは、執務室の前に立っているはずの警官だった。

「ああ、すまない。少し、うつらうつらして」

「これはどういうことですか」

警官の声よりも目の前の光景に横っ面を叩かれた。

目の前に拳銃が置いてあった。

椅子に座ったまま仙街が項垂れていた。胸からは血が流れている。未だ朦朧とした視界の隅ではもう一人の警官に抱きかかえられた宇賀の姿も見える。その足元には彼女のものらしき吐瀉物が池を作っている。

いったい何が起こった。

立ち上がろうとしてよろめいた。机に手を当てて踏ん張ると、仙街の身体に歩み寄る。

「いけません、検事」

警官が背後から肩を捕えた。

「現場保存です。あまり動かないでください」

「しかし仙街が」

「我々が確認しました。既に死亡しています」

何だって。

「銃声が聞こえた時、執務室の中には仙街と検事しかいませんでした。何が起きたのか説明してください」

説明だと。

こっちが訊きたいくらいだ。

「わたしと二人きりだったたって」

「二人きりになった部屋で被疑者が射殺され、検事の前には拳銃が置かれているんです。どう見ても検事が発砲したようにしか見えません」

馬鹿な。

振り返って机の上の異物に目を向ける。見たこともない拳銃だ。手を伸ばそうとして再び制止された。

「触らないでください。最重要の証拠物件です」

甦ったはずの意識と思考が千々に乱れる。

「何時間、経っている」

「しっかりしてください」

「銃声が聞こえた直後に我々と事務官さんが飛び込んだんです。まだ何分も経ってはいません」

確認しようと宇賀の方を見ると、彼女は蒼白な顔でこくこくと頷いている。

「じゃあ、仙街を撃った犯人は別の出入口から脱出して」

「検事」

警官の声は冷たく、事務的に響いた。

「ドア以外の出入口は窓しかありませんが、ここは四階です。我々も念のために調べましたが」

警官は天生の背後にある窓を指し示す。

「窓から人が出入りした形跡はありません。しかも内側から施錠されたままです。もし犯人が窓から侵入し窓から脱出したとしたら、どうやって開錠したのですか」

詰問口調で、警官が天生を疑っているのが分かる。

待ってくれ。

これは何かの間違いだ。

「すまないが、もう一度順を追って説明してくれないか」

「まず事務官さんが具合悪そうに部屋から出てきたんです。お手洗いに行きたいのだと。それでドアを閉めて数秒後に部屋から銃声が聞こえました。我々三人が慌てて中に入ると、検事は机に突っ伏し、仙街は手錠を掛けられたままそこで絶命していたという状況です」

駄目だ。

説明を聞いても、まるで思考がついていかない。

「検事」

警官の声は合成音声のように感情がなかった。

「仙街を射殺したのは検事ですか」

「違う」

やっとの思いで絞り出した言葉がそれだった。

「わたしじゃない」

「しかしあらゆる状況は検事が仙街を撃ったことを示しています。どう弁解するおつもりですか」

記憶がないんだ――そう言おうとして言葉に詰まった。

これは先刻、仙街が主張していたことと同じではないか。

まさか己まで心神喪失の状態で人を殺めたというのか。

現実と妄想が混然とし、まだ夢から醒めきっていないような感覚だった。だが、その感覚に冷や水を浴びせるような台詞を聞いた。

「検事。失礼ですが殺人容疑で逮捕します」

いつの間にか、もう一人の警官も真横に移動していた。

「場所が場所ですから拘束はしません。しかし脱走を図った場合は直ちに対応します」

やがて県警本部から鑑識課を含む数人の捜査員が姿を現し、天生と宇賀は別室へと移された。

次第に意識がはっきりしてきたものの、思考は混乱している。まるで現実離れしており浮遊しているような感覚だった。

二人の警官は天生を両側から挟むかたちで監視の手を緩めない。しばらく無言でいると、天生に詰問を浴びせた警官がぽつりと洩らした。

「検事のお気持ちは理解できます」

あくまでも独り言のつもりなのか、こちらを見ようとしない。

「五人もの罪なき人の命を奪っておきながら法律の抜け穴から逃げ出そうとしていたヤツです。わたしたちだって仙街は許せない。ここに護送する最中にも、何度か良からぬ考えに囚われました。辛うじて抑制できたのは、わたしには家族がいるからです」

天生が独身であるのを知っての発言なら、それはそれで失礼な話だった。

「検事のされた行為は各方面から咎められるでしょう。しかし仙街とその事件に関わった現場の人間は別の思いを抱いています。それは忘れないでください」

彼なりに真情を吐露したつもりだろうが、今の天生には有難迷惑でしかない。反論しようとしたが、具体的な論拠が思いつかないので黙っているより仕方なかった。

県警本部からは検視官も到着し、その場で検視が行われた。

間もなく仙街の死亡が確認され、天生は容疑者として県警本部に身柄を確保された。

モルト ヴィヴァーチェ

1

「何てことをしてくれた」

岬恭平はパソコンの前で我知らず呻き声を上げた。幸い執務室に自分以外の者はいない。

官給品のパソコンには先日埼玉県警に逮捕された天生高春一級検事の事件に関して、現時点で判明した事実がメールで報告されている。東京高検でも検事長以下、限られた人間にしか送信されていないが、内容を読めば読むほど暗澹たる気分に陥る。東京高検の次席検事を拝命してからまだ一年足らず。各地検で発生した様々な不祥事を見聞きしたが、その中でも天生検事の一件は最悪の部類に属する。いや、現職検事に殺人容疑がかけられるなど前代未聞ではないのか。

被疑者が現職検事という事実だけでも大層なスキャンダルなのだが、皮肉にも被害者は検事が担当していた事件の被疑者というからややこしい。その上、被疑者が〈平成最悪の凶悪犯〉と呼ばれる仙街不比等なのだから二重三重に始末が悪い。

稀代の凶悪犯に対する世間とマスコミの心証は二つ名で呼称されるように最悪だ。国民投票でもすれば圧倒的多数で極刑に票が集まるだろう。だが、それとこれとは話が別だ。

検察官は検察庁という組織の一部でありながら一個の独立した司法機関でもある。その司法機関が個人の意思で被疑者を裁いてしまえば、法治国家としての基盤を破壊することになりかねない。言い方を換えれば司法システムに対する自爆テロのようなものだ。

事件の起きた場所がさいたま地検というのも頭が痛い。さいたま地検の上位庁はこ東京高検だ。従ってさいたま地検で不祥事が発生した場合、当然のごとく東京高検にも影響が及ぶ。仮に東京高検が様子見を決め込んだところで、世間やマスコミが騒げば最高検から事態収拾の指示が下りるのは自明の理だ。

検事の執務室内で起きた殺人事件。検事調べの最中に事務官が中座し、室内には仙街被疑者と天生検事しかいなかった。執務室には出入口が一つしかないから、部屋は密室だったことになる。仙街を殺害できるのは天生検事しかいない。

幸いにもさいたま地検の隣の敷地には埼玉県警本部が位置しているので、県警捜査一課は通報から五分足らずで現場に到着した。お蔭で検視にしても鑑識作業にしても異例の早さで着手でき、現場保存は完璧だった。

死因は前胸部に撃ち込まれた銃弾による穿通性心臓外傷。至近距離からの発砲であったため、即死状態だった。室内に残っていた天生検事は突然の睡魔に襲われ発砲の瞬間を目撃しなかったと証言しているが、机の上に放置されていた拳銃の銃把と引き金とスライドからは彼の指紋が検出された。それだけではない。天生検事の着ていたスーツの袖からは硝煙反応も検出されたのだ。

凶器となった拳銃は、川口市内のコンビニエンスストア強盗事件で使用されたものだった。当日は川口署から他の捜査資料とともにさいたま地検に送検され、当該の拳銃と銃弾の入った段ボール箱が天生検事の執務室に運ばれていた。証拠物件その他は照合作業終了の後、地階の証拠品保管庫に移される決まりになっているが、その際に天生検事が抜き取ったと推測されている。

天生検事が睡眠薬の混入を疑った彼の湯呑み茶碗、そして発砲直前に執務室を退出した宇賀事務官の湯呑み茶碗からも睡眠導入剤が検出された。彼女が急に体調を崩したのは、この睡眠導入剤のせいであったと考えられる。警官と同時に仙街の死体を発見した宇賀事務官は慌ててハンカチで口を押さえたものの、間に合わずその場で嘔吐した。ある種の睡眠導入剤が合わない体質の者がおり、彼女が嘔吐した理由はそれもあってのことだろう。念のため彼女に胃洗浄を施したところ、やはり同じ睡眠導入剤が検出されていた。この点について現場に駆けつけた捜査員からは偽装の疑いが指摘されている。

つまり天生検事は邪魔な宇賀事務官を人事不省に陥らせる目的で両方の湯呑み茶碗

に睡眠導入剤を混入させたというのが大勢の見方だった。

天生検事には方法とチャンスがあった。では動機はどうだったのか。まさか犯人に対する義憤が昂じて犯行に走ったのか。

検察関係者は動機があやふやであれば天生検事が陥れられた可能性も捨てきれなかったが、これについては天生検事自身が真情に近いものを吐露し、しかも全国放送の電波に乗っていた。帝都テレビのワイドショーにおいて彼のインタビューが流されたのだ。

『巷では刑法第三十九条が適用され、仙街容疑者は罪に問われなくなるという声も上がっていますが、その点はどうですか』

『刑法第三十九条の適用は特例中の特例です。素人芝居で公判を乗り切れるようなものではありません』

『園児三人と教員二人を惨殺した行為についてはどう思いますか』

『およそ人間のすることとは思えない。鬼畜の所業ですよ』

『犯人を憎んでいますか』

『仮にも人の親、人の子であるなら彼に同情を寄せるのは難しいでしょうね』

『死刑を求刑しますか』

『死刑以外にどんな罰がありますか』

テレビ局のことだからインタビュー内容には編集が加えられていると考えて間違いない。結果的に天生検事が仙街に対して相当な憎悪を抱いているような印象を与えている。番組が狙った絵面としては最良だが、検察関係者にとっては最悪の内容だ。まるで天生検事が私刑を肯定しているかのようにも受け取られる。

欠けていた動機というピースがこれで埋まってしまった。検察関係者のほとんどは、このインタビュー動画の放送によって天生検事の擁護を断念せざるを得なかった。他ならぬ岬もその一人だった。

天生検事を個人的に知っている訳ではないが、下位庁の噂(うわさ)は嫌でも耳に入ってくる。能力が重視される組織にあっては、優秀さ自体が話題になる。天生検事も例に洩れずシニア検事の中でも頭一つ抜けた存在として人物評が伝わっていた。第六〇期の司法修習生だったという過去も岬には興味深い。第六〇期といえば息子と同期だ。和光(わこう)市の司法研修所ではどこかで顔を合わせているかもしれない。それを想像すると全くの他人とも思えなくなってくる。

だからこそ余計に悔やまれる。

さいたま地検も、そして上位検察庁の東京高検も天生検事を庇(かば)えない。下手に擁護したり同情する態度を示したりすれば、たちまち世間からの非難を浴びることになる。

身内には甘い慣れ合い体質。

鼻持ちならないエリート意識の集団。
検察庁であるにも拘わらず隠蔽癖が身についている。
岬には今から新聞の見出しが目に浮かぶようだった。岬が想像することを他の関係者が想像しないはずもなく、おそらく同様の危機感を多くの者が抱いているに違いない。

こうした場合、検察庁の綱紀粛正は苛烈になる傾向にある。一例を挙げれば二〇一〇年に発生した大阪地検特捜部主任検事による証拠改竄事件だ。この事件によって当事者である主任検事はもちろん、検事正と次席検事、特捜部部長と副部長までが告発され、結果的には検察庁のトップである検事総長までが辞職に追い込まれた他、懲戒免職三名、減給四名、戒告一名、訓告一名という大粛清が実行された。最高検とすれば、これほどの峻烈さを見せなければ国民の理解を得られないとの判断だったのだ。

そして今、あの悪夢が今度は東京高検管内で甦ろうとしている。岬の上位者である検事長の狼狽ぶりが容易に想像できる。

その時、卓上の電話が鳴った。間がいいのか悪いのか、相手は当の検事長だ。

『今から来られますか』

こちらの都合を聞いているようだが、命令と同じだ。岬はすぐに向かうと答えて電話を切る。

中央合同庁舎第6号館A棟。検事長の部屋はその最上階に位置していた。何度か訪れた部屋でもあり、岬の胸には緊張よりも当惑が先にある。

「次席には忙しいところを申し訳ない」

岬が入室すると登坂検事長は慇懃な言葉を掛けてきたが、頭は一ミリも下げようとしなかった。この男が運用上では検事長の最上位、検察庁の序列では検事総長に次ぐ地位にいる。

「困ったことになった」

主語がないのは、岬が問題を共有しているという前提だからだ。話が早いのは結構だが、こちらの思惑を見透かされているようで、正直気分はよくない。

「事件の報告は目にしましたか」

「天生検事が抗弁できる要素は皆無に近いですね。動機、方法、チャンスの三要件が揃っていますから弁護人はさぞかし苦労するでしょう」

「捜査畑に長年いた次席が判断するのなら、そうなのでしょうね」

登坂は他人事のように言う。登坂は捜査現場よりも法務省での勤務が長いので、捜査内容については岬の判断を参考にするきらいがある。岬にしてみれば誇らしい気持ちがある一方で、検察官としての登坂に尊敬の念を持ちにくい。上長への信頼がない組織が機能不全に陥るのは承知しているが、現場育ちの岬はどうしても肩書だけの人間を崇め奉ることができない。

「次席は天生事件をどう捉えていますか」

「災厄ですね。司法システムに問題があった訳ではなく、天生検事の日頃の行動にも問題はありません。しかし、そこに仙街不比等というウイルスが舞い込んだ」

「普段は健康体だったのに悪性のウイルスが侵入したために、天生検事が発症してという解釈ですか」

「仙街不比等という男と彼の犯した行為には、他人の感情や理性を狂わせてしまう毒性があったのかもしれません」

「ユニークな論ですね」

登坂は興味深げに頷いてみせる。

「加えて、天生検事についてずいぶん好意的な論です。ウイルスに冒された天生検事は決して異質な存在ではなく、検察官という職務の人間なら誰しも天生検事のように罹患してしまう。そういう解釈ですね。いかにも次席検事らしい人情味のある解釈ですが、しかし同じ検察官には通用しても世間一般に通じるかどうか。裁判官に通用するかといえば尚更困難でしょう」

やんわりと岬の擁護論を否定したのは、無論思惑があってのことだ。それくらいの思惑を読み取れない岬ではない。

「では検事長はどうお考えですか」

「以前発生した、大阪地検特捜部の事件を想起せずにはいられません」

やはり、その事件を持ち出すのか。

「主任検事による証拠改竄。検察庁にとっては悪夢のような事件でしたが、最高検が直接捜査をするという異例の対応をし大鉈を振るったお蔭で、検察庁に対する不信と批判は最小限に抑えられました。検察は検察であるがゆえに、身内に対しては苛烈なほどの律し方を要求されます」

「天生検事に対しても同様という趣旨ですね」

「仙街不比等がどれほど非人間的な凶悪犯であったかは、この際何の関係もありません。我々は被疑者を碌に取り調べもしないまま射殺した天生高春という犯罪者を厳峻に問い詰めなければならない」

話の途中から岬は違和感を覚え始める。検察が天生検事に対して厳しい態度を取るのは当然のことだ。言わずもがなのことを、わざわざ呼び出してまで岬に告げる意図は何なのか。大層な訓示だけなら通達一本、メールで流せば済む話ではないか。

ふっと嫌な考えが頭を過る。大抵の場合、嫌な予感ほど的中するものだ。

「大阪地検特捜部の時には最高検が率先して捜査に着手しました。今回もそうなりますか」

「いいえ。前回と今回では事件の態様が大きく異なります」

登坂はこちらの反応を愉しむかのように、ゆっくりと頭を振る。

「証拠改竄事件の時には主任検事を含め、彼を隠避した特捜部長と副部長も起訴されて有罪判決を受けています。また起訴に至らずとも減給や戒告といった処分を受けています。つまり主任検事単独ではなく、大阪地検特捜部ぐるみの犯罪と認定していた訳です。ところが今回の事件は天生検事の個人的な犯罪です。他のどの検察官も事務官も絡んでいない。そういう性質の事件であれば、最高検が重い腰を上げる必要性もない」

断定的な物言いで、登坂が最高検から何らかの指示を受けているのを察した。東京高検の検事長に指示ができるのは次長検事か、あるいは検事総長しかいない。

まさか。

「今回の事件に関しては上位庁である東京高検が捜査することになりました」

嫌な予感がいよいよ現実のものとなってきた。

「ついては岬次席検事。あなたに捜査担当をお願いしたい」

選りに選って考え得る最悪の予感が的中したか。しかし次席検事の自分に拒否権はない。

「あなたは長らく捜査現場で辣腕を揮ってきた人だ。ここでは誰よりも実務に長けている。実を言えば、あなたを担当に推薦した人もいる」

その程度の甘言で人を釣るつもりか。社交辞令ならともかく、本気で自分がそのような甘言に釣られると思われているとすれば情けない限りだ。

「恐縮です」

承諾の意と受け取ったのか、登坂は満足顔で頷く。

「一つ確認をさせてください。わたしは捜査担当でよろしいのですね」

「ああ、説明が足りなかった。推薦した人は、岬次席検事は公判検事としても一頭地を抜く存在だったと懐かしげに仰っていました」

岬が法廷に立っていた時を知っている者は、もう数えるほどしか残っていない。検事総長はそのうちの一人だ。

「決して百戦百勝ではありません。お恥ずかしい限りです」

「負けたのはたったの二回。しかも相手はいずれも例の悪徳弁護士。彼は別格で、しかも真っ当な弁護はしない。戦績に勘定するには著しく不適格な相手です」

果たしてそうだろうかと岬は自問する。真っ当な弁護をしない相手に勝てない方がよほど問題ではないのか。

「あなたには捜査も公判も両方担当してほしいのです。もちろん主任の立場で高検の検事を手足のように使ってもらって構わない」

両方を担当するというのはさすがに予想外だったので、岬は鼻白む。

「陣頭指揮を執るのは岬次席検事だが、東京高検の検事と事務官全員があなたの補佐を務める。換言すれば東京高検が天生検事を告発するのですよ」

「個人対組織、ですか」

「いいえ、無軌道対秩序です。たとえそれが市民感情に迎合する行為であったとしても、決して違法行為は許されない。法曹界に身を置く者なら尚更。今回の事件を通じて、検察は改めて秋霜烈日の意義を広く知らしめる必要があります」

外に向けては秋霜烈日、内に向けては一罰百戒。何のことはない。自分は検察庁の啓蒙キャンペーンに駆り出されたマスコットのようなものだ。

「今も言った通り、検察は何より自らを律していることを示さなくてはいけません。従って天生被疑者には、最高検が大阪地検特捜部に取ったもの以上に厳しい態度で臨みます」

「まさか。死刑を求刑しろと仰るのですか」

「死刑は極端としても無期懲役、あるいは長期の有期刑は当然でしょう」

つまり執行猶予などもってのほかという意味だ。しかも登坂は、もう天生を被疑者としか呼ばなかった。

「泣いて馬謖を斬る、ですか」

「三国志とは渋い。だが概ねその通りです。検察は自らの矜持と正義を守るためには、自ら血を流すことを厭わない」

登坂の言葉には頷けるところが多々ある。長らく検察の世界に棲んでいれば、全ての住人が清廉潔白な者ばかりでないことを知っている。

検察の不祥事は大阪地検特捜部主任検事による証拠改竄事件だけではない。二〇〇二年には大阪高検公安部長が暴力団に絡む収賄罪や公務員職権濫用罪などで実刑判決を食らっている。その他、三面記事に載るような個人の不祥事を一つひとつ挙げていけばきりがない。検察が検察官の理想像を謳い上げるのは、裏を返せば自浄作用が機能していないからだ。

詰まるところ、天生検事は検察が自らの威信を保持するための生贄に過ぎない。そして自分は、やはりキャンペーンのマスコットだ。

だがマスコットが嫌だからという理由で命令を拒否するような青さはない。検察の意図とは別に、検事であるからこそ一層厳峻に裁かれなければならないというのは岬自身の正義でもある。

「一連の資料は即刻、次席検事の部屋に送らせます。存分に力を発揮してください」

翻訳すれば、用件は済んだからさっさと立ち去れという意味だ。岬は一礼すると後ろも見ずに退出した。

己の執務室に戻ると事務官の信瀬孝弘が待っていた。

「埼玉県警本部から捜査資料と証拠物件が届いています」

困惑顔の信瀬の足元には段ボール箱が置いてあったので驚いた。いくら何でも仕事が早過ぎる。

だが少し考えて合点がいった。岬が呼ばれた時には全ては決定済みだったのだ。登坂に指示が飛び、埼玉県警本部に証拠物件送付の命令が下り、用意万端整った最後に岬が呼ばれていったという筋書きだ。

岬なら必ず命令に従うと見透かされていた訳で、改めて登坂の専横ぶりに嫌気が差す。

「〈天生事件捜査資料〉とラベリングされています。これ、例の事件ですよね」

「どうやらそうらしい」

「そうらしいって……まさか次席検事が捜査を担当するんですか」

「捜査だけじゃなく法廷にも立てと言われた」

「そんな例、聞いたことがありません」

「だろうな。わたしも初めて聞いた」

岬はまだ慣れない椅子に上半身を預ける。この感触に慣れてはならない。同じ感触に慣れる前に別の椅子に座ることが岬の宿志だった。

ただ闇雲な上昇志向ではない。岬なりに検察庁の現状には不満を抱いている。上意下達の組織において変革を企図するなら、命令系統の上部を目指すのは必然になる。

登坂はたった二回の敗北と言ったが、そのたった二回の敗北が理由で出世が遅れたのだと岬は考えている。有罪率99・9パーセントの法廷で負けるというのは、つまりそういうことだ。ならば命じられた裁判で勝つのが一番真っ当な挽回の仕方だろう。

「上は、それだけ次席検事に期待しているんですね」

「いざとなった際のハラキリ要員だ。誇るようなものじゃない」

「これだけ世間を騒がせている案件を任されるのは、誇っていいように思います」

この男らしい素直な慰め方だと思った。

「今すぐ照合します」

言われもしないうちに信瀬は早速段ボール箱を開け、照合票を片手に付け合わせを始めた。岬は段ボール箱を挟んで信瀬の正面に屈む。

「手伝おう」

「そんな。こういうことは事務官の仕事です」

「落ち着くんだよ」

岬が言い出したら聞かないのは信瀬も承知している。仕方がないというように首を振り、照合作業を続ける。

二人で黙々と段ボール箱の中身を検めていく。今回、仙街の射殺に使用された拳銃はリストの中に入っていない。照合表によれば現物は埼玉県警本部の証拠品保管庫に収められているらしい。

「さすがに今回は凶器を少しでも放置したくないのでしょうね」

「それが普通だ。証拠物件の中でも銃器類の取り扱いは他の物件と一線を画すべきだろう」

「……次席検事はネットをご覧になられますか」

「あまり興味はない」

「わたしはよく見ます。重大事件の扱いについて市民の本音が垣間見えますから」

「よくは知らないが、ネットの声といっても大抵は匿名だろう」

「本名で登録しているSNSもありますが、仰る通りほとんどは匿名です」

「本名も明らかにできないような発言を鵜呑みにしない方がいい。匿名というのは責任を持たない発言だ。無責任な発言など野次馬と一緒だ。日頃の憂さを晴らしたいだけだから理屈や理性は欠片もない」

言いながら、岬は心中で逆のことを考える。ネットの声には理屈や理性がない。その代わり感情の吐露がある。いかに刹那的でいかに下賤であっても、ある種の本音という点は間違いない。

「ネットには天生検事の行為を英雄視する声が多くあります。覚醒剤使用による刑法第三十九条の適用で刑を逃れようとした極悪人を罰したのは、立派な正義じゃないかと」

「くだらん」

岬は言下に切り捨てた。

「そんなものは正義じゃない。正式な司法手続きを踏まない刑罰はただの私刑だ」

「その通りですが、ある一定数の人間は天生検事の行為に快哉を叫んでいます。それだけじゃなく……」

信頼が不意に口籠る。

「他にも何かあるのか」

「……我々の正義を代行してくれた天生検事を訴えるのは間違っている。あのまま公判が行われたとしても、おそらく仙街は罰することができなかった。天生検事を訴えようとしている検察は仙街に殺害された五人の命を軽んじているのではないか」

「ますますくだらんな。司法は個人の報復のためにあるんじゃない。社会秩序を維持するために存在している」

「ネットの声はそれを踏まえた上で、市民感情を完全に無視する執行機関に存在意義はあるのかと」

その言説もまた食傷気味でしかない。

「それを言う連中は裁判員制度のことを失念している。そもそも市民感情を鑑みることと大衆迎合（ポピュリズム）は全く別の話だ。ポピュリズムに傾倒したシステムはやがて崩壊する。歴史がそれを証明している」

「次席検事はブレないんですね」

「ブレるほど選択肢がないだけだよ」

照合作業を続けていると、いくつかの抜けに気がついた。

「解剖報告書が入っていないな」

「問い合わせておきます」

捜査資料によれば仙街は天涯孤独の身の上であり、しかも死亡の状況が状況であるため、司法解剖には何の障害もないはずだった。

「埼玉県は監察医制度から外れている区域だ。予算不足で解剖できないケースも少なくないと聞いている。もしも、まだ司法解剖がされていないのなら医大に依頼してくれ」

「了解しました。それにしても各自治体で司法解剖への対応が異なるのは考えものですね」

死んだ後も尚、予算の問題はついて回る。地獄の沙汰も金次第というが、司法解剖の数が検挙率に密接に関わっているのは司法制度改革の次なる課題と言っても差し支えない。

凶器となった拳銃。死体の前胸部を貫通して壁にめり込んだ銃弾。仙街の死体写真。執務室の全景を写したもの。仙街の供述調書をはじめとした仙街事件の証拠書類一切。捜査資料は膨大な数に亘り、照合はともかく精査するには一日がかりだろう。

「当分、他の仕事はできそうにないな」

「検事長から何か言及はなかったのですか」

「東京高検の検事ならびに事務官を好きに使っていいそうだ」

「全権委任ですか」

「そんな大層なものじゃない」

岬は凶器として使用された拳銃の写真を眺める。

「トカレフか」

「元々、食い詰めたヤクザがコンビニ強盗で使った拳銃ですからね。安かろう悪かろうですよ」

トカレフは旧ソ連軍の軍用として開発・改良された拳銃だ。極寒の地で使用されることが前提であるため、セーフティやトリガーが極力省力化され部品点数も抑えられている。横流しされると激安価格になるのは、そうした理由による。貫通力が高い一方、命中率が悪いので、至近距離からの銃撃に適している。検視報告によれば、仙街の前胸部に残っていた銃創は三メートル以内で撃たれた痕と記載されているので、本来の使用法に沿っていたことになる。

仙街が射殺された際の主たる証言者は天生検事付きの宇賀という事務員と執務室の前に立っていた二名の警官だ。警官が踏み込んだ時には、既に仙街は射殺された後なので、重要度は宇賀事務官の証言の方が高い。

警官二人の証言には得られるものが多くない。宇賀事務官が具合悪そうに退出し、トイレのある方向に進む。その数秒後に執務室の中から銃声が聞こえ、慌てて踵を返した事務官とともにドアを開けてみると仙街が絶命していたという内容だった。

「宇賀麻沙美二級検察事務官、か」

「災難ですね、彼女も」

「彼女を知っているのか」

「検察事務官の合同研修で一緒でした。苦学生だったんですよ。大学入学直後に両親が亡くなったので、国家公務員試験に合格するまでの学費は全て自分で稼いだんだとか」

「感心だな」

「それだけじゃなく、とても優秀でした。検察庁というのはまだ男社会の色が濃いのですが、ああいう女性が増えることで変わっていくような気がします」

それは岬も待ち望んでいることだった。矜持というよりは意地、有罪率99・9パーセントを誇る傲岸さ。最近はいずれも悪しき男性性の発露に思えてならない。女性検察官が増えてはいるものの、まだまだ組織を変革するには人数不足だと思っている。

有罪率については別の懸念もある。昨今の検察官の中には案件の多くを不起訴処分にしてしまう者が少なくない。公判で負けることに怯えて矛を収めているのだが、それが常態になれば勝算99・9パーセント以下の事件は全て闇に葬られる。

報告書を見る限り、天生検事は勝算が充分に見込めなくても果敢に挑むタイプだったらしい。弁護側に屈する裁判もあったが、不起訴処分はほとんど見当たらない。有罪率を多少落とす結果になっても送検された事件を誠実に消化している態度は称賛に価する。

では天生検事は仙街事件を起訴しようと考えていたのだろうか。

幼稚園襲撃直後に逃走し、捕縛された際に仙街は覚醒剤を打っていたという。予てより常習者だったという本人の証言もあり、当初から刑法第三十九条を主張する肚であるのは読めていた。

実務上、刑法第三十九条が適用される裁判例はほとんどない。だが、稀に犯行時は心神喪失の状態であったと認定される案件があり、起訴した検察官は逆転無罪を食らった戦犯として定時審査の俎上に上げられる。階級と褒章を念頭に置く検事なら、できれば回避したい案件だ。果敢な天生検事は仙街事件を起訴しようとしたのか。それとも無罪判決の可能性が濃厚と見て、自暴自棄に至ったのか。これは本人に直接質した方がいいだろう。

「すぐにでも所件（検察官による最初の取り調べ）を行いたい。埼玉県警本部に伝えてくれないか」

2

天生事件に関して岬が全権を委ねられたというのは本当らしく、早くもその日の夕刻に天生が護送されてきた。

通常、高等検察庁は各地方裁判所・家庭裁判所・簡易裁判所の行った裁判に対する控訴事件を取り扱っている。今回のように第一審の案件で検事調べをするのは異例中の異例だが、案件自体が現職の検察官による殺人事件という異例だ。従ってイレギュラー案件にはイレギュラー対応というのは正攻法と言える。

異例と言えば埼玉県警本部の対応も同様だった。本来検事調べとなればワゴン車に被疑者数人を詰め込んで護送するのが常だが、今回は天生一人だけ、しかも十人もの警官を監視役に同行させたのだ。

午後七時三十分、岬と信瀬が執務室で待ち構える中、二人の警官に付き添われて天生が入室してきた。

天生が執務机の前に置かれた椅子に座る。通常の検事調べなら退出するはずの警官たちも、天生を両側から挟むかたちで立っている。これは埼玉県警本部からのたっての要請だった。発砲事件は執務室で被疑者と検事を二人きりにさせた結果との教訓が身に沁みているに違いない。

異例尽くしの中、天生の態度だけは普通だった。数多の被疑者同様、緊張し不安を隠せない様子でいる。

天生の第一印象はいかにも上昇志向の強いシニア検事というものだった。上昇志向の強い者ほど道が閉ざされた時の落ち込み方が激しい。より高く飛ぶものは、落ちた時の衝撃がより大きいのと同じ理屈だ。

「捜査担当の岬です」

こちらが名乗ると、天生はぴしりと背筋を伸ばした。

「さいたま地検刑事部、天生高春一級検事であります」

簡単な人定質問の最中も天生の緊張は一向に解けない。過分に打ち解けられても困るが、緊張の連続では事情聴取に支障が出ないとも限らない。

「天生検事、少しリラックスしてはどうだ。充分承知していると思うが、検事調べは被疑者の抗弁の場でもある。そんなに緊張していては、主張できるものもできないだろう」

お言葉ですが、と前置きして天生はいったん俯く。再び上げた顔は不思議に懐かしげだった。

「つい先日までは調べる側でした。あまりの逆転ぶりに頭がついてきません」

「無理もない。しかし尋問する立場を理解しているのであれば、尚更協力してほしい」

「ですが、そもそもわたしを含め、岬次席検事を前にして緊張するなというのがどだい無理な注文です」

「買い被らないでほしい。ただのロートルのいち検察官だ。それに今は単なる担当検事だ」

「私事になりますが、次席検事とは縁がなくもありません」

「どういうことかな。天生検事とは、これが初対面のはずだが」

「わたしは第六〇期の司法修習生ですが、岬洋介くんと同じ研修グループでした」

いきなり出てきた息子の名前に不意を衝かれた。

もしやと想像していたが、まさか的中していたとは。

「一年足らずの付き合いでしたが、彼からは多大な刺激を受けました」

「そんな大した人間じゃない」

謙遜のつもりだったが、天生の反応は予想外だった。

「とんでもない。彼は大した人間でした。三十数年の人生で、あれだけ才能の違いを見せつけられたことはありません。彼に出逢わなければ、わたしはもっと矮小で夜郎自大な人間になっていたと思います」

「才能というのは何の才能かね」

「司法に携わる者としての才能も抜きん出ていましたが、それ以上に音楽の才能です」

岬は心中で悪態を吐く。

息子を褒められるのはこそばゆいが、こと音楽となれば話は別だ。そこは決して褒めてほしいところではない。

「ショパン・コンクールのファイナルに残った逸材です。とても短い間でしたが、彼と行動をともにできたのは、わたしの替え難き財産になっています」

天生は岬の視線に気づいたのか、慌てて話を変えた。

「もちろん岬次席検事は我々シニア検事にとって雲上人のような存在です。いつかはお目にかかりたいと思っていましたが、まさかこんなかたちで実現するとは……面目ありません」

「無闇に人を持ち上げない方がいい。自分の進む道を違える元になる」

ふと気づくと、隣でキーを叩く手を止めた信瀬が興味深げにこちらを見ている。岬は咳払いを一つして態勢を整える。

「そろそろ事件の話に移ろう。九月二十二日午後三時、あなたは仙街不比等を自身の執務室に呼んで検事調べに臨んだ」

「はい」

「その時の二人の位置関係を教えてください」

「ちょうど今、次席検事とわたしの位置関係と同じです」

「警官は室内にいなかったのですね」

「はい。わたしと宇賀事務官と仙街の三人でした」

「検事調べをするにあたり、あなたは何を考えていましたか」

「高砂幼稚園の襲撃については、犯行の方法もチャンスも立証できていました。後は本人の動機さえ明らかにすれば公判を闘えると考えていました」

「仙街被疑者を尋問して動機を探ろうとしていたのですね」

「もう一つ、仙街が犯行時に心神喪失の状態であったかどうかを見極める目的もありました。いずれも起訴を前提とした確認事項です」

「起訴前鑑定について実施するつもりでしたか」

「はい。適格と思える鑑定医には目処が立っていました。検事調べは起訴前鑑定を行う以前の準備段階という性質を持っていました」

持って回った言い方だが、同じ検察官である岬には背後に横たわる事情までが手に取るように分かる。公判を維持できるよう、仙街には責任能力があると判断してくれる、検察側に都合のいい鑑定医が既に用意されていたという意味だ。もちろん公判が始まれば弁護側は弁護側で別の鑑定医に依頼するだろうが、少なくとも仙街を法廷に引っ張り出すためには必要な作業と言える。

「捜査検事として、あなたは仙街事件を起訴しようとしていましたか、それとも不起訴処分も考慮していましたか」

「仙街不比等は自分の学歴と能力を蔑ろにした世間を恨み、その矛先を良家の子女が通う高砂幼稚園に向けていたフシがあります。本人が直接言及することはありませんでしたが、明らかに彼は自分を虐げたものの象徴として高砂幼稚園の園児たちを捉えていました。幼稚園襲撃はその歪んだ復讐心の発露であり、社会通念上も倫理上も絶対に許されない……」

興奮したのを自覚し、天生はふと言葉を途切れさせる。

「すみません。夢中になってしまいました」

「構いません。そうした主張を聞く場です」

天生の話を聞くうちにこの男の人となり、加えて検察官としての矜持が見えてきた。

人間としては真っ直ぐ、検察官としても職務に忠実な男らしい。

だが真っ直ぐさも忠実さも行き過ぎれば悪徳となる。

「あなたは仙街被疑者から動機を引き出そうと試みたが、それは成功しましたか」

「成功は、しませんでした」

天生は力なく首を横に振る。

「まるで想定問答集でも読み込んでいたかのように、仙街はわたしの尋問をのらりくらりと躱し、決して園児たちに殺意を抱いていたとは証言しませんでした。そればかりでなく、凶行の際の記憶は何一つないと言い続けました」

「凶行時は心神喪失の状態であると仄めかした訳ですね」

「その通りです」

「そう証言する仙街を前にして、あなたは何を考えましたか」

天生は口を噤む。次に口にする言葉が自分の首を絞めることになると警戒しているようだった。

「何を考えていたか、憶えていません」

その答えが返ってくるのは想定内だった。岬は仕方なく信瀬に目配せする。

信瀬はいったん記録を止め、サイトからワイドショーの動画を検索する。

「この動画でインタビューに答えているのは天生検事ですね」

パソコンの画面を天生の方に向けさせる。表示されているのは、庁舎を出た天生が仙街事件について答えている映像だ。

『巷では刑法第三十九条が適用され、仙街容疑者は罪に問われなくなるという声も上がっていますが、その点はどうですか』

『刑法第三十九条の適用は特例中の特例です。素人芝居で公判を乗り切れるようなものではありません』

『園児三人と教員二人を惨殺した行為についてはどう思いますか』

『およそ人間のすることとは思えない。鬼畜の所業ですよ』

『犯人を憎んでいますか』

『仮にも人の親、人の子であるなら彼に同情を寄せるのは難しいでしょうね』

動画を見せられた天生はひどくばつが悪そうな顔をする。まるで寝小便の跡を突きつけられた子どもの顔だった。

正直、岬もいい気分ではない。同じ検察官相手なら尚更だ。だが、今の自分には天生を訴追しなければならない使命がある。任務のために感情を切り捨てるなど、これまで何度も経験してきた。

「この動画を見る限り、検察官としてではなく、私人としての意見が色濃く出ていますね」

「否定はしませんが、これは休憩時間でふっと気が緩んだ時、いきなり質問をされてきて」

「不意を衝かれたのならノーコメントを貫けばよかった」

「検察が市民の声を代弁しているとアピールする意図がありました。喋(しゃべ)るうちに、つい興に乗ってしまい」

「そもそも検察が市民の声を代弁する必要はない。勇み足にしても、もう少し思慮はなかったのかね」

　天生の弁解を遮り、岬は穏やかに訓諭する。信瀬に告げたポピュリズムへの警戒を繰り返すつもりはなかったが、どうして自分よりも若い世代は殊更に世評を気にするのだろうかと気になる。

　おそらくSNSの発達と無関係ではないだろうと岬は見当をつけている。個人が容易に主張を発信できる時代になり、それに伴って一般市民の声が実体として認識され始めた。体面を重んじる組織、評判を気にする企業、打たれ弱い個人は批判に過剰反応し、絶えず外聞を気にするようになった。何のことはない。個人の発言を自由にした結果、全てを萎縮させてしまっただけではないか。

「インタビュー動画で、天生検事は仙街被疑者に対する憎悪を表明している。取り調べで殺意も犯行時の責任能力も認めようとしない仙街被疑者と相対していて、抱いていた憎悪が更に膨らんだということはなかったのか」

「……手強いとは思いましたが、憎いとまでは」

「己の弁舌が通じず、尋問相手はのらりくらりを繰り返す。検事の肩には重責が掛かっている。時間の経過とともに焦りを覚えることはなかったか」

「焦りは、ありました」

「このままでは埒が明かない。不充分な検面調書を公判検事に委ねたら、無罪判決を下された時、自分が戦犯にされる。事務官が中座すると部屋には君と仙街被疑者の二人だけになった。焦りに焦った君は予てよりの計画を実行したのではないか」

畳み掛けるような口調は既に被疑者に対するそれだった。個人的な同情や共感はさておき、岬には天生から自白を引き出す任務がある。

「ちょうど当日、川口市内のコンビニ強盗で使用されたトカレフと弾丸が、捜査資料と一緒に送られてきた。本来、照合作業が終われば証拠品保管庫に収められるはずの銃器が何故か執務室の中にあった。君が隠し持っていたのか」

「知りません」

「君の事務官が体調不良を訴えて退出すると、部屋には君と仙街被疑者の二人きりになった。切羽詰まった君は拳銃を片手に、仙街被疑者に迫ったのじゃないのか。園児たちに対して殺意があったことも、凶行時には正常な判断力を有していたことを認めろと脅したのじゃないのか」

「違います」

「だが仙街被疑者は供述を拒否した。君は脅しが効かなかったので仙街被疑者を撃ってしまった。そうじゃないのか」

「違います、断じて違います。わたしは尋問の最中、急な眠気に襲われ、宇賀事務官が中座を申し出た時からは記憶がないんです」

「自分で喋っていて、ずいぶん都合のいい話だとは思わないかね」

「おそらく睡眠薬のようなものを盛られたと考えます」

「しかし胃洗浄で睡眠導入剤が検出されたのは事務官だけで、君の場合は尿検査しかされなかった」

「わたしも胃洗浄されていたら、その時確実に睡眠導入剤が検出されていたはずです」

天生は必死に訴えるが、これは後の祭りというものだろう。殺人の現行犯で逮捕されると、天生は県警捜査一課に拘束された。睡眠導入剤は服用して数時間も経てば吸収されてしまい、胃の中には残らない。

天生の訴えを受けて尿検査が実施されたのは逮捕後四時間が経過してからだった。確かに尿からは睡眠導入剤の成分が検出されたものの、服用した時間が特定できない。検事調べをする以前に天生自身が服用した可能性があるからだ。

「予め睡眠導入剤を服用し、効果の切れた時点で検事調べに臨む。二人の湯呑み茶碗に同じ睡眠導入剤を混入させておき、自分は呑んだふりをすればいい」

天生はしばらく苦渋に満ちた顔をしていたが、意を決したように声を上げた。

「次席検事。反論させてください」

「いいだろう」

「今の次席検事のご説明によれば、わたしは当初から仙街被疑者を脅迫し、それが功を奏さない場合は射殺するつもりでいたと言われる。宇賀事務官に睡眠導入剤を盛ったのも、射殺の瞬間を目撃されないためだと。しかし現実に彼女は体調不良を訴えて退出してしまいます。部屋に残ったのはわたしと仙街被疑者の二人だけで射殺されたのが仙街被疑者なら、当然わたしに嫌疑が掛かります。どうしてわたしがそんな論理的に矛盾した行動をとるんですか」

「君自身の論理的矛盾についてわたしが言及する必要はない。憎悪に駆られた者の論理がどこかで破綻するのは、君も実例を見てきただろう。ミイラ取りがミイラになったと考えれば納得できる。それに、そんな論理的矛盾よりも証拠物件が君の犯行であると雄弁に物語っている。一つは検視で明らかになった、至近距離からの発砲だ。犯行当時、執務室は完全な密室だった。仙街被疑者の前胸部に残っていた銃創は三メートル以内で撃たれた痕だ。三メートルと言えば、ちょうど今のわたしと君の距離だ。

言い換えれば、事件当時の君と仙街被疑者の距離でもある。銃創だけではなく、最も雄弁なのはトカレフから検出された君の指紋と、君のスーツから検出された硝煙反応だろう。二つの物的証拠は、発砲したのが間違いなく君であることを証明している。付け加えるなら、室内で発見された弾頭と薬莢（やっきょう）はいずれも問題のトカレフから発射されたものと鑑識の報告にある。その事実について何か反論があるなら言ってみ給え」

　天生はぐうの音も出ない様子だった。だがすっかり観念したという訳ではなく、すぐには反論を思いつかないといった態度に見える。

「その間は意識がなく、本当に何も憶えていないんです」

「天生検事。君が口にしたことの意味を理解しているか。君は自分が取り調べた仙街被疑者とまるで同じ抗弁をしているんだぞ。凶器も特定され、状況的には君が発砲したとしか思えない。それなのに犯行時には意識がなかったと繰り返している」

　天生の顔がみるみるうちに絶望と嫌悪の色に染まる。ミイラ取りがミイラになるとは、この状況を含めての指摘だった。

「まだ自身の犯行とは認めないのか」

「身に覚えのないことは認めようがありません」

「これだけ物的証拠が揃っていてもかね」

　念を押せば挫（くじ）けるとも思い難かったが、やはり天生は頑（かたく）なだった。

「何度訊かれても同じ答えしかできません」

「君には言わずもがなだが、検事調べの段階で否認し続けると、法廷での心証が悪くなるぞ」

「検事を拝命した時から、不正義とは闘えと教えられてきました。今回もそうするつもりです」

「言い忘れたが、公判もわたしが担当する」

天生の目が大きく見開かれる。

「次席検事が捜査検事も公判検事も兼任されるだなんて有り得ませんよ」

「現職の検察官に殺人容疑が掛かる方が、もっと有り得ない。これだけ言えば君にも察しがつくだろう」

正確を期するなら公判担当と言っても岬は陣頭指揮を任されただけで、実際に法廷に立つかどうかは未確定だ。だが、ここは岬が立ちはだかると天生に思い込ませておくのも一手だ。

「……検察は本気でわたしを有罪にするつもりですね」

「これだけ証拠が揃っていれば仕方ないだろう」

「岬次席検事が担当になられた理由が、今になってようやく理解できました」

「それでも翻意するつもりはないか」

「申し訳ありません」

「では調書を作成する」

聴取内容の中から記載すべき内容のみを文字起こしして、信瀬が調書を作成しプリントアウトする。記載内容を読み聞かせた上で天生が署名と押印をすれば検面調書が完成する。

手順に則って検面調書が出来上がる。これで天生と検察側は真っ向から否認事件を闘うこととなる。

署名・押印を確認すると、岬は口調を元に戻す。

「まさか息子の同期生を訴えることになるとはな。残念だよ」

「わたしも残念です」

検面調書に署名・押印した途端、天生は追い詰められた小動物のような表情になっていた。さすがに哀れになり、岬はつい余計な口出しをする。

「まだ弁護士の選任はしていないのだろう。誰か意中の弁護士はいるのかね」

「正直、頭の中が真っ白でそんな余裕はありませんよ」

「起訴から公判まではしばらくある。公判前整理手続きまでに決めればいい」

「何から何まで異例尽くしなら、しばらくというのも当てになりませんね」

天生の疑念は半分当たっている。裁判の期日決定は裁判所の専管事項だが、だからこそ裁判所の判断いかんで公判が遅れることもあれば逆に早まることもある。また専管事項であっても裁判所と検察庁の間には法廷外弁論を通じたパイプがある。現職の検察官による殺人事件となれば、早々に決着をつけたいと願うのは裁判所も同様のはずだ。高検から早期の公判を願い出ればすげなく却下されることもないだろう。

「わたしの口から言うのも何だが、法廷では唯一君の味方になる人間だから慎重に選ぶべきだ。今まで闘ってきた相手に、これはという弁護士はいなかったか」

天生は迷子のように狼狽えるだけだった。

「喜ぶべきなのか悲しむべきなのか、そういう弁護士には一度も巡り会えませんでした」

岬は複雑な思いで天生の愚痴を聞く。有罪率99・9パーセントの弊害の一つがこれだ。開廷以前に勝ちの決まっているような案件ばかり闘わせるから、相手側の力量を充分見極められないまま過ぎていく。

岬自身は手痛い敗北を喫したお蔭で自己鍛錬の機会を得ることができた。勝った試合よりも負けた試合の方が得るものが多いのはスポーツに限らない。

項垂れた天生が警官たちとともに退出していく。何故か岬はひどく疲れたような感覚に襲われる。

「次席検事。お疲れのようですね」

傍から見てそうと分かるくらいなら、よほど疲れているのだろう。ただし疲労は体力的なものではない。

将来を嘱望された後輩を訴えなければならない。登坂は陣頭指揮をすればいいと言ったが、こんな嫌な思いは自分一人で充分だ。おそらく岬自身が法廷に立つことになるだろう。法廷で天生の主張をことごとく粉砕し、彼を有罪にする。

検察関係者であれば大抵の者が回避したがる役回りだろう。登坂はそれを知悉して いながら自分に白羽の矢を立てた。岬なら他の誰かを矢面に立たせることなく、自分で泥を被るであろうことを見越しているからだ。

信瀬というのは勘のいい男で、岬の顔色から状況を察したようだった。

「自ら法廷に立つおつもりですか」

「誰も立ちたがらなければそうなる」

「次席検事が命令されれば断る者はいませんよ」

「汚れ仕事だ。他人に任せるより自分で引き受けた方が精神衛生上いい」

「次席検事としての仕事も山積しているんですよ」

「こういう時のために安くない給料をもらっているんだ」

すると信瀬は憐れむような視線を投げて寄越した。

「何て目をしている」

「わたしは現在二級事務官です」

「知っているよ」

「二級で三年も勤め上げれば考試の上で副検事になる道も開かれています。我々事務官にとっては憧れのコースでもあります」

「よく聞く話だ」

「次席検事を見ていると、その憧れが募る一方で、逆に挫けそうになることがあります。自分にこんな苛烈な仕事が務まるのだろうかと」

「わたしを見習おうなどと考える必要はないよ」

岬は不機嫌そうに言う。

「何かあれば尻拭いに回されるような検事だ」


その直後、埼玉県警本部から追加の資料が送られてきた。仙街不比等の解剖報告書だった。

執刀したのは埼玉医科歯科大法医学教室の眞鍋教授だ。死因は検視官の見立て通り発射された銃弾による穿通性心臓外傷で、即死だったと思われる。前胸部以外の外傷は見当たらず。体内に残留していた尿からは覚醒剤の陽性反応が認められ、また左腕には常習を思わせる注射痕が数カ所残っていた。

更に鑑識からも仙街の毛髪の分析結果が追加資料として送られてきた。毛髪は蓄積された薬物を長期間に亘って保持している。分析は毛根部から一センチ刻みで毛髪を切断し、それぞれの部位について薬物の含有量を調べる。この分析によって一カ月毎の薬物摂取歴を弾き出すことができるが、仙街が幼稚園襲撃の際に覚醒剤を打っていたかどうかまでは判別できなかった。仙街の場合は半年以上前からの使用が確認された。

結果として犯行時の仙街が心神喪失の状態であったのか否かは永久に分からなくなったが、少なくとも常習者であった事実は科学的に証明されたかたちだった。覚醒剤の常習者と認定されれば、犯行時の仙街が心神喪失の状態であったという主張は通りやすくなる。裁判官たちが即座に刑法第三十九条の適用を考えることはないだろうが、裁判の行方が混沌とするであろうことは容易に予想できる。従って天生の行為は、仙街に憎悪を向ける層にとって正義の執行以外の何物でもなかった。

そして同日夜、東京高検は天生高春一級検事の起訴を決定した。

二日後、岬が登庁すると信瀬から面会希望者が待っていると告げられた。それも法曹関係者ではなく一般市民だと言う。

「仙街被疑者に殺害された被害者のご家族です」

本来、高検の幹部が一般市民と面会することは滅多にない。検察の手法に疑義を唱える者、特定の案件に関して国策捜査だと抗議する者、その他胡散臭い市民活動に参画している者たちの話をいちいち拝聴しているような暇はない。

しかし仙街事件の被害者遺族となれば話は別だった。

「遺族たちには多数の報道陣が同行しています」

庁舎の受付で面会拒否をするのは簡単だが、カメラに映る高検の態度はさぞかし冷淡に見えることだろう。

岬は被害者遺族との面会を承諾した。もっとも岬の本意はマスコミへの牽制ではなく、被害者遺族の声を直接聞くことにある。ポピュリズムを否定しても人情を否定できないのが岬の弱い部分だった。面会に登坂の許可は取らなかった。全権を委任された段階で、些末事をいちいち報告する義務はないと判断したからだ。

面会希望者は総勢十五人、こちらは岬と信瀬の二人きり。空いている小会議室に十七人が入ると、部屋は満杯となった。

事前に決めていたのだろう。被害者遺族の代表者は幼稚園教諭坂間美紀の母親だった。

挨拶もそこそこに坂間の母親は早速切り出した。

「新聞を拝見しました。天生検事を告訴したんですね」

「案件を起訴するか不起訴処分にするかを決定するのが検察の仕事ですから」

「不起訴という選択肢はなかったのですか」

「たとえ被疑者であったとしても、人一人の命が奪われています。起訴しない理由は存在しません」

「正直、仙街が地検の庁舎内で殺されたと聞いた時には残念な気持ちがありました。どうして娘たちが惨い殺され方をされなければならなかったのかを、二度と仙街の口から聞けなくなってしまったからです」

居並ぶ遺族たちが一様に頷いてみせる。

「裁判が始まれば仙街の証言で当時の様子も分かるし、我が子の最期がどんな風だったのかも分かります。残されたわたしたちには、それを知って記憶に刻むのが供養だったんです。でも、それは叶わぬ希望になってしまいました」

母親はいったん言葉を切り、込み上げる感情を抑えようとしていた。沈黙が重い。いっそ泣き叫んでくれた方がまだしも気が楽だった。

「……仙街が死んでしまったのは返す返すも残念で悔やみきれません。ですが、仙街が覚醒剤の常習者と認定されれば無罪になる可能性もあったと聞きました」

「可能性としては有り得ました。仙街も心神喪失による責任能力の不在を主張しようとしていたフシがあります」

「仙街を有罪にできる確率はどれくらいだったのでしょうか」

「今となっては何を語っても憶測の域を出ません。意味のないことです」

母親はまだ納得しきれないように未練がましくこちらを睨んでいる。

「意味がないというのは、確かにそうかもしれません。でも、それならせめて仙街の言葉は聞きたかったです」

「庁舎内での犯行という前代未聞の出来事でした。各方面に多大な驚きと不安を与えましたが、今後は二度とこのようなことが起こらぬよう、検察庁内部のセキュリティと捜査手順を再考するつもりです」

外部からの問い合わせに対する統一見解は天生事件発生直後に通達されていた。検察の責任の所在を巧みに回避しつつ、とりあえず遺憾の意を表明した典型的な霞が関文学だった。喋っていて決して気持ちのいい言葉ではないが、非常時において対外的なコメントは必要だ。

だが、母親の返答はにべもなかった。

「わたしたち遺族が伺った目的は、検察庁さんの責任を問うためじゃありません。天生検事の公訴を取り下げてほしいんです」

予想された内容だった。

「確たる理由もなしに取り下げなどできません」

「じゃあ、せめて罪を軽くしてほしいんです」

「減刑の嘆願ですか」

「仙街の声が聞けなくなったのは残念ですが、裁判の成り行き次第では無罪の可能性があった犯人を天生検事は身を賭して罰してくれました。わたしたち遺族の無念を晴らしてくれました」

これもまた予想された内容だったので、岬は大して驚きもしなかった。気になったのは、天生の減刑嘆願の声がどれほどの規模なのかだ。

「今はまだ三百人程度ですが、わたしたち遺族は昨日から署名活動を始めました」

昨日といえば天生事件の起訴を各メディアが報じた日でもある。たったの一日で三百人の署名が集まったのなら大した成果ではないか。

「ここにいる遺族は十五人ですが、実際には二十五人います。被害者遺族でなくても、天生検事の減刑に賛同してくれる友人・知人がいてくれて、今も街角で署名を集めてくれています」

母親は小脇に抱えていたバッグの中から一センチほどの厚さの紙束を取り出し、テーブルの上に置く。二百人分ほどもありそうな署名だった。

「これから定期的にお届けに上がります」

こちらの都合など知ったことかという口調だった。

「普通の殺人犯にこんな署名が集まるはずがありません。この事件は遺族にとって特別なのです」

居並ぶ一同がほぼ同時に頷いてみせる。岬はまるで自分が彼らから吊るし上げを食らっているかのような錯覚に陥る。

いや、錯覚ではない。

仙街に対する怨念が天生の擁護に転化し、岬に向けられているのだ。

「裁判が行われたら、もしかしたら無罪になっていたかもしれない極悪人を、天生検事は罰してくれました。幾千の礼を重ねても足りないくらいです。お願いします。わたしたちの無念を晴らしてくれた天生検事を、どうか助けてあげてください」

遺族たちが頭を下げる。下げているのはあくまでも形式上だ。実際には、岬を代表とする検察庁に刃を突きつけているのも同然だった。

注視されていると彼らの怨念がいかばかりのものかが実感できた。法廷に立った時、傍聴席から被害者遺族の熱い視線を感じることがままあったが、それとは比較にならないほど激しく切実だった。

「面会の趣旨は分かりました」

決して切り捨てていい話ではないが、自分に許される時間は有限だ。

「減刑嘆願の署名は、高検宛てに送付いただければ結構です。わざわざご足労される必要はありません」

「いえ、わたしたちは熱意を伝えるために、是非とも会ってお話がしたいのです」

「熱意を伝えるのなら、もっと効果的な方法があります」

「どんな方法ですか」

　岬は母親に顔を近づけて声を潜める。

「国会議事堂前で嘆願運動するんです。検察庁は法務省管轄ですから、そちらに訴えた方が数倍効き目がある」

　母親は一瞬訝しげに眉を顰めた後、戸惑い気味に頭を下げた。

　遺族たちが庁舎から出ていくのを見送ってから、信瀬が堪えきれない様子で訊いてきた。

「次席検事。どうしてあんなことを仰ったんですか。下手をすれば署名活動が抗議集会に発展しかねません」

「必然性のある運動なら盛り上がるだろうし、一過性のものならやがて廃れる。全ては彼らの熱意次第だ」

3

やはり独居房は狭いな。

独居房の中央部に座った天生はぼんやりと部屋の中を見回す。

部屋のスペースは三畳。小さな机が隅に置いてあり、窓際には洗面台とトイレが設(しつら)えられている。窓は曇りガラスなので外の様子は全く窺(うかが)えない。畳は使い込まれてすっかり褪色(たいしょく)しており、ベージュ色の壁と相俟(あいま)って殺風景この上ない。仕事柄未決囚や確定囚と話したことは幾度もあったが、さすがに房の中に入ったのはこれが初めてだった。

昨日二十四日、起訴の決定に従って天生の身柄は埼玉県警本部の留置場から東京拘置所に移送された。移送途中に何度も身の潔白を訴えたが、護送係の警官たちはもう見向きもしてくれなかった。

拘置所に到着すると、最初に身体検査を受けた。この時点で現職の検察官という身分もプライドも木っ端微塵に粉砕される。丸裸にされ、刺青(いれずみ)が入っていないか、肛門(こうもん)の中に何かを隠し持っていないかを徹底的に調べられるのだ。

プライドだけではなく個性も剝奪(はくだつ)される。収容された途端、名前ではなく番号が付く。天生に付された番号は九五八六号だ。ただし呼ばれる時は番号ではなく、名前を呼び捨てにされる。

収容者の多くは雑居房に放り込まれるが、重大事件の関係者や特に監視が必要な者は独居房行きとなる。天生が独居房に放り込まれたのは、仙街殺しが重大事件と捉えられている証左だった。

一人きりの房だから他人に気兼ねをしなくて気楽というのは大間違いで、誰とも顔を合わせず一日中沈黙を続けるのは予想以上に苦痛だった。悟りきった仙人でもあるまいし、身に覚えのない殺人容疑で拘留されて精神状態は限界に近い。たかが三畳の部屋も勝手に歩き回ることはできず、決められた姿勢で座っていなければならない。畜舎の中を自由に歩き回れるだけ、まだ家畜の方がましだった。

広いスペースに大きな執務机で仕事をしていたのはたったの三日前だ。その間に立場が逆転してしまったのは悪夢としか思えない。

頭を過(よぎ)るのは仙街との検事調べの光景と、自分が被疑者にさせられた際の検事調べだ。いったい何が起こったのか、ようやく恐慌状態を脱した頭で考えたが、まるで訳が分からない。訳が分からないから苛立ち、苛立つから考えも纏(まと)まらない。

収容された当日には宇賀が面会に訪れた。東京拘置所の場合、未決拘禁者に許される面会は一日一回、しかも三十分だけだ。

　アクリル板越しにこちらを見た宇賀は今にも泣き出しそうに表情を歪めた。

「そんな顔をしないでくれ。泣きたいのはこっちだ。それに、君には圧倒的に似合わない顔だ」

「すみません」

　謝りながら、宇賀は持参したレジ袋の中から着替えやら歯ブラシやらの日用品を取り出す。

「急なことだったので取りあえずのものしか集められなかったんですが」

「いや、助かる。汗を掻いたままで寝ていたからシャツくらいは替えたいと思っていた」

「本当は長期の滞在になるなんて考えたくありません」

　長期滞在。いつかは帰ってくるという意味なら嬉しいが、今のところは希望が見いだせずにいる。

「外の様子を知りたい。独居房は昼飯時にＮＨＫのニュースが流れるだけで情報のほとんどが遮断されている。わたしが逮捕された云々の話もしていないしな」

「現職の検察官が殺人容疑で逮捕されたんです。世間とマスコミの騒ぎっぷりは普通じゃありません」

「どう普通じゃないんだ」

「肯定派と否定派にきっちり分かれています。肯定派は、刑法第三十九条を悪用しようとしていた悪党は殺されても当然という論調で、否定派はどんな状況下であっても個人による制裁は許せない、許してはいけないという理屈です」

呆(あき)れるほど単純化された対立軸だと思ったが、概して大衆は単純なものを好む。いや、単純な二項対立にしないと論戦に加わろうともしない。

「ただしきっちり分かれているのはネットの声だけです」

「新聞やテレビではどう言っている」

「司法の世界に生きている検察官が感情の赴(おもむ)くままに私刑をしていたら司法システムが信頼されなくなる」

一拍置いて、続ける。

「……厳罰を科すべきだと」

「建前はどうしたってそうなる。当の検察庁がそうだ。身内が失敗し逸脱したら徹底的に罰する。そうすることでしか組織の健全さをアピールできないからな」

喋っていると、我がことを娯楽に消費されているようで苛立ちが募る。しかし宇賀の前で取り乱した様子は見せたくない。

「高砂幼稚園事件の被害者遺族が、天生検事の減刑を求めて署名活動を開始したそうです」

想定外の話だったので驚いた。だが素直には喜べない。

自分の身を気遣ってくれるのは有難いが、結局は天生が仙街を殺害したことを前提としている。

「君はわたしを疑っているのか」

切羽詰まった気持ちが口を開かせた。

「仙街を殺害したのはわたしだと思っているか」

宇賀は戸惑ったように視線を泳がせる。

「そうではないと信じたいです」

信じるではなく、信じたい。

宇賀が戸惑う理由も分かる。発砲は宇賀が中座した後に起きた。執務室に残っていたのは天生と仙街だけであり、その仙街が撃たれたのなら容疑者は天生しかいない。子どもにも分かる引き算だ。

天生自身に記憶がないから身の潔白を証明しようにも、論理で反論できない。反論できないからますます感情的になり、更に論理性が疑われる。

「減刑嘆願の署名活動か。有難迷惑の最たるものだな。署名活動が盛り上がれば盛り上がるほど、わたしが仙街を殺害したと信じられてしまう」

事情を知らない者は黙っていてくれ。

他の案件でも、〈善良なる市民〉の声には度々悩まされてきた。批判も擁護も根が感情的なものなら、結局は当事者にとって迷惑でしかない。どうして責任の持てないような発言を繰り返して嬉々としていられるのか、天生には全く理解できない。正義や善意を振り翳してみても、その正体は大抵が野次馬根性に過ぎないではないか。

「でも検事。減刑の嘆願は決して無意味ではありません」

　宇賀は遠慮がちに言う。

「検事には有難迷惑でしょうけど、少なくとも裁判官と裁判員の心証にはプラスに働きます。殊に裁判員は一般市民なので、市民感情を無視できないはずです」

「どんなスジであっても味方は多い方がいい、か」

　裁判所が世間の声に阿ることは少ないが、裁判員が世評に流されることは多々ある。宇賀の言い分にも一理はあるのだ。

「仙街に殺されたのは女性教員二人と四歳の園児が三人です。彼女たちを残虐無比に殺害した仙街に同情する者は誰一人いません」

「被害者たちに向けた同情がそのままわたしの擁護に繋がっている。有難迷惑には違いないが、無下に拒絶するのも許されない。難儀な話だ」

「とにかく、今は裁判に有利な条件を揃えることだと思います。無実の訴えは法廷でいくらでもできますから」

「法廷絡みで頼みたいことがある」

天生はようやく本題に入る。日用品の差し入れや外野の騒ぎは二の次三の次だ。

「弁護士を選任したい。わたしに代わって弁護の依頼をしてくれないか」

「必要な手続きですが……いったい誰を選ぶんですか」

いっとき宇賀は不思議そうな顔をする。

「天生検事が手こずった相手が弁護人に最適だとは思いますけど、今までにそういう弁護士はいましたか」

「それで困っている。君が面会に訪れるまでに今までの相手を思い出してみたが、これはという人材が思い当たらない」

「強敵と呼べるような弁護士はいませんでしたからね」

「事務官同士、横の繋がりがあるだろう。口コミで腕のいい弁護士を探し出してくれ」

「承知しました」

「事務官の口コミでも有望な弁護士に行き当たらなかったら、脇本美波という弁護士に連絡をつけてくれないか」

宇賀は取り出したスマートフォンにメモを入力し始める。

「脇本美波弁護士ですね。どうしてこの人を」

「司法修習生時代に同じグループだった。今も弁護士をしているはずだから、同業者の評判は聞き知っていると思う」

　脇本美波とは今でも年賀状のやり取りだけはしている。天生が検察に入庁したのとほぼ同時期にどこかの弁護士事務所に採用されたと知らせてきた。修習生の頃から才気煥発（かんぱつ）で、歯に衣（きぬ）着せぬ物言いが身上の女だった。

「了解しました。有望な弁護士がいたらすぐに交渉します」

「よろしく頼む」

「他にはありませんか」

「難しいかもしれないが、検察側の情報を収集しておいてほしい。公判前整理手続きになれば提出される証拠品と証人が分かるが、あれは一部に過ぎない。公判を闘うためには全ての手札を知っておきたい」

　宇賀の顔が曇った。

「どうした」

「岬次席検事付きの事務官は信瀬という人で満更知らない相手でもないんですが、彼の口を通して情報が洩れることはあまり期待しない方がいいと思います」

「よっぽど口が堅いか」

「検察事務官の合同研修で一緒になりましたが、当時から隙を見せない人でした。あれから会ってませんから、どう変わったかまでは把握していませんけど」

研修時に隙がなかったのなら、今頃はさぞかし貝のような男になっているかもしれない。それでなくても、あの岬次席検事の検察官補佐を務めている事実を考えれば脇の甘さを期待するのは難しいだろう。

その時、天生の背後に控えていた刑務官が声を掛けてきた。

「時間だ。そろそろ切り上げて」

集中して話すと三十分はあっという間だ。宇賀は名残(なごり)惜しそうに席を立ち、面会室を出ていく寸前にも、こちらを振り向いた。

独居房に戻ると、再び焦燥と苛立ちに襲われた。宇賀に色々と依頼したが、宇賀もまた刑事被告人の関係者だから監視の目が厳しいはずだ。おいそれと自由に動き回ったり訊き回ったりも困難だろう。

こうしている間にも岬たちは天生に不利な証拠を集め、絞首台の縄を用意している。いや死刑でなくても、世間やマスコミから厳し過ぎると思われるくらいの求刑を行うのは火を見るよりも明らかだ。それなのに、当事者であるはずの自分は座布団の上で身動き一つできずにいる。何もしない、何もできないことがこれほど苦痛だとは。

ドアの横には食事を出し入れする小窓がある。この日の夕食は焼き豆腐(どうふ)のカレー、鶏の唐揚げ五個とデザートにはミニエクレアだった。カレーも唐揚げも味が薄く、逆にエクレアは甘過ぎた。文句を言ったところで看守から叱責されるのは目に見えている。第一まだ感情の昂りが収まらず、食事を楽しむ余裕など欠片もなかった。食べ終わったら洗面台で食器を洗い、元の小窓に戻しておく。

これでもう何もすることがなくなった。

午後七時になると部屋の照明が暗くなる。本を読むこともできなくなるが、就寝時間が決められているのでそのまま横になるのも許されない。

午後九時、完全に照明が消えて部屋の中は真っ暗になる。

今がまだ九月で助かった。冬場になれば間違いなく寒さに震えながら眠らなければならないだろう。

次第に目が闇に慣れてきた。私語を禁じられ、看守が見回りに来ない限りは話し声も足音も聞こえない。

ところがしばらくすると、部屋の隅からかさかさと音が聞こえ始めた。枯葉が擦れ合うような音だ。不審に思って音のする方向に顔を向け、思わず叫びそうになった。

ゴキブリが蠢いていた。それも三匹だ。

畳の上に落ちた夕食のカスでも狙いにきたのか、天生が寝ている傍を堂々と横切っていく。おそらく拘置所が碌な駆除対策を行っていないせいで人慣れしているのだろう。

騒げば看守が飛んでくる。せめてヤツらが身体を這い回らぬよう、天生は頭から布団を被る。
惨めだった。
ただひたすら惨めで、口惜しさのあまりその夜はまんじりともせず身悶えていた。

二十六日、午前七時。スピーカーから流れてきた〈美しく青きドナウ〉が起床の合図だった。ゴキブリの徘徊する部屋にも拘わらず、ずいぶん優雅な目覚ましだと妙なところで感心する。

同七時十五分に看守が立ち寄り房内の点検、二十五分には朝食が配られる。

朝食のメニューは麦飯と海苔と漬物、そして味噌汁。麦飯は白米7：麦3の割合なのだと、天生は初めて知らされた。警察署の留置場と異なり、拘置所や刑務所では受刑者が作ったものが配膳されるので温かい飯が食べられる。食べ終われば夕食時と同様、洗面台で洗って小窓に戻しておく。

朝食後は数分間の運動が許される。運動と言っても畳の上でストレッチをするだけだが、半日以上も同じ姿勢を強いられ、硬い畳の上で寝るしかなかった身体には有難かった。

午前九時を過ぎた頃、看守がやってきた。

「天生、面会だ。事務官の宇賀という女性が来ている」

一般の面会は午前九時からなので朝一番に受付を済ませてくれたらしい。

面会室では既に宇賀が座って待っていた。だが顔色が優れないのを見て、あまり良くない知らせなのだと察した。

「おはようございます」

声が潰れ気味なのは、彼女が昨日のうちに弁護依頼に終始したことを物語っていた。

「その顔色だと、成果が思わしくなかったみたいだな」

「わたしの力不足で申し訳ありません」

「詳細を訊こう」

「まず事務官の伝手を頼って、やり手と噂される弁護士の事務所を当たってみました。問い合わせし始めてから、ようやく彼らがやり手とか敏腕とか呼ばれている理由が分かりました」

「どうしてだった」

「彼らは勝てる裁判しか受任しませんでした」

宇賀は憮然として言う。

「彼らの係争案件の多くは民事事件で、しかも依頼時点で勝ちの見込める案件を受任しています」

そんなことだろうと思った。

「刑事事件も扱うという触れ込みでしたけど、加害者や被告人の弁護はしないと明言する弁護士さえいました」

弁護士それぞれに考え方があり流儀がある。犯罪被害者の保護を第一に考える弁護士もいるだろう。しかし加害者もしくは被告人だからという理由で弁護を拒むというのは、それはそれで天晴な方針だと感心する。

今まで検察側の立場で居続けたため、宇賀には弁護士の対応が意外だったらしい。普段は見せない憤懣を露にしている。

「加害者や被告人の依頼は受けないという弁護士を除外していくと、数はずいぶんと減りました。でも、残りの弁護士事務所も芳しくありませんでした。仙街不比等か天生検事の名前を出した途端、全部が受任を拒否してきたんです」

敏腕と称される弁護士なら当然のことながら勝率にも拘るだろう。敗色濃厚な事件に進んで着手するのは本当に優秀な弁護士か、さもなければよほどの物好きに違いない。

「嫌われたものだ」

「皆、腰抜けなんですよ」

宇賀の口から腰抜けなどという言葉を聞くのは初めてだったので、少し笑った。

「わたしが弁護士だったら絶対に受任するのに」

「自分で言いたくないが勝算は薄いぞ。それでも引き受けるのか」

「マスコミはともかく、世論の多くは天生検事の味方です。世論さえ味方につければ裁判員の心が動いて勝機も見えてきます」

そう言うと宇賀は取り出したスマートフォンを操作して、アクリル板越しに映像を見せてくれた。主婦と思しき女性たちがどこかの街角で署名活動に勤しんでいる光景だった。

「昨日お知らせした仙街事件の被害者遺族たちです。今朝の段階で嘆願署名は四百人分集まったそうです」

二日で四百人というのが多いのか少ないのか天生には分からない。だが、やはり半分は有難いと思う一方で迷惑だとも思う。

「人権派を標榜する弁護士には当たってみたのか。連中なら冤罪晴らしに情熱を持ってくれるんじゃないのか」

「それはわたしも考えました」

さすがに宇賀に抜かりはなかった。だが、その顔色は一向に冴えない。

「過去の冤罪事件で逆転無罪を勝ち得た弁護士数名に連絡してみました。答えはＮＯでした」

「拒否の理由は」

「はっきりとは教えてくれませんけど、現職の検察官を弁護すること自体に拒否反応があるみたいです」

これも相手の立場になれば理解できない話ではない。無実の依頼人に罪を被せるのはいつでも検察側だ。冤罪を晴らそうとする弁護士にとっては天敵のような存在だ。その天敵を救おうとする弁護士も、やはり相当な物好きだろう。

頼みの綱がどんどん細くなっていく。ある程度は弁護を断られると予想していたが、まさかここまでとは思っていなかった。

「脇本美波とは連絡が取れたのか」

「日弁連のサイトに連絡先が掲載されていました。現在、脇本弁護士は外資系の証券会社で企業内弁護士を務めています」

いかにも彼女らしい選択だと思った。企業内弁護士とはその名の通り企業に雇われて専属として企業法務を担う弁護士のことだ。専属なので仕事の内容が単調になる代わりに、企業の基本給が確保されるので収入は安定する。経営やビジネスに関わる機会も増えるので、将来的には経営陣の一角に名を連ねるのも不可能ではない。

元より会社の経理担当だったが、リストラに遭って法律家を目指したという経歴の持ち主だ。晴れて弁護士資格を獲得した彼女がビジネスの世界に飛び込んだのはごく自然な流れのように思えた。

「彼女、元気そうだったか」

「はい。天生検事の名前を出したら、とても懐かしがっていました。でも肝心の弁護依頼の件になると口が重くなって……企業と専属契約が締結されている以上、社外の事件を受任すると契約違反になるそうなんです」

「そうだろうな」

「それに、ずっと企業法務にしか携わってこなかったので、今更刑事事件を任されても天生くんの役に立てそうにない。そう仰っていました」

「正直で衒(てら)いがないのも相変わらずか。彼女は他の弁護士を紹介してくれたか」

「同じ理由でやんわり断られました。企業法務を専門にしていると、訴訟相手ももっぱら企業内弁護士になってしまうので、今回のように難しい事件を任せられるような弁護士には思い当たらないと」

「……正直過ぎるのも考えものだな。彼女が目の前に立っていたら愚痴の一つでもこぼしてやりたい」

「脇本弁護士は大変すまなそうでした」

美波の顔が目に浮かぶようだった。だが、今は懐旧の念に浸っている場合ではない。何としても自分の冤罪を晴らしてくれる弁護士を早急に探し出さなければならないのだ。

「もう少し当たってみます」

宇賀は切なそうだった。

「でも、どうしても手を挙げてくれる弁護士が見つからなかったら、最後は国選に頼ることになりそうです」

「そいつはどうかな」

万策尽きれば国選弁護人やむなしとは天生自身も考えていた。それでも国選に対する偏見が払拭しきれない。

「国選だからいい加減な弁護をするとは思っていない。費用ならわたしの方で負担できる。だが自主的に引き受けるのとそうでないのとでは取り組み方も違ってくる」

「承知しています。ですから最後の選択と申し上げました」

宇賀の切実な顔を見ていると、矢庭に自分が恥ずかしくなってきた。

「悪かった。君がわたしのために駆け回っているのは承知しているはずなのに」

「いいえ、わたしが至らないせいです」

慰めようとした時、刑務官の声に遮られた。

「時間だ」

申し訳なさそうに退出していく宇賀の背中を見送りながら、天生はゆっくりと絶望を味わう。

宇賀はまだ一日探し回っただけだ。二日、三日と重ねていけばいい弁護士に巡り会える可能性がある——無理にそう思い込もうとしたが、声の嗄れ具合から彼女が途方もなく奔走したのも分かっている。昨日以上の労苦を強いて、いったいどれだけの成果が期待できるというのか。

焦燥に駆られているせいで、昼食に供された焼き魚も麦飯も味はさっぱり分からない。座っていても恐怖が足元から立ち上り、叫び出しそうになるのを何度も堪えた。

一日に三十分だけ散歩が許されていた。散歩と言っても床に引かれた白線に沿って収容棟の廊下を行って帰ってくるだけだ。歩いている最中も、世界中が自分の敵になったような気がして暴れ出したくなった。

夕食を終え、就寝時間になっても尚、怖気は止まない。眠れば間違いなく悪夢に取り込まれそうで、なかなか寝つかれない。夜を呪い、世を呪った。

こうして天生は二日続けて眠れない夜を過ごした。

翌九月二十七日、一睡もできずに頭を重くしていると、また刑務官がやってきた。

「天生、面会だ」

時刻は午前九時。律儀なものだ。今日も朝一番に受付を済ませてくれたらしい。

「また宇賀事務官ですか」

「今日は別の面会人だ」

刑務官の口から洩れた名前は予想だにしないものだった。

天生は面接室に急ぐ。本当なら駆け出したいところだが、刑務官が付き添っているので普通に歩くしかない。

まさか。

どうしてあいつがこんな場所に。

一メートルが十メートルに、十メートルが百メートルほどに感じられる。

やっとの思いで面会室に辿り着き、もどかしくドアを開ける。

アクリル板の向こう側に懐かしい顔があった。

「やあ」

岬洋介は片手を挙げて微笑んだ。

「どうして、君が」

すると洋介は心外そうに言った。

「天生さんが言ったのですよ。自分が何かの弾(はず)みで被告人になったら助けに来いと」

たちまち記憶が甦る。洋介が修習途中で司法研修所を退所する際、天生が冗談半分に投げた言葉だった。

「約束を果たしに来ました」

アダージョ モルト エ カンタービレ－アンダンテ モデラート

1

「ちょ、ちょっと待ってくれ」

突然の再会に、天生は動揺を抑えきれなかった。目の前に座る人物が岬洋介本人であるのは認識できる。だがあまりに唐突な出来事に思考がついていかない。

「いつ日本に帰ってきた。確か外国でコンサートツアーをしている最中じゃなかったのか」

「ついさっき成田に到着しました。遅れてすみません。何しろ現地で天生さんの事件を知ったのが昨日のことだったものですから」

「現地ってどこだよ」

「ブダペストです」

「ブダペストって……成田まで何時間かかるんだ」

「ドバイで乗り換えて約十八時間でした」

「十八時間……」

「地球の裏側からでも駆けつけると言いました。飛行時間十八時間ならどうということはありません」

「仕事は、ピアノの方は放っておいていいのか」

「まあ、何とかなります」

洋介を見ていると、この世に不安など存在しないように思えてくる。

十年ぶりだというのに彼の印象は初対面の時からあまり変わらない。あくまでも謙虚で、しかし決して卑屈ではない。憎悪や怨念は別の感情に転化できると信じている目だ。どんな人間にも敬意を払い、どんな人間にも絶望しないという笑みだ。

何年経とうが世界的ピアノコンクールのファイナリストになろうが、この男は全く何も変わっていなかった。何故か天生にはそれが嬉しくてならない。

「ショパン・コンクール以降、活躍は何度も耳にした。惜しくも入賞は逃したものの、入賞者以上に有名になってしまった。つくづく君らしいと思ったよ」

「お蔭様で」

「そう言えば一度も帰国しなかったみたいだな」

「コンクール終了後、色んなプロモーターからオファーをもらったんですよ」

洋介が挙げた地域は十二カ国四十五都市に上った。なるほどそれだけ遠征を続けていれば帰国する間もないだろう。

「まさかそんな強行軍を一人でこなしていたのか。マネージャーの一人や二人は雇ったんだろうな」

「アメリカに行った際、とても有能な人に会いました。今はその人にマネージメントをお願いしています」

「よく急な帰国を許してくれたな」

「別に許可は取っていません」

事もなげに言う洋介に呆れたが、よく考えれば昔からこういう人間だった。

「俺が巻き込まれた事件についてはどこまで知っている」

「飛行機の中でひと通りは把握しました。密室の中で仙街被疑者が射殺されたのでしたね」

得られた情報に齟齬（そご）がないか、洋介の口から聞いて確認する。どうやら公式発表された事実と捜査員から漏れ出た話は全て網羅されているらしい。だが、もちろん当事者だけが知り得る話は彼の耳にも届いていない。

「ところで俺を起訴した検察官が誰だか知っているか」

「いいえ」

「君の親父さんだ」

さすがに洋介は驚いた様子だった。

「高検の次席検事が法廷に立つなんて、あまり聞いたことがありません」

「事件自体がイレギュラーだから高検の対応もイレギュラーになるさ。何といっても検察の威信が掛かっている。俺に厳しい刑を科さないと、身内で庇っていると非難されるからな」

「相変わらず硬直した組織ですね。そんなに極端なことをせず、普段通りに対処すればいいのに」

「元々役所はお堅くできてるんだ。無理を言うな」

「天生さんは事件をどうお考えなんですか。自分なりに犯人の目星はつけているのでしょう」

「人事不省に陥ってからの出来事だから、全部想像になってしまう」

「でも推測は可能です。状況を考えれば、二人分の湯呑み茶碗に睡眠薬を混入できた人物も、仙街に発砲できた人物も限定されます」

「当然、それは考えた。君が問題にしようとしているのは宇賀事務官のことだろう」

今まで頭の隅にありながら、敢えて無視しようとしていた。可能性を検討するのが怖かったせいもあるが、不合理な話に思えたからだ。

「確かに宇賀事務官なら湯呑み茶碗に睡眠導入剤を混入させることも、証拠物件の入った段ボール箱から拳銃を抜き取ることも可能だ。二人の湯呑み茶碗両方に仕込んだのも偽装工作と考えれば有り得ない話じゃない。だけど発砲は彼女が執務室から退出した直後に起こっている。彼女に犯行は無理だ。第一、彼女には仙街を殺す動機がない」

天生の説明を聞いている洋介は深い瞳をしている。覗き込むと吸い込まれそうだった。

「仙街に発砲できる人物はもう一人います」

「分かっている。かく言う俺自身だ。拳銃の引き金には俺の指紋が付着しているし、スーツの袖口からは硝煙反応も検出されている。おまけに仙街を殺す動機もある」

「個人的な恨みではなく、義憤に近いものですよね」

「そうだ。相手は五人もの無辜の命を無慈悲に奪ったケダモノだ。罪を憎む検察官の立場としても許せないが、それ以前に人として許せなかった。だが仙街が覚醒剤の常習者となれば、当然弁護側は心神喪失を理由に刑法第三十九条の適用を主張してくるに決まっている。仙街を洗えば洗うほど常習者である証拠が集まってくる。あのまま公判に移行しても、弁護側も精神鑑定を申請しただろう。仙街には方法もチャンスもある。動機だってエリート層への復讐という解釈が成立する。それなのに心神喪失を理由に罰することができなくなったらと思うと、憎悪も湧いてくる」

「意識が朦朧とした時点で自制が利かなくなり、無意識のうちに仙街を撃った。そう考えているんですね」

「指紋と硝煙反応が検出されたのは致命的だ。どう言い繕っても事実は覆せない。事実が覆せないのなら、自分を疑うしかないじゃないか」

　岬次席検事はもちろん宇賀にさえ打ち明けなかった本音が、洋介相手にはするすると吐露されていく。不思議にも、それが心地よさを伴っている。

「初めこそ自分はそんなことをするはずがないと念じていたけど、取り調べを受けるうちに段々自信がなくなってきた。仙街に対して憎悪があったのも自覚している。物的証拠がこれだけ揃っていたら抗弁のしようもない」

「天生さんらしい論理に、検察官らしい見解が入っているように思えます。あなたは普段から科学捜査を重視しているんですね」

「ひと昔前とは違って、自白が証拠の王様という認識は薄れつつある。代わりに台頭しているのが科学捜査による物的証拠だ。人間は嘘(うそ)を吐(つ)くけど、モノは嘘を吐かない」

　未だ現場では自白第一主義がまかり通っているが、次々と冤罪事件が発覚していった過程で、最近の検察は自白調書に全面的な信用を置かなくなった。導入当初は分析能力に不安のあったＤＮＡ鑑定も正確さを増し、裁判における信用度では自白調書を凌駕(りょうが)している感さえある。

　検察官としては至極当然の態度だと思っていたが、洋介はあまり感心する素振りを見せない。

「君は不満そうだな。ひょっとして前近代的な自白偏重主義者か」

「検察が自白を最上の証拠として扱わなくなったというなら結構なことですが、天生さんの話を聞いていると証拠の王様が自白から科学捜査に移っただけのような気がします」

「何だ、科学捜査も信じられないっていうのか」

「あくまでもバランスの問題です。突出したものに全幅の信頼を置くのは、あまり健全とは思えません」

「そうかな」

「天生さんならハーモニーに喩(たと)えれば分かっていただけると思います。森羅万象の全てではありませんけど、大抵の出来事には固有のハーモニーがあります」

「いかにも演奏者らしい表現だ」

「方法とチャンスと動機。導き出される容疑者、そして自白。ところが一連のハーモニーに濁りを感じた場合、どこかに不協和音が潜んでいるものです」

「早くも不協和音を見つけたような口ぶりだぞ」

洋介は首を横に振る。

「耳障りに感じている程度で、不協和音の成分はまだ分析できていません」

「公判前整理手続きまで時間的な猶予はそれほどない。俺の弁護をしてくれるのなら早く弁論の準備をしてくれ」

すると洋介は申し訳なさそうに頭を下げた。

「忘れたんですか、天生さん。僕は司法研修の途中で退所してしまった人間です。弁護士資格はありません」

「だけど、こうして助けにきてくれたじゃないか」

「弁護人でなくてもアシストする手立てはいくらでもあります。今の口ぶりだと、まだ弁護士を選任していないみたいですね」

「適任が見つからなかったんだ」

経緯を説明されると、洋介はまるで予想が的中したかのように頷いてみせる。

「きっとそうなるだろうと思っていました」

「どうしてだよ」

「司法修習生の頃から天生さんは真面目な人でした。与えられたカリキュラムにも、教官からの課題にも。きっと今でも検察官としての職務に忠実なのでしょうね」

「それが悪いことだとは思わないが」

「職務に忠実過ぎる人は敵を作りやすいのですよ」

特定の誰かを指しているかのような言い方が気になった。

「岬次席検事のことを言っているのか」

「一般論です」

洋介ははぐらかしたが、中らずと雖も遠からずだろう。

「僕自身に弁護士資格はありませんけど、有能な弁護士を連れてくることはできると思っています。だから少しだけ時間をください」


洋介と別れた後には余熱が残った。心が凍てついていたことに気づきもしなかったが、知らず知らずのうちに熱を奪われていたらしい。それが、洋介と話しているうちに取り戻せたようだ。

音楽が足りないと痛感する。

拘束される前の天生は、何か行動する際の暖機運転で音楽を取り入れていた。旋律とリズムを刻むことで精神の平衡を保っていたふしがある。おそらく物心つく頃からピアノに親しんでいた影響だろう。

現行犯逮捕されてから耳に入ってくる楽曲と言えば目覚めのウインナ・ワルツくらいで、あとは看守の指示・命令とゴキブリの遁走曲だ。これでは安定するものも安定しない。

洋介の声と楽観はウインナ・ワルツに勝るとも劣らない。ついさっきまで胸底に沈殿していた澱がかなり目減りした感がある。

会話を反芻してみれば事態は悪い方向に転がるばかりで一向に好転する気配はない。

だが洋介と言葉を交わしただけで希望の光が見えてきた。あれは一つの才能だろう。やはり音楽が圧倒的に足りないと痛感する。ＮＯ　ＭＵＳＩＣ、ＮＯ　ＬＩＦＥ。やはり自分には音楽が必要なのだ。絶望と慟哭ではなく、希望と歓喜の歌が。

さりとて携帯オーディオの持ち込みを許可する刑事施設など存在するはずもなく、天生は悩む。再生装置が入手できないのなら、頭の中で音楽を再生する以外にない。

そこまで考えて、天生は不意に笑い出したくなった。昨夜まで悪夢に苛まれていたというのに、この気持ちの変わりようはどうだろう。

独居房に戻った天生は、しばらく脳内での音楽再生を試みた。焦燥に駆られてばかりでは勝てる裁判も勝てなくなる。

贔屓しているベートーヴェンのピアノ協奏曲を第一楽章から再生し始め、興に乗ったところで刑務官の声に邪魔をされた。

「天生、検事調べだ。出ろ」

検事調べは一回で終わるとは限らない。事件の態様、または捜査検事の手法により二回三回と続くことも多々ある。

天生は座布団から立ち上がった。

高検に到着すると、再び岬次席検事の執務室に通された。天生の顔をまじまじと観察した岬は意外そうに言う。

「元気そうですね」

どうやら元気な顔を見せてはいけなかったらしい。そう言えば天生自身、二回目に呼びつけた被疑者は初件（最初の検事調べ）よりも憔悴していたではないか。

「拘置所の食事がヘルシーなせいかもしれません」

我ながら軽口を叩けたことに驚いたが、岬はもっと驚いたようだった。

「君を見くびっていたかな」

「何がでしょうか」

「エリートと呼ばれる人間はひと晩でも房に入れられるといくらか脆弱になるものだが、天生検事は初件の時よりも血色がよくなっている」

あなたの息子さんに元気づけられましたとは言えない。

それにしてもと思う。

親子でありながら岬次席検事と洋介とでは佇まいがずいぶん異なる。片や検察官、片や音楽家という職業の違いからか、次席検事は老獪で洋介は天然という印象がある。

さっき息子と話したばかりだと告げれば岬は驚くに違いない。ふっと悪戯心が湧いたが、やめにした。天生にとって洋介は頼みの綱だ。わざわざ敵側に教えてやる筋合いはない。

「血色はいいかもしれませんが睡眠不足です。もう二日も寝ていません」

「寝られないのは心に疚しいことがあるせいじゃないのか」

そうくるか。

「枕が変わると眠れないタチなんです」

「悪いが、そういう要望には応えられない。しばらく今使っている枕で我慢してほしい」

世間話はそこで終わり、岬は目つきを一変させる。

「検事調べが初件で終わらないケースは君も覚えがあるでしょう」

「被疑者が全てを語っていないと判断された時です」

「その通り。まだ意識不明の状態だったので、自分が何をしたのか記憶にないと主張しますか」

「意識がなかったのは事実なんです」

「しかし拳銃には、しっかり君の指紋が残っていました。いくら記憶を失っていたとしても、拳銃に触れ、相手の胸に照準を合わせ、引き金を引くという動作が果たしてできるものかどうか」

岬は右手で拳銃を握る仕草をしてみせる。

「トカレフの引き金は存外に重い。ある程度の力を込めなければ絞ることができない。

意識のない状態では不可能です。だから君には意識があったと考えざるを得ない」

子どもにも理解できるような三段論法だが認める訳にはいかない。

「意識はありませんでした。本当です。あの時点でわたしに胃洗浄をしてもらえればよかった」

「それに大した意味はありません。仮に君の体内から睡眠導入剤が検出されたとしても、犯行時に作用していたかどうかは本人にしか分からないことですからね」

短いやり取りをしていても岬父子の相違は歴然としている。どうしても横暴に聞こえてしまう父親に対し、息子のそれは常に謙虚だ。父親がこちらから言葉を引き出そうとしているのに対し、息子はこちらから喋りたくなるような引力がある。顔も父親は顎が横に広いが、息子の顎は細くなっており、似ている箇所を探すのが困難だ。本当に親子なのだろうかと疑ってしまう。

自分たちの比較をされているのも知らず、岬は容赦ない口調で詰問を続ける。

「そろそろ仙街被疑者殺害の動機を教えてくれませんか」

「繰り返しになりますが、仙街被疑者に殺意を抱いたことはありません。わたしは捜査検事として、仙街被疑者から犯行時には判断能力があったとする供述を引き出すことだけを考えていました」

「天生検事は人一倍正義感と職業倫理が強い傾向にあると聞きます」

「それはどこからの評判ですか」

「もちろんさいたま地検発の人物評です。しかし相手がのらりくらりして一向に犯行を認めないとなれば、正義感が義憤に変わるのも当然かもしれない。違いますか」

岬は巧みに、殺意を抱いていた可能性を天生本人の口から証言させようとしている。これは初件の際の尋問の繰り返しだが、毎度同じ質問を浴びせるのは検事調べのセオリーだ。

「違います。わたしは徹頭徹尾、冷静に取り調べを進め、個人的感情に囚われることは一瞬もありませんでした」

我ながら毅然とした回答だと評価できる。海千山千の岬次席検事を相手に闘うには、途轍もない精神力が必要だ。少しでもこちらが綻びを見せれば徹底的に攻めてくる。

天生は洋介に感謝したい気持ちで一杯だった。直前に彼と会って話せたことが精神の安定に寄与している。目下の敵も彼の父親という観点で見れば緊張もいくぶん和らぐ。

こちらの余裕を感じ取ったらしく、岬は訝しげに片方の眉を上げた。

「では仙街被疑者を恫喝、もしくは不安に陥れるような尋問をしませんでしたか」

相手を不安に陥れようとしているのはそっちだろうと思ったが、もちろん口にはしない。

「わたしと仙街被疑者とのやり取りは途中まで宇賀事務官が文書にしています。プリントアウトにまでは至らなかったと思いますが、わたしの執務室にあったパソコンは押収済みですよね。中身も確認されているのでしょう」

「確認は済んでいる」

岬は平然としていたが、忌々しそうな感は隠しようもない。

「『警察でも散々訊かれたんですけど、買ったことどころか見た憶えすらないんで。大体、俺の今の生活スタイルでアウトドアナイフを使うようなシーン、存在しないんですよ。どこかの山に分け入ってサバイバルする趣味もないし』。検面調書はここで終わっている。確かに質問者が被疑者に対して恫喝めいた事実は記されていないが、そもそも調書を作成する際は、質問の内容まで記録しないのが通常だ。従って作成途中の検面調書は証拠物件とはなり得ない」

証拠物件となり得ないのはこちらも承知している。だが岬の質問への回答としては充分だ。

「次席検事でしたら、被疑者の供述だけで質問内容も推測できるでしょう。逆説的に申し上げますと、仮に仙街被疑者への恫喝が成功していればもっと検察側に有利な供述を引き出せていたはずです」

岬は一瞬苦笑しかけたが、慌てて渋面をこしらえたようだった。

「ずいぶん初件よりも落ち着いている。二日も寝ていないというのは何かの冗談なのかね」

「冗談でも何でもなく寝ていません。夜中にゴキブリが蠢く音をまんじりともせずに聞いていました」

「それだけ起きていたのなら、まともな抗弁も思いついただろう。犯行を否認しているにも拘わらず拳銃に君の指紋が付着していたりスーツの袖から硝煙反応が検出された件については、どう抗弁するつもりかね」

「検事調べの段階で抗弁できれば一番いいのですが公判前整理手続きまでに用意するか、最悪でも公判で反証する機会があります。現状では、とにかく身に覚えがないとしか言いようがありません」

以前と異なり、検察が自白至上主義を見直す傾向にあるのは確かだが、だからと言って供述調書を軽視している訳ではない。どんなに些細な事柄であっても、自分に不利な供述は記録させないように注意するべきだ。

岬は再度訝しげに眉を片方だけ上げる。

「迷いのない態度は天晴だが、それだけ公判手続きを煩雑にしてしまうな」

「こちらの人生がかかっています。大変失礼ながら裁判所の都合に構ってはいられません」

「ひょっとして弁護士に何か入れ知恵をされたのか」

「いえ。まだ誰も選任していません」

「まだなのか」


「天生検事」

岬は正面から天生を見据える。

「誰に何を吹き込まれた」

「仰る意味が、よく分かりません」

「初件の緊張が嘘のようだし、二日も寝ていないのに気力が満ちている。拘置所に収容されていたら外部からの情報も途絶える。何が君にカンフル剤を与えた」

よく見ているし勘も鋭い。東京高検次席検事の肩書は伊達ではないということか。

洋介の名前を出したい衝動に駆られるが我慢する。岬の言動を観察する限り、この父親は息子が帰国している事実を知らなさそうだからだ。

「ご想像にお任せします。不本意ながら被告人の立場になってしまったからには、憲法に定められた己の権利をフルに発揮しようと考えただけです」

「それは、いかなる司法取引をする気もないという意思と受け取っていいのかね」

「無論です。取引をしなければならないような負い目は持っていません」

ふむ、と岬は感心したような声を出す。

「ひょっとして弁護士に何か入れ知恵をされたのか」

「いえ。まだ誰も選任していません」

「まだなのか」

岬は半ば安堵し半ば気落ちした様子だった。

「受任してくれそうな弁護士には思い当たらずか」

「事務官を通じて探したのですが」

宇賀が弁護士探しに奔走した経緯を聞くと、岬はさもありなんと頷いてみせる。

「少し寂しいが、それが現実だろう。何と言っても民間だ。中には手弁当で弁護活動をする、気骨ある弁護士も存在するが、彼らとて経済原理に自由ではない」

「経済的理由に左右されているのはわたしも同じです。優秀な弁護士を複数雇って弁護団を結成すれば安心なのでしょうけど、生憎(あいにく)わたしもただの公務員ですから」

「真剣な話、どうするつもりだね。弁護士なしで争える案件ではない」

必要的弁護事件といって、一定の重大事件では弁護人がいなければ裁判を開くことができない決まりになっている。仮に本人が希望しなくとも、権利擁護のために裁判所が職権で国選弁護人を選任するのが普通だ。

「宇賀事務官がまだ頑張ってくれています。いずれ腕の立つ弁護士を探し出してくれると信じています」

本音を言えば宇賀よりも頼りになる男がやって来てくれた。

『有能な弁護士を連れてくることはできると思っています。だから少しだけ時間をください』

あれほど謙虚でありながら勇気づけられる言葉を吐ける人間を天生は他に知らない。

「分かった。君がそれほどまでに言うのなら、わたしが差し出がましい真似をする謂れもない」

岬はやはり半ば気落ちしたような顔で言う。息子は全貌が計り知れない人間だが、父親も単純な性格ではなさそうだった。

2

「主文。被告人を懲役二年四カ月に処する。未決勾留日数中八十日をその刑に算入する」

裁判長が判決を言い渡すと、傍聴席の山崎岳海は小さくガッツポーズを取った。

目立つ真似はやめろ。

弁護人席の御子柴礼司が視線で制すると、山崎は手を引っ込めて代わりに舌を出した。

長々と判決文が続く中、被告人席の釧路は安堵で表情を弛緩させている。逆に、正面に座る検察官は苦虫を嚙み潰したような顔をしている。無理もない。釧路は抗争相手の暴力団組長と幹部の二人を急襲し半死半生の目に遭わせた。両者の共倒れを目論む検察側は傷害罪で懲役十年を求刑したが、結果はその四分の一だ。控訴を考えているだろうが、御子柴の見立てではおそらく二審も一審判決を支持する。懲役を二年四カ月に減刑させた論拠には、それだけの説得力がある。

「閉廷します」

裁判長の声を合図に傍聴人たちも立ち上がる。被告人の釧路はこちらに向き直り、殊勝に頭を下げて退廷していく。

「先生、お疲れ様でした」

早速、山崎が駆け寄ってきた。

「すごいですねえ。これで三連勝だ」

「このテの裁判で負けたことはない」

「求刑十年が何と二年四カ月。半値八掛け五割引です。今日び激安スーパーでも、こんな特売はしませんよ」

「裁判判決を特売と一緒にするつもりか」

「先生にかかれば裁判官も値下げをするしかないって話ですよ」

山崎は嬉々として話す。これもまた当然といえば当然の反応で、起訴された釧路は広域暴力団宏龍会（こうりゅうかい）の下部組織で組長を務めている。長期の有期刑を食らえば、それだけ組織の維持に負担がかかる。懲役二年四カ月というのは組織の存続に大きく寄与する判決だった。

「それよりお気づきでしたか。金森会の連中も何人か傍聴席にいて、先生を睨んでましたよ」

「そうか」

過去に非道極まりない犯罪を起こした御子柴なので、傍聴人から非難の目で見られるのはとうに慣れている。他人の悪意にいちいち反応していたらきりがない。

「金森会の組員と若頭は二人揃って半身不随。未だに一人じゃクソもセンズリもできねえし、退院見込みも立ってねえ。他の組にもナメられて組は自然消滅ですよ。それなのにこっちはたかが二年四カ月のお勤めなんだから万々歳ってことで」

相手の組員が睨んでいたというのはそういう理由か。

まあ、いい。暴力団やＮＰＯ法人が一つ二つ潰れたくらいでいちいち気にしていたら、やはりきりがない。

「大丈夫ですか、御子柴先生」

矢庭に山崎は警戒するように辺りを見回す。

「チンピラの報復って可能性があります。しばらく若いモンを護衛につけときましょうか」

「断る」

御子柴はにべもなかった。

「わたしの旧悪が露見したせいで仕事が激減した。その上胡散臭い連中に付き纏われたら、ますます碌でもない風評が広がる」

「……まっ、先生の素性を知ったヤツらが、だからといって闇討ちをするとは想像し難いですがね」

葛飾区小菅二丁目、保健センター付近の雑居ビルに御子柴の事務所がある。虎ノ門にあった事務所を移転したのは、仕事の激減で高いテナント料が払えなくなったからだ。

派手な音のするエレベーターで事務所のフロアに到着する。事務員の日下部洋子は裁判資料のチェックに勤しんでいた。

「おかえりなさい。今、コーヒーを淹れます」

洋子はそそくさと席を立ち給湯室へ駆け込む。彼女のデスクの上に積まれた資料の束を見て、今週はまだ法廷での弁論があることを思い出した。

山崎には仕事が激減したと言ったが、実際の依頼件数は微増している。元犯罪者の弁護士に頼るくらいだからよほど切羽詰まった状況に追い込まれている連中だろうが、その分報酬は高い。単価が高いから依頼人が少なくても何とか事務所を維持していける。

洋子が持ってきたコーヒーをひと口啜る。銘柄も砂糖の量もいつも通りで、ようやく人心地がついた。

「勝訴だったみたいですね」

洋子は陰気に訊いてくる。

「不満そうだな。量刑を争うだけの案件で高額報酬が得られる。コスパがいい」

「先生が助けたお蔭でヤクザがまた幅を利かすんですよね」

「揉め事が多くなれば、それだけ弁護士のビジネスチャンスが巡ってくる」

ひと言で切り捨てられ、洋子は目尻に抗議の色を浮かべた。

「反社会的勢力の弁護が続いています」

「カネに色がついている訳じゃあるまい。万札は誰の財布に入っていても万札だ」

「ヤクザの依頼ばかり受けていると、真っ当な依頼者が寄りつかなくなります。スジのいい依頼者が増えるのは、悪いことじゃないと思います」

「スジのいい依頼人は大抵がカネに困っている。カネのない真っ当な依頼人とカネのあるヤクザの依頼人と、事務所にとって有難いのはどちらだ」

洋子は悔しそうに口籠る。事務所の経理全般も担当している洋子にはカネの話が一番効果的だ。当初はカネ勘定が得意そうだったから経理を任せてみたのだが、今となっては案件選別の抑止力になっている。

「……事務所の運営が軌道に乗ったら、少しは仕事を選んでください」

「仕事を選べる人間は、仕事を選んでいい人間だけだ。自惚れるな」

再び洋子が抗議の色を浮かべた時、来訪者を告げるチャイムが鳴った。

「面談予定があったのか」

「いいえ。今日は何も予定が入っていないはずですけど」

洋子は事務所の入口に向かい、ドアを開ける。入ってきたのは、すらりとした痩身の男だった。

最近はヤクザ者しか出入りしない事務所にあって、突然現れた男はひどく場違いな雰囲気を纏っていた。ふと貴公子という形容詞が頭に浮かぶ。陳腐な言葉だが、法律用語と罵倒語が満載の御子柴の辞書には他に相応しい形容詞が存在しなかった。

どこかで見た顔だと思った。新聞かテレビかネットで見た著名人だったか。

貴公子はつかつかと御子柴のデスクまで進んでくる。

「御子柴先生ですね。岬洋介といいます」

名前を聞いた刹那、腰を浮かしかけた。

あの岬次席検事の息子。いや、〈五分間の奇跡〉で世界中に名が知られたピアニストといった方が通りがいい。差し出された手を思わず握り返す。日本人らしからぬ所作は海外での生活が長いせいだろう。

　驚いているのは洋子も同様で、来訪者の素性が分かると唖然（あぜん）として二人の握手を眺めている。

「いつ日本に。帰国したというニュースは聞いていないが」

「今朝がたです」

「ウチに訪問した目的は」

「弁護の依頼です。窮地に陥った友人を助けてほしいのです」

「聞こう」

　岬を応接セットに誘い、話を聞くことにした。すると遠慮がちに、しかし好奇心が隠しきれない様子で洋子が近づいてくる。

「お茶にしましょうか、それともコーヒーがよろしいでしょうか」

　ヤクザの訪問にも動じない女が、洋介を前に緊張で言葉を震わせている。お茶と聞いたら聞いたで慌てて給湯室に飛んでいく。おそらく滅多に出したことのない高級茶を探している頃だ。

　洋介はすぐ本題に入った。

「現職の検察官が被疑者を射殺した事件をご存知ですか」

「知っている。ここ数日新聞紙面を賑（にぎ）わせている」

「彼の弁護を依頼したいのです」

「メディアに出ていない事実があれば聞きたい」

検事から被告人の立場となった天生高春一級検事。今は拘置所の虜となった彼から聞いたらしく、情報は詳細で過不足がなかった。

「睡魔に襲われていた最中に被疑者が撃たれていた、か。状況としては最悪だな。被害者以外には自分しかおらず、しかも現場は密室だ。おまけに、拳銃に残った指紋と硝煙反応。何者かに陥れられたというのは都合が良過ぎる証言だ」

「元となった仙街事件が注目を集めていたこともあって、検察側は身内に甘いという批判を避けたいがために、天生検事に厳しい態度で臨むはずです。傍から見れば厳し過ぎると思えるくらいに」

「まるで見てきたことのように言うんだな」

「捜査検事がどういう性格の人物かを知っていますから」

「誰だ」

「東京高検の岬次席検事。僕の父親ですよ」

一瞬、御子柴は言葉を失う。

「……父親が捜査検事を務める案件に、息子が弁護側に回る理由は何だ」

「天生検事は司法修習生時代の友人です」

「それだけか」

「他にどんな理由が必要なのでしょうか」

　御子柴は本意を探るべく洋介の目を覗き込む。外国人の血が入っているのか、鳶色の深い瞳だ。眺め続けていると吸い込まれそうになる。目の濁りで人間性を推し量るような浅薄な考えはないが、こんな澄んだ目をした依頼人は初めてだった。邪心も企みも感じられず、ただ人の可能性を信じている目だ。

「今朝成田に到着すると東京拘置所で天生検事と面会した。面会は午前九時からだから、終わった直後にここへ来た計算になる」

「ええ、直行でした。正直なことを言えば、あなた以外の弁護士に依頼しようなんて毛頭考えていませんでした」

「何故だ。小菅に一番近い弁護士事務所だったからか」

「岬次席検事に二度も煮え湯を飲ませたのはあなただけです」

「調べたのか」

「弁護士に知り合いがいます。もっとも最初の事件については僕にも記憶があるんです。あなたにこっぴどく負けたお蔭で、父親は僕を連れて岐阜の区検に左遷されましたから」

「今更恨み言か」

「とんでもないです」

洋介は穏やかに否定する。

「引っ越した先で得難い教訓と友人を得ました。僕としては逆に感謝しているくらいです」

「岬次席検事を二度も負かしたから白羽の矢を立てたと言ったな。もし仲のよくない父親に対する意趣返しで選んだのならいい迷惑だ。親子喧嘩の片棒を担ぐつもりはない」

「父親を相手にしているのではなく、優秀な検察官を相手にしているのだと考えています。ただの意趣返しなら、もっと効果的な方法がありますからね」

次第にこの依頼人が鬱陶しく思えてきた。

「状況を聞く限り、弁護する側は圧倒的に不利だ」

「圧倒的に不利な公判を何度も引っ繰り返した実績をお持ちと聞きました」

「わたしと次席検事の因縁を知っていると言ったな。父親を相手にしていないということだが、弁護人にわたしを選ぶと君たちの間は更に険悪なものになるぞ」

「そうなるのは容易に想像できますが、構いません」

御子柴は依頼を断る口実を探している自分に気づき始める。そもそも岬次席検事と三度闘うことに嫌気が差す。法廷で負ける気はしないが、彼の執拗さと頑迷なまでの職業倫理が目障りでならなかった。おそらく自分との数少ない共通点だったからだろう。

共通点というなら、この息子もそうだ。顔つきも喋り方もまるで似ていないが、執拗さだけは父親譲りではないか。

「検察庁が威信を懸けて公判に臨むのは理解できた。高検の次席検事が捜査検事を担うのだから、それだけで検察庁の本気度が計り知れる」

「僕もそう思います」

「証拠集めにしろ証人探しにしろ、相当な困難が予想される」

「だからあなたにお願いしているんです」

「それほど困難が予想される案件を、君は友人だからという他愛もない理由だけでお節介を焼いている。本当の理由は何だ」

洋介は少し考え込んでから口を開いた。

「友人だからというのは最も説得力がある理由だと思っています。大抵のものは本人が努力すれば手に入りますが、友人はいくら本人が頑張っても作れません。友情は自然発生するものですから。経済的事情や肩書にすり寄ってくる友情も本物とは思えません」

御子柴は不意に医療少年院時代の友人を思い出す。不思議に彼とは気兼ねなく話せた。場所が場所なだけに、互いの生育環境も旧悪も承知の上での交友だった。そう言えば医療少年院を退所後は彼のような友人には遂に巡り会えなかった。

「僕には本音を打ち明けられる友人が少ないのです」

「ああ、それは何となく分かる」

「だから何としてでも彼を救いたい。非常に単純な理屈です」

やはり洋介と話していると落ち着かなくなる。いつもなら依頼人の嘘や隠し事を看破する作業から始まるのに、洋介はどこまでも真正直で訊いているこちらが困惑するほどだ。

「天生検事は僕の友人ですが、加えて恩人でもあります」

「ほう。興味あるな」

「十年ほど昔、僕の将来は三択でしかありませんでした。裁判官か検察官か、もしくは弁護士か」

「司法試験に合格して司法研修所に入所するくらいだから当然の話だろう」

「でも、僕は音楽家という第四の選択ができました。そのきっかけを作ってくれたのが天生検事です」

「ふん、美談だったのか」

「美談なんかじゃありません。単なるきっかけです」

洋介は事もなげに言う。

「ただし途轍もなく大きなきっかけでした」

人生を変えてしまうものは人との出逢いだ。御子柴もそれを知っているから反駁できない。

何から何までこちらの波長を狂わせてくれる。やはり今までお目にかかったことのない依頼人だ。真っ直ぐに相手を信じ、たとえ裏切られてもまた人を信じる。この男はそれを繰り返してきたに相違ない。

音楽家は才能とのせめぎ合いだ。そして才能ほど胡乱なものはない。かたちも見えなければ大きさも測れない、不安定極まりないものだ。

だから音楽家は何かを信じずにはいられないのだろう。かつて怪物でしかなかった御子柴に、人となるきっかけとして音楽を与えてくれた有働さゆりというピアニストもそうだった。彼女もまた才能以外の何物かを信じ、そして壊れてしまった。

ふと洋介はどんなピアノを弾くのだろうかと興味を抱く。依頼人の才能、分けてもピアニズムに興味を持つのもこれが初めてだった。

くそ。

どうにも調子が乱れる。

では一番肝心な話をして洋介の本気度を見せてもらおうではないか。

「わたしのことは知り合いの弁護士から聞いたそうだな。それならわたしの着手金や報酬が高額なのも聞いただろう」

「はい」

「まず着手金は一千万、無罪判決を勝ち取ったら一億。どうだ、払えるかね」

法外な値段を吹っ掛けたつもりだったが、案に相違して洋介は顔色一つ変えなかった。

「分かりました」

あっけらかんと答えられ、御子柴は皮肉交じりに言い返す。

「……ウォンやルピアじゃなくて円だぞ」

「現金でなくてもいいですか」

岬が懐から取り出したのは小切手帳だった。見ればメガバンク発行の手帳で五十枚綴(つづり)になっている。洋介は慣れぬ手つきで金額欄に「金壱千万円也」と記入し、署名と日付を書き加えて控え分から切り離す。

「どうぞ」

御子柴は受け取って記載事項を確認する。商売柄、小切手帳は見慣れている。左上に銀行渡りの文字が記載された、れっきとした線引小切手だった。

「ピアニストはそんなに儲(もう)かるものなのか」

「各地でコンサートを開きましたからね。儲けるというより稼いだという印象です」

受け取ってから己の迂闊さに気づく。

御子柴の方から着手金を提示し、洋介は同金額を小切手帳に記入する。それを御子柴が受け取った時点で受任を承諾したも同然だった。

間違いなく洋介も同じ考えのようだった。

「早速、弁護人選任届を用意しておいてください。明日にでも天生検事に面会しましょう。朝の八時半でよろしくお願いします。あ、美味しいお茶をご馳走様でした」

洋介は立ち上がり、ぺこりと頭を下げると後ろも見ずに事務所を出ていった。見送りに出た洋子は恐縮したように何度もお辞儀をしている。

ややあって洋子は小さく叫んだ。

「しまったっ」

「どうかしたのか」

「サイン、お願いすればよかったあ」

「サインなら、ここにある」

御子柴が小切手をひらひらと振ってみせると、洋子は渋い顔で御子柴のデスクに戻ってきた。

「一応、銀行に照会をかけてくれ。よもや偽造とも考え難いが、念には念を入れておきたい」

　ところが洋子は小切手帳を矯めつ眇めつしていて、こちらの指示が耳に届いたかどうかも分からない。

「君には小切手帳の真贋が分かるのか」

「小切手帳に平然と一千万円の数字を書き込んだ人を見たのは、今ので三度目です。最初は手抜き工事で訴えられたゼネコン、二度目は生徒の個人情報を流出させたマンモス予備校」

「岬洋介が各地でコンサートを行ったのは、わたしも知っている。本人も稼いだことを否定しなかった」

「欧米には芸術や創作物におカネを落とす文化が確立していますからね。クラシックのコンサート一つとっても、向こうと日本では開催される規模も数も雲泥の差です」

　洋子は何事か思いついたらしく、急に顔を綻ばせた。

「それと今日、初めて目撃したことがあります」

　面倒臭いので黙っていた。

「何だと思いますか」

「知らん」

「御子柴先生が依頼者に圧されるのを見たのは初めてです」

返事はしなかったが否定しようとも思わない。あんな毛色の依頼人は今までいなかったので、御子柴本来の態度が取れなかっただけの話だ。

有働さゆり然り岬洋介然り、どうやら自分はピアニストという種族に翻弄される運命なのかもしれない。

「それにしても不思議な雰囲気の人でしたね」

洋子はまだ飽きもせず、岬洋介に拘っている。

「岬洋介さんを写真や映像で見たことはあるんです。その時は繊細な印象しかなかったんですけど、実物はもっとずっと逞しい感じでした。質実剛健……じゃないなあ。細マッチョ……でもないし」

「分からないのか」

御子柴は話を早く切り上げたかった。

「あれは一種の狂信者だ。自分以外の何かを信奉して生きている」

翌日午前八時三十分、御子柴が東京拘置所の面会受付に赴くと、そこに洋介の姿があった。

「おはようございます」

「別に朝イチに来なくてもよかったんじゃないのか」

「選任届が受理されれば、弁護士接見が優先されます。待つのは今日までですよ」

午前九時に面接室に入る。アクリル板の向こう側に姿を現したのが天生検事だろう。天生検事はこちらの二人を認めると不思議そうな顔をした。

「おはようございます、天生検事」

「おはようございますはいいけど、君の横にいる人はいったい誰なんだよ」

「あなたの弁護人を連れてきました。御子柴礼司先生です」

「何だって」

天生検事はいきなり色を成した。

「選りに選って御子柴礼司って……あのな、君は帰国したばかりで法曹界の事情に疎いんだろうが、この先生はな」

「御子柴先生の評判は全て知っています」

「別名〈死体配達人〉と呼ばれていることもか」

「ネットで検索すると、一番初めにその名がヒットしました」

「それを知っていながら、どうして」

「岬次席検事に二度も勝った人だからです」

洋介は至極当然といった口調で返す。

「しかし、その先生の過去には色々と道徳的な問題が」

「御子柴先生の過去とあなたの弁護には何の関係もありません。しかし、あなたたち検察官は一様に御子柴先生を嫌っているようですね。それは何故ですか」

天生検事は言葉に詰まる。

「強引な弁護手法に拠るところもあるかもしれませんが、一番の理由は煮え湯を飲まされた回数が他の弁護士よりも多いからです。有罪率99・9パーセントを誇る検察ですが、残り0・1パーセントの多くを御子柴先生一人で占めています。僕は既に法曹の世界の住人ではありませんけど、素人目から見ても御子柴先生は現在最強の弁護士ですよ」

真横で称賛されていると、御子柴は何やら尻の辺りがむずむずしてきた。

「最強じゃない。少なくとも俺たち検察官にとっては最悪の弁護士だ」

「検察官にとって最悪なら、被告人にとっては最良じゃありませんか」

「屁理屈だ」

「いいえ」

洋介はやんわりと抗議を撥ねつける。

「天生さん」

改まった口調に、天生の表情が固まった。

「今回、あなたの敵は高検および岬次席検事です。今まで闘ったことのない相手で、しかも法廷に立つ前からあなたは萎縮してしまっています」

「しょうがないだろう。俺たちが司法修習の頃から君の親……岬次席検事は有名人だったから」

「新しい敵と闘う時、一番頼りになるのは今までで最強の敵だと思いませんか」

　再び天生検事は黙り込む。彼の中で感情と理屈が相剋(そうこく)しているのが、手に取るように分かる。

　御子柴の見たところ、天生検事は打たれ弱いタイプだ。これまでは検察側絶対有利の案件ばかりを処理してきて、己の能力を過信してしまったに違いない。特段、珍しくもない。

「あのな、御子柴弁護士が強敵なのは知っているさ。それでも俺が敢えて選択肢から外したのには別に理由があって」

「高額な弁護士費用のことですか」

　先に言われて、天生検事は口を半開きにする。

「それは心配しなくても結構です」

「結構って」

「既に着手金を収め、先生からは快諾をいただいています」

　何が快諾だ。

じろりと睨んでやったが、洋介は穏やかに笑うばかりで怯む様子は毛ほどもない。

「天生さん。あなたに掛けられた疑いを晴らすためには御子柴先生を選任するしかない。そろそろ覚悟を決めてください」

「一つだけ訊かせてくれ」

「何でしょうか」

「どうして、ここまでお節介を焼く。十年前の約束だと。その先生は着手金だけで相当な費用になったはずだ。俺自身がすっかり忘れていたような約束のために、どうしてここまで首を突っ込もうとするんだ」

するると洋介は急に優しい顔になった。

「あなたは僕にしてくれたことの大きさを全く分かっていないんですね」

「それこそ身に覚えがない」

「だったら一生懸命思い出してください。考える時間はたっぷりあるでしょうから」

「おいって」

横で聞いている御子柴はそろそろ我慢の限界だった。一千万円もの着手金をぽんと支払ったくせに、洋介は肝心なことを天生検事に打ち明けていないらしい。奥床しいのか恥ずかしいのか、どちらにしても自分には理解できない心情だ。

「自己紹介が遅れましたが、弁護士の御子柴礼司です」

こちらが改めて名乗ると、天生検事は気まずそうに頭を下げた。

「今のお話にもあったように、岬洋介さんからはきっちり着手金をいただいた。あなたが選任を拒んだとしてもわたしは着手金を返すつもりなどない。だから黙って選任届に署名することです」

「あなたが噂通りの人間で安心した」

「どのみち、岬次席検事が担当になった時点で、天生検事に他の選択肢はない」

「腹が立つが、どうやらそうらしい」

「事件の概要と天生検事の主張は岬洋介さんから伺いました。今でもご自身の潔白を訴えますか」

「もちろんだ」

「受任する以上、あなたが誰であろうと弁護には全力を尽くす。従ってあなたも自身の知り得ることは包み隠さず話す。これがわたしから提示する唯一の条件だ」

「了解した」

「では契約成立だ。弁護人選任届は拘置所経由で渡す。何か質問はありますか」

「じゃあ、あなたにも一つだけ。その傲慢なまでの自信はどこからきているんですか」

「無意味な質問だ」

言下に切り捨てる。すると天生検事はすぐに詫(わ)びた。

「悪かった。今のは忘れてほしい」

意外に殊勝な態度を見せたので気が変わった。もう用は済んだとばかりに、洋介は一足早く面会室から出ていくところだった。

「わたしには無意味でも、あなたに意味があるのなら答えよう。ヒントはあなたの友人だ」

「岬のことか」

「彼も傲慢に近いくらい自信に満ち溢(あふ)れている。わたしが思うに、そんな風に映っている人間には共通点がある」

「どんな共通点だ」

「一生懸命考えてみるんですね。考える時間はたっぷりあるでしょうから」

御子柴も踵を返して出口に向かう。背中にじっとりと天生検事の視線を感じるが知ったことではない。

自分と岬洋介は一種の狂信者だ。だから世界中を敵に回しても闘える。

ただし信じている神がそれぞれに異なっているのだ。

3

九月二十八日午後一時、東京高検。

岬は執務室で天生事件の捜査資料一式のチェックに余念がなかった。まだ天生検事は弁護士を選任していないようだが、最終的には裁判所が職権で国選弁護人を選任する。そうなれば公判前整理手続きまであまり猶予はなくなる。

岬の隣では信瀬が文書の作成に勤しんでいる。彼が作成しているのは証明予定事実記載書で、文字通り公判期日において検察側が証明しようとする事実を記載した書類だ。検察側はこの書面の提出とともに、証拠の取り調べを裁判所側に請求する。被告人または弁護人に対しては、請求した証拠を開示し、相手からの請求に基づきその一覧表を作成しなければならない。

一方、弁護人側は検察側が請求した証拠に関して意見を述べるとともに、公判期日に予定している主張がある場合は予定主張記載書を提出し、証拠調べ請求をしなければならない。

双方が手の内を見せ合う手続きであり、よほどの理由がない限り整理手続き以降に予定されていない証拠の提出には制限がかけられているので、この段階で裁判の趨勢（すうせい）

が見えてくるという案配だ。

今回の場合、天生が仙街被疑者を射殺した事実を証明する物的証拠は既に揃っている。対する弁護人側の主張は、天生に犯行時の記憶がないというその一点だけだ。双方の記載書を見比べた裁判官は、失笑を堪えきれないかもしれない。

不意に信瀬が声を掛けてきた。

「よろしいでしょうか、次席検事」

「どうした」

「先刻から次席検事と提出予定の書類に目を通していますが、僭越ながらこれはわたし単独でこなせる作業ではないでしょうか」

「確かに、既にある物的証拠を整理して書面に落とし込んでいくだけの作業だ。君に任せれば完璧に仕上げてくれることを疑っていない」

「だったら」

「しかし、たとえ仕事を手許に集めたがる無能な上司に思われようが、全ての工程に目を通さなければ気が済まない。天生検事に対しても失礼だ」

「何故ですか」

「仮にも現職の検察官を被告人席に立たせようとしているんだ。天生検事にも思うところがあるだろう。せめて彼の首を斬る刀はわたしが研いでおきたい」

我ながら偽善の極みだと思い、口に出してから後悔した。だが信瀬は別の感慨を抱いたようだった。

「次席検事らしいお考えだと思いますが、その姿勢を見習える後進は多くないでしょうね」

　自身も副検事、いずれは特任検事を目指している信瀬の目には岬の姿は前近代の遺物のように映っているのだろう。そもそも事務作業をはじめとした雑務は検察事務官の仕事であり、更に言えば岬に命じられたのは陣頭指揮だ。進んで検事調べをする必要も、ましてや法廷に立つ必要もない。合同庁舎の高い階から指示さえ出していればいい。

　だが、岬にはどうしてもそれが実行できない。たとえ被告人に身を窶した相手でも、仲間に弓を引く虚しさを他人と共有したいなどとは微塵も思わない。

「後進などという言い方は不遜だが、わたしより若い検察官はずっと有能だよ」

「そうでしょうか」

　信瀬は不満を露にする。自制心の強い男で、時おり本音を洩らすのも岬の面前だけなので敢えて釘は刺さないようにしている。

「庁内にいれば、他の検察官の噂は嫌でも耳に入ってきます。その……競争原理が際立っている職場なので」

信瀬らしい遠慮がちな言い回しだと思ったが、実態はそれほど誇らしいものではない。限られたポストを狙って互いに牽制し合い、隙あらば相手を蹴落とそうと機会を窺っている。なまじ優等生としての自負があるから、尚更地位と肩書に拘泥する。

「卓抜した検察官の話題は人の口に戸を立てていても広まります。当然の理屈ですが、卓抜しているから話のネタになるんです。高検に採用されてから、わたしは次席検事以外の検察官の噂を聞いたことがありません」

「出る杭は打たれる。賢い人間はそれを知っている」

「でも出過ぎた杭は打たれません」

「出過ぎた杭は引っこ抜かれるんだ」

信瀬が何か言おうとしたその時だった。

岬のスマートフォンから着信音が聞こえた。発信者は東京拘置所の関係者だ。

二回目の検事調べの際、天生検事の答弁には明らかな変化があった。変化をもたらしたものがあったとすれば、面会者以外に考えられない。

そこで岬は東京拘置所の面会窓口から情報を吸い上げることにした。面会を希望する者は窓口で身分証の提示と面会目的の告知を求められる。誰がいかなる目的で天生検事と面会したのか、即座に判明する。

「はい、岬です」

電話の向こうから、早速最新の情報が伝えられる。

だが面会者の名前を聞いた途端、岬は電撃に遭ったように身体を強張(こわば)らせた。

何ということだ。

しかも本日の面会者は二名で、うち一人は弁護士だという。

選りに選ってどうしてあの男が。

頭の中を二人の名前と顔が行き来し、すぐには思考が纏まらない。

「ご協力、ありがとうございます」

礼を伝えて電話を切ってからも衝撃は収まらなかった。

「次席検事、何かありましたか」

「最悪の組み合わせだ」

岬は吐き捨てるように言った。

「今朝、天生検事と面会した者が二人いる。一人はあの御子柴弁護士だ。彼の弁護人に選任された」

信頼は驚きを隠せない。だが岬が忌々しいのは、それ以上に腹立たしい事実を告げられたからだった。

「面会記録の内容では、御子柴弁護士を連れてきたのはもう一人の面会者らしい。岬洋介。わたしの息子だよ」

同日の午後九時十五分、岬は都内有楽町にある著名なホテルを訪れていた。事前に問い合わせていたので、洋介がこの時間に戻っているのは把握している。

宿泊階へ向かうべくエレベーターホールに足を踏み入れたその時だった。

「来ると思っていました」

背後から声を掛けられた。

忘れられない声、他の誰とも間違えようのない声。

振り返ると、そこに洋介が立っていた。

いつの間にか自分よりも背が高くなっている。子どもらしさは微塵もなく、元から整っていた目鼻立ちには精悍さが加わっている。

「フロントに確認したら、僕の戻る時間を問い合わせてきたらしいですね」

そのひと言で合点がいった。

「わたしが来るのを見越して、わざとフロントに申告していたな」

「高検の捜査力を侮ってはいませんよ。成田で入国手続きを終えた後の行動は、遅かれ早かれそちらが察知するでしょう。宿泊先の特定も容易です」

「こんな回りくどいことをしなくても電話一本で済むだろう」

「僕の方から会うつもりはありませんでした。さあ、行きましょうか」

「どこに行くんだ。お前の泊まっている部屋は十八階じゃないのか」

「アウトドアエリアのカフェに予約を入れています」

フロントから直結した店外のカフェは洒落(しゃれ)たロケーションだったが、カップルでほぼ満席の状態を見て、岬は遅まきながら洋介の目論見に気がついた。

謀(はか)られた。

これだけの衆人環視の前では口論も碌にできない。

岬はコーヒーを、洋介はミネラルウォーターを注文した。

「……顔を合わせるのは久しぶりだな」

「ええ。十年と六カ月ぶりです」

「よく憶えているな」

「和光の司法研修所に入所する直前、修習生の心構えをレクチャーされました。お父さんはもう忘れましたか」

穏やかに皮肉られたが、忘れていたのは事実なので何も言い返せない。

「六年ぶりに帰国して連絡もなしか」

「こうして顔を合わせています。何も不都合はないでしょう」

違う、ともう一人の自分が警告する。

こんなことを話すつもりはない。

息子を褒める言葉があるだろう。

だが、口をついて出たのは抗議の言葉だった。

「余計な真似をしてくれたな」

「余計な真似というのは、天生検事と面会したことですか。それとも御子柴弁護士を彼の弁護人に斡旋したことですか」

「両方だ。わたしの邪魔をするのは音楽家の道を拒否した父親への嫌がらせか」

「どうして、そんな風に思うんですか」

洋介は呆れたように言う。

「お父さんは関係ありません。古い友人が窮地に陥っているなら、助け出そうとするのは当然です」

「実際は敵側に回っている。しかもお前が斡旋した弁護士は、わたしにとって不倶戴天の仇だ」

「単純に勝率の問題でした。お父さんを二度も撃破したのは御子柴先生だけです」

「彼には〈死体配達人〉という過去があるんだぞ」

「知っています。でも、それがどうだと言うんですか。御子柴先生に弁護士資格を与えたのは、検察の監督官庁でもある法務省です」

「理屈を言うな」

「法曹の世界は理屈が共通言語。そう教えてくれたのはお父さんじゃないですか」

「減らず口を叩くな」

「音楽の才能はお母さん、弁論の才能はお父さん譲りだと思います」

「やっと帰国したと思えば父親の邪魔をしている」

「帰国したのは友人を助けるためで、お父さんの邪魔をするためじゃありません」


気がつけば、周囲の客が非難めいた視線でこちらを睨んでいる。冷静であろうとしたが、どうやら声が大きくなっていたらしい。

洋介は何事もなかったかのようにグラスのミネラルウォーターを口に運んでいる。

話せば話すほど洋介の術中に嵌(はま)っていく。穏やかにしていれば、こちらの思いは充分に伝わらない。充分に伝えようとすれば、周囲から非難を浴びる。最初から話し合うつもりなど洋介にはない。ただ父親の繰り言を無効化する目的で誘い込んだに違いなかった。


「洋介。この件から手を引け」

「嫌です」

「御子柴弁護士が弁護人になったのは、もう仕方がない。こちらも全力で闘うだけだ。しかしお前がこれ以上天生検事に関わって何か得られるものでもあるのか。お前は弁護側にとっても検察側にとっても邪魔な存在でしかない」

「検察側にとって邪魔な存在なら、弁護側にとっては有益です」

「少しは父親の言うことを聞け」

「お父さんの言うことを聞いて司法試験を受け、司法研修所に入所しました。当時の僕にしてみれば最大の譲歩です。あれで息子としての義理は果たしたはずです」

「義理とか譲歩とか、お前は父親を何だと思っているんだ」

「息子のことを何だと思っているんですか。同じ岬姓を名乗っていても全く別の存在です。お父さんが司法の世界で認知されているように、僕だって一人のピアニストとして音楽の世界で認知されています。もういい加減、子どもを自分の分身のように考えるのはやめてください」

洋介が冷静であればあるほど、こちらの憤怒が過熱していく。よくない徴候だと頭の隅で警告する者がいたが、抑止力にはなり得なかった。

「分身だとは考えん。しかし親の顔に泥を塗るような真似をするな。世間やマスコミがこのことを嗅ぎつけてみろ。ただでさえ過熱気味の天生検事の事件に親子の因縁やらピアニストの介入やら、面白がる野次馬が倍増されるだけだ」

「負けるのが怖いんですか」

「何だと」

「お父さんは二度も御子柴先生に敗れている。だから今度も負けるんじゃないかと怖(おそ)

れている」

「三度目の正直だ。今度は負けるものか」

「二度あることは三度あります。お父さん、僕は面子や意地でやっているんじゃない。ただ天生さんの冤罪を晴らしたいだけなんです」

洋介の目に浮かんだ色を見て、かっとなった。老いた者、弱くなった者に向ける憐憫の目だった。

「僕は今月末から予定されていたコンサートを全てキャンセルして帰国しました。この意味が分かりますか」

興行に疎い岬にも、その程度の知識はある。コンサートの主役が一方的に出演を拒否すれば、違約金が発生するはずだ。

「海外のショービズの世界は契約にとてもシビアです。日本の比ではありません。今頃は複数のプロモーターたちが僕の名前を、怨嗟を込めて唱えているでしょうね。ここに座っていても彼らの怨念のコーラスが聞こえてくるようです」

「違約金はいくらくらいになるんだ」

「さあ。現在僕のマネージャーさんが関係者たちと交渉してくれている最中でしょう」

「お前がピアニストという肩書に拘るのなら戻るべきじゃないのか」

「ピアニストである以前に一人の人間です。友人が苦境に陥っている時に何もせず鍵盤(ばん)を叩いているだけだったら、僕は一生自分を許せなくなる」

ミネラルウォーターのグラスが空になった。洋介は口元を拭いてから、ゆっくりと立ち上がる。

「たとえ世界中を敵に回しても、僕は彼を護ります。おやすみなさい」

「洋介」

背中に声を浴びても、息子は一度も振り返らなかった。

周囲の客はそれぞれ談笑していたが、岬には自分を嘲笑する声のように聞こえて仕方がなかった。

Ⅳ
Presto-Allegro assai
プレスト－アレグロ アッサイ

1

九月二十九日の早朝、古手川が県警本部に出勤すると、刑事部屋には既に渡瀬の姿があった。

今日はいつもより早く部屋を出て庁舎に到着したのも早かったはずなのに、また渡瀬に先を越された。今までも何とか鼻を明かしてやろうと早朝出勤を試みたが、まだ一度も勝ったことがない。いったいこの上司はいつ寝ているのか、いや、そもそも人並みに睡眠を摂っているのかどうか。

「おはようございます」

「おう」

朝の挨拶くらいまともに返せよと思うが、悪口が十倍になって返ってくるのが目に見えているので文句は言えない。

後ろを横切る際、渡瀬が眺めているパソコンの画面が目に留まった。

天生事件の進捗（しんちょく）を報じるネットニュースだった。

古手川は瞬時に事件当日を思い出す。九月二十二日の午後にさいたま地検から事件発生の知らせがもたらされていた時、渡瀬班の面々は別件の現場に臨場していた。対応したのは偶然部屋に残っていた瀬尾班だ。ただし対応したといっても瀬尾班が行ったのは検視と鑑識作業だけで、関係者への事情聴取から被疑者の取り調べは地検が担当したと聞いている。自分の庭で起きた事件は自分で始末をつけるつもりなのだろう。

そもそも何から何まで異例ずくめの事件だった。被害者は〈平成最悪の凶悪犯〉で容疑者は事件の捜査検事、おまけに犯行現場は検事の執務室ときている。容疑者逮捕後も世間とマスコミが注目するのも無理はない。

古手川が格闘し、自らも怪我を負いながら逮捕した仙街不比等はたった二日後に殺されてしまった。知らせを聞いた時には驚きとともに虚脱感に襲われたものだ。

常々渡瀬からは、犯人逮捕までが警察官の仕事だと言い含められている。どれだけ義憤や正義感に駆られようが、訴えるのは検察官で裁くのは裁判官の領域なのだと。なるほど司法システムの円滑な執行を考えるまでもなく、理に沿った訓示だ。

しかし正規の手続きを経ずして犯人が裁かれたとなると、古手川は文句を言わずにはいられない。誰に何を言うかは判然としないが、当面の相手は天生検事になるだろう。

取り調べの段階から仙街が刑法第三十九条の適用を念頭に置いているのは分かっていた。送検後、担当検事が難渋するであろうことも容易に想像がついた。あれだけ世間とマスコミが仙街への厳罰を求めている中、不起訴や無罪判決で終われば関係者の何人かは間違いなく責任を追及される。

だからと言って捜査検事自らが私刑に走っていい理由にはならない。思いは誰しも同じらしく、仙街射殺を知らされた時、捜査一課が落胆めいた雰囲気になったのはそのためだ。

天生検事が何を考えて仙街を撃ったのか、捜査から外れている古手川は推測するしかない。許されるなら本人に面と向かって問い質したいところだが、生憎相手は東京拘置所の中だ。

何より口惜しいのは、仙街の死亡により彼が起こした事件の詳細がうやむやになってしまったことだ。取り調べの際も、あの男の供述には曖昧なところが散見されたし、心神喪失云々に至っては眉唾でしかなかった。検事調べから起訴、そして公判へとステージが替わるに従っていくつかの真実が明らかになったはずと考えると、悔やんでも悔やみきれない。

「さっきから何をぼけっとしている」

いきなり渡瀬が訊いてきた。この上司は時折、人の不意を衝いてくるので本当に油断がならない。

「殺された仙街のことです。天生検事にもうちょい自制心があれば、あいつが園児たちを殺した動機や背後関係も明らかになったはずなのに」

「天生検事が犯人だと考えているのか」

いつもの、こちらを試すような物言いだった。

「班長は違うって言うんですか。でも、あの状況では天生検事以外に犯人は有り得ないでしょう。臨場した瀬尾班のヤツに話を聞いたら、執務室で二人きりになった時、発砲されている。たった一つの出入口では警官二人が門番をしている。しかも拳銃には天生検事の指紋、スーツからは硝煙反応が検出されている。どこから見ても、天生検事が発砲したとしか考えられませんよ」

「事件当時、天生検事本人は意識不明だったと供述している。拳銃の指紋もスーツの硝煙反応も身に覚えがないそうだ」

どこから捜査情報を吸い上げてきたのか、渡瀬はとうに事件の詳細を摑んでいるようだった。

「意識不明って、それじゃあ仙街の言い訳と一緒じゃないですか」

「湯呑み茶碗からは睡眠導入剤が検出されているが、事件発生時に薬の効果があったかどうかは本人にしか分からない。これも仙街と同じ状況だから皮肉な話だ」

古手川は取調室での仙街を思い出す。己の犯行なのが一目瞭然でありながら、余裕綽々(しゃくしゃく)で自分には責任能力を問えないのだと嘯(うそぶ)いていた。以前の自分なら取り調べ中であっても、相手の胸倉を摑んでいたに違いない。

ところが、今度は嘯く当事者が現職の検事なのだ。取り調べをする検事はさぞかし困惑するだろう。

「東京高検の検事長の会見、俺も観ましたよ。前代未聞の不祥事であり厳に対処したいとか言ってましたね」

「大元の仙街事件自体が耳目を集める重大事件だったんだ。今回の天生事件をどう処理するのか。事は高検だけじゃない。最高検延いては法務省の人事にまで関わってくる」

「天生検事を取り調べているのは誰なんですか。検察の威信がかかっているんだから、よほどの腕っこきに担当させているんでしょうけど」

一瞬、渡瀬の返事が遅れた。

「東京高検の岬次席検事だ」

検察の人事に疎い古手川でも彼の名前は知っている。捜査の現場を渡り歩いた実務家というのがもっぱらの評判だった。

「確か、班長と知り合いだったんですよね。よかったじゃないですか」

「何がいいんだ」

渡瀬の声が急に不機嫌になる。長らく渡瀬の下で働いているが、どこに地雷が埋まっているのか未だに分かりづらい上司だ。

「東京高検の登坂検事長は捜査現場よりは法務省勤めが長い典型的な法務官僚だ。実務畑の岬次席検事に一任したのは捜査の得手不得手もあるが、結果によっては次席検事に詰め腹切らせようって魂胆だ」

「まだ公判前なのにハラキリ要員を用意しているんですか」

「官僚ってのは取っ掛かりがとんでもなく遅い癖に逃げる時は光の速さだ。そのために布石を置くのを忘れない。ハラキリ要員もその一つだ」

渡瀬は吐き捨てるように言うが、これは登坂検事長や法務官僚への反感というよりも岬次席検事への同情と受け取るのが妥当だろう。

遅まきながら気づいた。

渡瀬が朝早くからネットニュースを漁（あさ）っていたのは事件に岬次席検事が絡んでいるのが理由と知れた。だが、渡瀬は岬次席検事を実務畑の検察官と買っている。本人を信頼しているのに、たかがニュースを漁るというのは矛盾しているのではないか。

「班長。その案件、検察側に別の不安材料でもあるんですか」

問い掛けられると、渡瀬は憮然としてこちらを睨んできた。

「刑法第三十九条以上に面倒な不安材料だ。天生検事の弁護人に選任されたのは御子柴礼司だ」

渡瀬の憮然とした表情に合点がいった。

御子柴礼司という男は刑事や検事にとって天敵のようなものだろう。バカ高い報酬は取るものの手掛ける裁判は負け知らず、必ず無罪や減刑を勝ち取る。それだけならまだしも、彼には少年時代に幼女を殺害したという過去がある。少年法に護られて刑罰を逃れ、元々優秀だったのか長じて弁護士資格を得るに至った。こうした出自が法曹関係者の神経を逆撫(さかな)でするのだろう。

古手川自身も御子柴と一度ならず相まみえたことがある。狭山市で発生したフリーライター殺害事件、その容疑者こそ御子柴だった。

御子柴の人となりを説明するのは困難だ。悪辣非道な弁護士であるのは間違いないが、一方でカネにならない国選の弁護も引き受けている。また医療刑務所に収監されていた、古手川にとって忘れ難い被告人の身元引受人にもなっている。正邪では推し量れない複雑な男だった。

だが先述したように、弁護士としての腕は一流だ。白を黒に変えることなど造作もない。あの男の弁舌にかかれば太陽も西から昇る。

今回、そういう男が天生検事の弁護に回っているとなると検察側には最大の脅威だろう。岬次席検事と昵懇(じっこん)の渡瀬には、確かに憂慮すべき事態といえる。

「それにしても、天生検事もよく御子柴を選任しましたね。検事連中が一番嫌っている弁護士でしょう」

「嫌われているのは優秀だからだ。味方にすれば、これ以上頼もしい弁護士はいない。だが解せん」

「何がですか」

「忘れたのか。あの男は基本的に高額報酬が望めない案件には手を出さない。検事といってもたかが一級検事に億単位の蓄財があるとは考え難い。検察が総力を挙げて有罪に持ち込もうとしている案件だ。勝算があってもなくても、着手したら検察庁延いては法務省を敵に回すことになる。そんなハイリスクでローリターンな案件を、どうしてあの男が受任する」

自問なのだろうが、こちらに質しているのも確かだ。

古手川が考えあぐねていると、卓上の電話が鳴った。内線に掛かってくる電話に碌な用件はない。古手川は苦手な食材を見る目で受話器を上げる。

「はい、捜査一課」

『お疲れ様です』

返ってきた声は一階受付の女性署員のものだった。

『高砂幼稚園襲撃事件の担当は席にいますか』

「いますよ。渡瀬班長と古手川です」

『今、受付に捜査担当者に面会をお求めの方が来られています』

「事件の関係者ですか」

『関係者ではないそうですが、岬という方です』

「岬？」

思わず声に出た。噂をすれば何とやらで、高検の次席検事がわざわざ出向いてきたというのか。

いや、待て。高検の次席検事なら官職を名乗るはずではないのか。

束の間、判断に迷っていると隣から渡瀬の腕が伸びてきた。

「貸せ」

有無を言わせず、受話器を奪い取る。

「渡瀬だ。確かに岬と名乗ったのか」

続く相手の返事を聞いていた渡瀬の顔に驚きが広がる。渡瀬の驚く顔を久しぶりに見た気がした。

「応接室で待ってもらえ」

渡瀬は受話器を置くと、すぐに椅子から立ち上がる。ついて来いとは言われない。だがついて来るなとも言われないので古手川は後を追う。

「それにしても高検の次席検事が直々にやって来るなんて」

「次席検事じゃない」

渡瀬はこちらを見ずに答える。

「息子の方だ。岬洋介。司法試験をトップで合格したにも拘わらず、ピアニストに較替えした変わり種だ」

渡瀬の説明でようやく思い出した。

古手川はある事件をきっかけにクラシックファンになった。分けても興味をそそられるのがピアノ曲であり、国内外のピアニストの名前は大抵覚えた。岬洋介は二〇一〇年開催のショパン・コンクールのファイナルに残り、今や伝説と化したノクターンで世界中を魅了したピアニストだ。

変わり種どころか世界的に有名な男ではないか。岬次席検事の息子という出自にも驚いたが、本人が県警本部を訪れている事実も驚きだった。

一階フロアの隅にある応接室に飛び込むと、そこに痩せぎすの青年が待っていた。

「初めまして。岬洋介といいます」

女性ファンが多いのも頷ける顔立ちだが、古手川はまず彼の手に注目した。非常に大きな手だ。目いっぱいに広げれば二オクターブに届くのではないか。

渡瀬は名刺を交換すると、洋介の顔を無遠慮に眺めた。

「あんたの親父さんとは何度か一緒に仕事をした。あまり似ていないな」

「母親似なんです」

見れば瞳は日本人には珍しい鳶色をしている。どこか近い世代に外国人の血が入っているのだろうか。

「まだヨーロッパ各国を回っている最中と聞いていたが」

「二日前に帰国したばかりです」

「帰国の理由は天生検事の事件に絡んでか」

「お察しが早くて助かります」

「天生検事とあんたは同じ第六〇期の司法修習生同士だ。これで察しがつかなかったら刑事は落第だ」

「俺は全然察しなんて……」

「少し黙ってろ。今は俺が話している」

口調で分かる。

渡瀬は珍しく動揺しているのだ。

「最初に訊く。いくら著名なピアニストでも捜査情報をほいほい教えるような馬鹿はここにいない。まさか知人というだけの理由でのこのこやって来たのか」

「確かに天生さんの事件に絡んではいますけど、こちらに伺ったのは彼の知人としてではなく、弁護人の代理としてです」

「おい。あんた、まさか」

「はい。御子柴礼司先生の代理として伺いました」

洋介はテーブルの上に一枚の紙片を置いた。御子柴礼司の署名がされた委任状だった。

「法的には何の拘束力もない紙切れ一枚です。ただし御子柴先生がどんな弁護士かご存じの方には、相応の意味を持つ紙切れです」

「……弁護士費用を肩代わりしたのは、あんただったのか」

渡瀬は額に手を当てた。これもまた渡瀬には珍しい仕草だった。

「そこまで見抜くのはさすがですね」

「公務員の手取りで雇える弁護士じゃない。だが、どうして高砂幼稚園襲撃事件なんだ。本筋は天生検事の発砲事件だろう」

「起点は幼稚園の事件ですからね。仙街不比等の事件と天生さんの事件が全くの無関係だとは渡瀬さんも考えておられないでしょう」

「捜査情報だぞ」

「仙街の死亡によって、事件は被疑者死亡のまま起訴ということになるのでしょうが、裁くべき本人がいなければ結局公訴を取り下げるしかありません。その時点で、もはや保護すべき捜査情報とはなり得ません」

「あんたはただの一般人だ」

「被疑者に選任された弁護士だって捜査権を有している訳ではありません。天生さんの事件に渡瀬警部は関与されていますか」

「いや、関与はしていない」

「既に被疑者が死亡してしまった事件、あるいはご自身が関与されていない事件について、被疑者の弁護人が情報集めをしています。ご協力いただけませんでしょうか」

「俺の班は関与していないが、同じ部屋の仲間が首を突っ込んでいるんだ。はいそうですかとは言えねえな」

「もちろん臨場はされたでしょうが、おそらく捜査一課の仕事は検視と鑑識作業止まりでしょう。それは被疑者取り調べを高検の担当者が行っていることでも明らかです。首を突っ込んでいるというのは少し誇張気味のような気がします」

「その高検の担当者が誰だか、承知の上で言っているのか」

「岬次席検事ですよね。ついでに申し上げると、捜査だけでなく公判も担当するようです」

「親父さんと御子柴の因縁を知らん訳じゃあるまい」

「はい。岬次席検事に二度も勝っているのは御子柴先生だけです。その実績を鑑みての選択でした」

渡瀬は呆れたように洋介を見つめる。

「親子仲が良くないってのは聞いていたが、まさかここまでとはな」

「親子の問題ではありません」

洋介は笑顔を崩さない。

「冤罪を晴らすか、放置するかの問題です」

「軽々しく冤罪という言葉を使わない方がいい」

「本人が犯行を否認している限り、どんな案件にも冤罪の可能性はついて回ります」

「天生検事本人から詳細は聞いているか」

「ええ、二日前に面会しましたから。拳銃に付着した彼の指紋と、スーツの袖口から検出された硝煙反応でしたね」

「それだけの証拠が揃っていながら冤罪を主張するのか」

「いつだったか冤罪に関する研究結果を読んだことがあります。カリフォルニア大学アーバイン校の全米冤罪登録プロジェクトが発表した内容ですが、一九八九年以降二千件を超える冤罪事件のうち、その原因の四分の一近くが誤った科学捜査によるものでした。そして人間はどんなに優秀であろうと、いつの時代であろうと必ず間違えます」

何か思うところがあるのか、渡瀬は今にも洋介に殴り掛からんばかりの凶暴な表情のまま固まる。

「色々と失礼なことを言いました。申し訳ありません」

渡瀬の顔を怖れる様子もなく、洋介はいささかも口調を変えない。

「冤罪を忌み嫌うのは警察官であるお二人も同じかと思います。ですから信頼に足る物的証拠よりも友人の訴えの方を重視する人間を、どうか門前払いにしないでください」

「門前払いにはしない。話はちゃんと聞く。だが情報を提供するかどうかは話が別だ」

渡瀬の反撃が始まる。

「あんたの熱意は大したものだと思う。冤罪についてのひとくさりも個人的には同意しよう。だが翻って天生検事を無罪とする根拠は本人の申告だけだ。しかも犯行当時、本人は意識を喪失さえしていた。それでも彼の証言を物的証拠よりも信じろというのかね」

「ううん、そこを突かれると反論しにくいですね。僕の信じる根拠と渡瀬さんの信じる根拠はおそらく異なるでしょうから」

「あんたの信じる根拠は天生検事の性格に帰するものなんだろう。十年もすれば性格が変わるヤツはいくらでもいる」

「否定はしません。しかしどんな人も変わらないものがあります。僕は天生さんのそれを信じているんです」

「それとは何だ」

「言っても詮無いことです。渡瀬さん、どうしても情報は提供していただけませんか」

再び問われた渡瀬はわずかに表情を曇らせる。

「捜査情報もしくは個人情報に抵触しない範囲なら構わない」

「ありがとうございます」

「礼を言われるような情報じゃない。仙街に殺害されたのは二人の幼稚園教諭と三人の園児だが、彼女たちと仙街に親族関係はなかった。出身地も学校も違う。だが一番納得がいかないのは、それ以上の鑑取りができなかったことだ」

「仙街が死亡した段階で継続捜査の必要がなくなったからですね」

「捜査一課は慢性的に人手不足だ。一つの事件にいつまでも捜査員を投入できん」

「お察しします」

「察しなくていい。必要な部署に必要なだけの費用と人員を配置できない管理職なんざ、どこにでもいる」

「仙街不比等の背後関係についても同様ですか」

「仙街は両親を亡くし天涯孤独の身の上だ。ただし、これも戸籍を調べた段階で捜査は中断している」

黙したまま横で聞いている古手川は違和感を抱く。渡瀬の説明する進捗状況に嘘偽りはない。仙街に家族と呼べる者がいれば、解剖済みの遺体をとっくに返却している。

違和感の元は渡瀬の露悪的な物言いに因るものだ。他の警察官であれば組織の不手際はなるべく隠そうとするものだが、渡瀬は躊躇なく開陳している。普段から組織や無能な上司への批判を口にしている男だが、それを部外者に公言するような迂闊な真似はしないはずだった。

少し考えてそれらしき解答に辿り着く。渡瀬が捜査の中断を殊更に強調しているのは、再開すれば何らかの収穫があることを仄めかせているのだ。

「仙街不比等に関して、あんたに伝えられる情報は以上だ」

新聞報道よりは多少詳しい程度の内容だった。わざわざ県警本部まで足を運んできた者が納得するとは思えない。だが洋介は失望するでも抗議をするでもなく、穏やかな表情を崩さないでいる。

「殺害された方々のご遺族は、さぞ悔しい思いをされているでしょうね」

「今でも県警本部に請願や抗議の電話が入る。我が子の最期がどんな風だったのか、どうしても知りたい。何とかしてくれとな」

渡瀬が遺族の訴えを無視して平然としていられるはずもない。してみれば、これは遺族の声を伝えるかたちで、自分の本音を曝け出しているのだ。

「因みに仙街不比等の死体は、今どこに保管されていますか」

渡瀬は親指を下に向ける。

「地下の霊安室だ」

実際のところ、仙街の死体は県警本部のお荷物と化していた。引き取り手のいない死体については死亡地の市町村長が火葬または埋葬することになっている。県警本部は死体の処理について浦和区に問い合わせているが、現在に至っても区長からの連絡はない。

「死体を拝見してもよろしいでしょうか」

既に司法解剖の結果が出ており引き取り手もいない。洋介の申し出を拒む理由は思いつかない。

「ついて来い」

三人は霊安室へ移動する。

警察署の霊安室というのはどこも似たようなものなのだろうが、殺風景この上ない。小会議室ほどのスペースに死体を収納したキャビネットがずらりと並び、その一角に申し訳程度の祭壇が設えられている。

渡瀬がキャビネットの一つを開き、洋介の面前に引き出す。冷蔵保存されていても腐敗の進行を完全に止めることはできない。死体は全身が赤黒く変色し、解剖時に割いた箇所から体内の腐敗ガスが洩れているのか、胃の中が逆流しそうな臭気を放っている。

　ところが洋介は欠片ほどの躊躇もなく、死体の腹部に顔を近づける。

　死体は正中線に沿って咽喉部から下腹部まで一直線に割かれている。所謂I字切開だ。馴染みの法医学教室でY字切開を見慣れている古手川の目にはやや異質に映る。

「執刀医はどなたでしたか」

「埼玉医科歯科大法医学教室の眞鍋教授だ」

　I字切開ではあるものの、メスの入った痕はやや蛇行しており完全な直線を描けていない。人体には凹凸があるので致し方ないが、古手川が馴染みのあの老教授なら定規を当てたような直線を引くに違いなかった。

　その老教授によれば、I字切開は喉から下腹部までを一気に開くことで視界が広がるので体内を検分しやすくなるらしい。ただし喉に傷が残るため、葬儀の際に遺族が困惑することが少なくない。古手川の個人的見解だが、喉に傷を残さないY字切開は死者と遺族に対する敬意が感じられる。

　胸部にできた銃創は千枚通しや傘の先端で突いたような形状になっている。対象から離れた地点から射撃された際、射入口はこういう形状になる。逆に銃口を皮膚に密着させて撃った場合は、射入口が大きく破裂して星型状となる。

「撮影してもよろしいですか」

「構わん」

洋介はポケットからデジタルカメラを取り出し、死体を様々な角度から撮影し始める。腐敗進行中の死体を前に全く物怖(ものお)じしない様子は、ピアニストというよりも場数を踏んだ検視官に見える。

「お手間を取らせました」

撮影を済ませると、洋介はあっさりと出口に向かう。

「気が済んだか」

「はい」

階上に向かう途中、古手川は洋介に話し掛けられた。

「古手川さんはよく司法解剖に立ち会われますか」

「可能な限り立ち会うようにしているよ」

「あなたが信頼している解剖の委託先はどちらですか」

「浦和医大の法医学教室だよ。あそこには生きている人間よりも死んだ人間を信用している偏屈者の解剖医と、死体が三度の飯よりも好きなアメリカ人と、死体の臭いをものともしない熱心な助教がいる」

「それは素晴らしい環境ですね」

一階フロアの正面玄関に戻ると、洋介はぺこりと頭を下げた。

「お手数を掛けてしまい申し訳ありませんでした。それではまた」

また来るつもりなのか。

古手川が声を掛けようとする前に、洋介は踵を返して庁舎を出ていった。

渡瀬は相変わらず憮然としていた。

2

状況が動いたのはその日の正午過ぎだった。

古手川のスマートフォンに浦和医大法医学教室の栂野(つがの)真琴(まこと)助教から電話が掛かってきたのだ。

『県警本部に仙街不比等という被疑者の死体が保管されていますよね』

「ああ、してる。それがどうかしたのかい」

『光崎(みつざき)教授が解剖させろと言ってます』

いきなりの申し出に返事が遅れた。

「どうしてまた、そんな話になるんだよ。そもそも既に司法解剖は済んでるっていうのに」

『わたしが解剖したがっているんじゃないです』

真琴は抗議するように返してきた。

「話が全然見えないけど、俺の一存じゃどうしようもないぞ」

『古手川さんの上司に伝えろって』

「ちょっと待てよ、整理する。仙街不比等の死体は眞鍋教授が解剖済みだ。それは承知しているな」

『手許に解剖報告書があります』

どうしてそんなものがあるんだという質問はいったん呑み込んだ。

「引き取り手のない死体だから遺族に考慮する必要はない。しかし解剖費用はどうする。言っとくが本部からは出ないと思うぞ。県警の台所事情は真琴先生も先刻承知しているだろう」

『費用に関しては心配するな、お前は死体さえ運んでくればいいって』

どうやら真琴の背後で、例の偏屈解剖医が指示を飛ばしているらしい。

「分かった。班長にお伺いを立ててみる」

『……教授から伝言です。もういい、渡瀬警部に直談判する。お前は死体搬送の準備をしておけって』

思わずスマートフォンを床に叩きつけたくなった。

刑事部屋に向かうと、案の定渡瀬が渋い顔をしていた。

「仙街の死体を浦和医大に搬送しろ」

「いいんですか。刑事部長辺りから文句がきませんか」

「光崎教授にへそを曲げられたら、今後の検案要請に支障が出かねない。既に解剖報告書が提出された案件だから構わんそうだ」

刑事部長が長い物には巻かれろの方針で幸いした。

「ウチは外圧に弱いですね」

「要らんことを言ってないで、とっとと搬送してこい」

浦和医大に到着した古手川が法医学教室まで死体を搬送すると、また彼に出くわした。

「先ほどは失礼しました」

ちゃっかり洋介は空いた椅子に座っている。真琴とキャシー・ペンドルトン准教授は彼を取り囲んで胡散臭げに見下ろしている。

「それではまた、とか言っておいてわずか数時間後に再会かよ」

「あなたから光崎教授の話を聞いて、すぐに事件の話をしました。霊安室で撮った写真と解剖報告書をご覧になった教授が、早速渡瀬さんに司法解剖を申し入れてくれました」

「なるほど。司法解剖の費用は君が負担する訳か」

「必要経費です」

光崎が司法解剖を決めたのは、解剖報告書と死体写真の間に何らかの齟齬を見つけたからに違いない。それは、洋介も気づいたことなのだろう。

「古手川刑事。説明を求めます」

キャシーが興味津々といった体で訊いてきた。

「ワタシとしては費用を心配せず司法解剖できるので大変にウエルカムなのですが、やはり説明があれば助かります」

特に守秘義務に抵触するような話ではない。古手川は洋介が県警本部を訪れてからの経緯を説明する。

「So that's it。被告人となった親友の冤罪を晴らしたいのですね。それにしても寡聞にして存じ上げないのですが、ピアニストというのは、そんなに羽振りがいいものなのでしょうか。司法解剖は一体二十五万円の費用が掛かると説明したにも拘わらず、彼は即決したのですよ」

「その人はただのピアニストじゃありませんよ。ショパン・コンクールのファイナリストで、本来であればヨーロッパ遠征中のところ友人のために突如来日したのです。因みに父親は東京高検の次席検事です」

嫌みを込めて解説してやると、洋介は途端に不機嫌な顔になった。対照的にキャシーは弾けたような笑みを見せる。

「Ｗｏｗ！　岬は司法解剖に興味はありませんか。もしあれば、法医学教室のスポンサーになるつもりは」

放っておくと話がどんどんややこしい方向に転がっていきそうなので、キャシーの勧誘を途中で遮る。

「スポンサー獲得より先に目先の仕事を片づけてください」

「Ｏｈ？　ワタシともあろう者が、選りに選って古手川刑事にイエローカードを突きつけられるとは」

ともあれキャシーの職業的使命感は信用に足るもので、彼女は真琴とともに死体を解剖室へと運んでいく。

それを見ていた洋介はすっかり笑顔に戻っていた。

「『死体が三度の飯よりも好きなアメリカ人と、死体の臭いをものともしない熱心な助教がいる』。やっぱり素晴らしい環境でしたね」

「嫌みを返しているつもりなら謝る。別に他意はなかった」

「プロフェッショナルの動きは見ているだけで気持ちがいいです」

「待て」

何げない言葉が引っ掛かった。

「まさか、司法解剖に立ち会うつもりじゃあるまいな」

「古手川さんは可能な限り立ち会うようにしているんですよね。それなら司法解剖の費用を拠出する僕が立ち会わない選択肢は有り得ません」

「……俺は仕事柄慣れているけど、世界的なピアニストが無理して見るような代物じゃないぞ。臭いは髪の毛や服の繊維にまで染み込むし、所詮ヒトの肉体は物体に過ぎないって現実を知らされるだけだ」

「死臭も届かないような安全地帯で胡坐を掻いていようなんて思っていませんよ」

「邪魔だ」

二人の会話に割り込んできたのは浦和医大法医学教室の主、光崎教授だった。

「立ち会いか。それならさっさと解剖着に着替えろ。五分で済ませろ、愚図は許さん」

古手川と洋介は急いで着替え、光崎の後ろについて解剖室に入っていく。既に真琴とキャシーによって、仙街の死体は解剖台の上で執刀を待っていた。

部外者の古手川と洋介は解剖台の傍らに立ち、法医学教室チームの動きを傍から観察することになる。洋介の顔からは笑みが消え、厳粛な視線が彼女たちを見守っている。

死体の体表面、眼球、死斑、硬直具合が具に調べられる。光崎が特に念を入れて観察したのは銃創だった。

光崎が徐(おもむろ)に口を開く。

「では始める。死体は三十代男性、体表面には貫通した銃創が前胸部と背中に一カ所ずつ。尚、先に提出された報告書では穿通性心臓外傷と診断がされている」

光崎は縫合痕に打ちつけられたステープラーを一つずつ丁寧に外していく。

皮膚縫合用のステープラーは縫合の方法としては簡便で特別な技術を要しない。だが一直線でもなく打たれた間隔がまばらな痕は美しくない。加えて切開痕が歪(いびつ)であり、ステープラーを全て外した方が綺麗(きれい)に見えるのは皮肉としか言いようがない。

光崎の両手が死体を開き、臓器を一つひとつ取り出していく。前の解剖時に戻さなかったらしく、臓器は何の手間もなく取り出されていく。

光崎の手が止まったのは心臓を取り出した時だった。古手川の目にも表層に裂傷があるのが分かるが、先の解剖から空気に触れているせいで褐色に変わっている。

法医学教室で解剖に立ち会っていると、至極当然の真理に向き合わざるを得なくなる。善人であろうが仙街のような凶悪犯であろうが、死んでしまえば皆同じに扱われるという冷徹な事実だ。

「写真」

デジタルカメラを掲げたキャシーがステンレスのプレートに載せられた心臓を四方

から写していく。

次に光崎は前胸部の銃創部分を切除し、これもプレートの上に置く。

洋介はと見れば、彼も科学者のような冷静な目で各部位の状態を観察している。法医学教室チームや自分はともかく、死体を見慣れている訳でもない洋介がどうして平然としていられるのだろうと思う。

頭部の頭皮を剝(は)がし、耳の後ろからメスを入れていく。眞鍋教授は開腹だけして頭部の解剖は行わなかったらしい。いくら死因が一目瞭然だとしても、全身を隈(くま)なく診るのが本筋ではないか。

「ストライカー」

電動ノコギリが額に綺麗な線を描いていく。やがて頭蓋を切断し終えると骨弁が外される。

現れた硬膜を光崎のメスが精密機械のように切断する。硬膜のぎりぎり下までメスが届いているために出血はほとんどない。

脳髄が露出し、キャシーのカメラが全体を撮影する。

ふと古手川は夢想する。現段階ではいかに光崎の腕が卓抜したものでも、いかに脳科学が発達していても、仙街が幼稚園を襲撃した時点で覚醒剤が脳に作用していたかどうかは判断できない。当事者が刑法第三十九条に該当するような心神喪失および心身耗弱であるかどうかは脳髄を露出させても明らかにはできない。ただ鑑定医の診断に委ねるだけだ。

全ての臓器と脳を摘出し、また元に戻す。閉腹はステープラーではなく、光崎が丁寧に縫っていく。生前、人として許されざる行為をした仙街が、閉腹という作業で赦しを得たような感がある。

「今回、解剖を要請したのは君だったな」

いきなり光崎は洋介に向き直る。

「後日解剖報告書は作成するが、今すぐ所見を聞きたいか」

「お願いします」

「結論から言う。先に解剖報告書を書いたヤツはとんでもないヤブ医者だ」

洋介とともに所見を拝聴した古手川は、少なからぬ衝撃を受けていた。光崎の説明を信じれば、確かに眞鍋教授はヤブ医者だ。

県警本部に戻る搬送車の中には自分と洋介しかいないので、誰にも遠慮なく会話できる。

「検視報告書や現場の状況に惑わされた可能性もあります。さいたま地検も自分の庭で事件が起きて浮足立ち、司法解剖を急がせたでしょうしね」

「君はこのことを予測していたのか」

　すると洋介は滅相もないというように首を振った。

「まさか。出たとこ勝負ですよ」

「空振りだったら手間と費用と、ひょっとしたら君の評判さえ落とすかもしれなかった」

「ステージというのは不思議なものでしてね」

　いきなり別の話題に振られて、何事かと思った。

「もちろん入念に練習するのは当然なのですが、いくら下準備を整えていても本番でとんでもないミスを連発することがあります。逆に体調不良が重なって思うような練習ができなくても、本番では予想外のパフォーマンスが発揮できる時もあります」

「舞台度胸が日常になっているみたいだな。それにしても県警本部で仙街の死体を見て、すぐに浦和医大に連絡したとはな。多少なりとも躊躇はなかったのかい」

「最前線で働いている刑事さんが信用している人を、門外漢の僕が信用しなくてどうするんですか」

　あの短いやり取りで自分を信じてくれたというのなら嬉しい話だった。

「光崎教授の執刀を拝見して、自分の判断が正しかったと確信しました。ご本人がお聞きになったら嫌がるかもしれませんが、あの人は一種の芸術家ですね。解剖の最中、僕の目は教授の指先に釘付けになっていました」

　各部位を冷静に観察していると思っていたが、あれは光崎を見ていたのか。しかも科学者のような視線ではなく、同じ芸術家としての視線だった訳だ。

「芸術家といえば確かにそうかもしれない。しかしあの通りの毒舌家だから、敵も多いんだぜ」

「敵とか味方とかは関係ありませんよ。特に教授のようなプロフェッショナルには」

「じゃあ何が関係するんだ」

「専門的な職業に求められるのは技術と情熱だと思います。技術だけが優れていても先進性がなければ世界が拡がらない。情熱があっても技術が伴わなければ空回りをしてしまう。それは、どの分野にも共通していることではないでしょうか」

　言われてみれば確かにそうだ。偏屈者の光崎は死体に対する執着心が尋常ではないし、渡瀬にしても犯人を追い詰める情熱はドーベルマン並みだ。自分が一目置く人間は皆、技術と情熱を兼ね備えている。

　隣に座っているピアニストも同様だろう。芸術の世界で飯を食うのがどれだけ大変なのかは、過去の事件で知り合った人間から切々と聞かされた。

「よく分かるよ。でもな、技術と情熱を兼ね備えていても成功できない人間だっている。前の事件で有働というピアノ講師がいてな」

「有働さゆりさんですか」

思わずブレーキを踏みそうになった。

「彼女を知っているのか」

「高校一年まで、あるピアノの先生に師事したのですが、同じ教室に彼女がいました。それまで我流で弾いていたのを、ちゃんとしたレッスンで学び直したいということでした」

聞きながら古手川は動悸を抑えきれない。まさか洋介の口からさゆりの過去を聞かされるとは想像もしなかった。

「ただ、僕は我流でも構わないのではないかと思いました。有働さんのピアノは粗削りでしたが、途方もなく情熱的だったんです。特に彼女の弾く〈悲愴〉や〈熱情〉は鳥肌が立つくらいでした。それにしても彼女は今、どこにいるのでしょうね。古手川さんはご存じありませんか」


県警本部に戻った古手川は、光崎の解剖所見をそのまま渡瀬に伝えた。多少は驚くかと予想していたが、渡瀬は不機嫌そうに低く唸っただけだった。

「どうしますか、班長。瀬尾班に伝えますか」

瀬尾班が行ったのは検視と鑑識作業だけで、司法解剖はさいたま地検が眞鍋教授に依頼している。眞鍋教授の解剖報告書に誤謬があったとしても、直ちに捜査一課が責めを負うべき事案ではない。

明らかになった事実を秘匿しておく訳にはいかない。だが、これは洋介たち弁護側にとって有効な、逆に検察側にとっては痛烈なカードになり得る。岬次席検事とは昵懇の仲である渡瀬がどんな指示を出すのか、古手川は不安でならない。

「瀬尾に話したところで何が変わる訳じゃない」

渡瀬は嘆息交じりに答えた。

「元々、司法解剖について瀬尾たちは関与していない。知ったところで、あいつならああそうですかで終わりだ」

「秘匿しておくんですか」

「秘匿も何も、判明したのは解剖報告書の間違いだけだ。それだけでクロがシロに反転するとは、岬ジュニアも考えていないだろう」

「その、ジュニアという呼び方はお願いですからやめてください」

古手川の横に立つ洋介はやんわりと抗議する。

「洋介で結構です」

「自費で浦和医大法医学教室に解剖を要請したのはあんただ。だからこの情報は、公判が開かれるまではあんたに使用権がある」

「ありがとうございます」

いかにも渡瀬らしい采配だと思った。

「で、あんたはまだ捜査を継続するんだろ」

「渡瀬さんの仰る通り、これだけでは到底公判を闘えませんから」

「こちらに情報を共有してくれたのは仁義を通すためか」

「光崎教授を紹介してくれたのは古手川さんでしたからね」

「妙なところで義理堅いのは父親譲りだよ、やっぱり」

洋介が再び抗議しかけたのを、渡瀬は片手で制する。

「仙街の事件を追っていると言ったな。被疑者死亡でこちらの捜査は中断している。好きに動くといい」

「感謝します。それでは、また」

洋介は軽く一礼して刑事部屋を出ていった。いちいち丁寧な男だと感心していると、渡瀬が洋介の背中を顎で指した。

「ついていかなくていいのか」

「……いいんですか」

「仙街事件の捜査が中断されたままで据わりが悪いんだろう。それに岬ジュニアが暴走して事件関係者とトラブルを起こさないとも限らん。お目付け役を兼ねて情報を盗んでこい」

もって回った面倒臭い指示だが、これは致し方ないだろう。岬次席検事に肩入れすれば光崎の解剖所見をなかったことにしなければならず、洋介に協力すれば御子柴に塩を送ることになる。渡瀬にすれば、股裂き状態を回避する名分はこれしかない。

暴走しそうなのは彼よりも自分の方なのだが。

矛盾だらけの名分だが、名分がなければ動けないのが宮仕えだ。了解と短く答えて、古手川は洋介の後を追う。

庁舎の正面玄関を出ると、そこに洋介が立っていた。

「お疲れ様です」

「待っていたような口ぶりだな」

「ええ、待っていましたから」

古手川が警察車両の停めてある方向に歩き出すと心得たようについてくる。

「俺が同行するのは織り込み済みか」

「継続捜査の障害にならないように見張っておけ。渡瀬さんなら、そう命令するでしょうね。それならわざわざ尾行するより同行した方がスムーズでしょう」

「何もかもお見通しか。班長が知ったら嘆くか激怒するかのどっちかだな」

「渡瀬さんなら僕が気づくであろうことも当然織り込んでいますよ」

「狐とタヌキかよ」

少なくとも自分にはできない芸当だと呆れていると、洋介はマークXの前を通り過ぎてしまう。

「どこへ行く。今から関係者のところを回るんじゃないのか」

「最初の訪問先はあそこです」

洋介は隣の敷地に建つ法務総合庁舎を指差した。

さいたま地検の受付で来意を告げると、ほどなくして宇賀麻沙美事務官が姿を現した。

「仙街事件の継続捜査でしたね。それで、そちらはどなた様ですか。岬というお名前に聞き覚えがあるのですが」

洋介がうんざりという表情だったので、代わりに答えた。

「東京高検岬次席検事のご子息ですよ」

途端に宇賀は慌て出した。

「大変失礼しました」

「いや、この人はそういうのが嫌いな人だから。とにかくお話を伺いたいのですが」

「別室にどうぞ」

法務総合庁舎には来慣れている。案内される部屋も以前に入ったことがあるので、緊張もしない。

ところが宇賀が歩き出すなり、洋介が注文を出した。

「すみません。どうせなら天生検事の執務室に案内してもらえませんか」

一瞬宇賀は当惑したようだったが、すぐに応諾してくれた。

執務室に入ると、洋介は室内を見回して言った。

「ああ、やっぱり机の配置も当時のままでしたね。懐かしいな」

「懐かしいって……この部屋をご存じだったんですか」

「司法修習生時代、最初の実務研修の場がここだったんです。まさか十年後に再びお邪魔するとは夢にも思いませんでした」

「そう言えば天生検事も似た話をされていました。天生検事とは同期だったんですね」

「宇賀さん」

洋介は宇賀を正面に捉える。

「僕は天生検事を弁護する側の人間です。宇賀さんは彼の無実を信じていますか」

「……信じたいです」

「嘘のない言葉でとても素敵です。どうか彼に掛けられた疑いを晴らすべくご協力ください」

そう言って、ごく自然に宇賀の両手を握る。すると宇賀はほんのりと頬を赤らめた。本人にそのつもりがなくても、洋介というのは根っからの女たらしかもしれない。

「まず事件当時の配置を教えてください」

宇賀は自ら執務机に座り、天生検事と仙街のいた位置を指し示す。

「古手川さん。仙街のいた位置に座ってもらえますか」

洋介が天生検事の位置に、古手川が執務机を隔てた正面に座る。二つの椅子の高さがほぼ同じなので、洋介とは頭の位置が水平になる。

「宇賀さんは天生検事の横で、聴取内容を記録していたんですね。机の上にあったのはパソコンとＩＣレコーダーだけでしたか」

「それぞれに湯呑み茶碗が置いてありました」

「天生検事の手元には捜査資料のファイル。それ以外は」

「ありません。ご承知でしょうけど、被疑者が暴れ出しても被害が最小限になるよう、検事調べの際には武器になりそうなものは何も持ち込まないようにしています」

「それにも拘わらずトカレフが紛れ込んでしまった。段ボール箱ごと証拠品保管庫に収める途中、何者かに抜き取られたのでしたね。それができる人物は誰と誰ですか」

「川口コンビニ強盗事件の証拠物件が送検される日を知っている職員は全てです。職員であればＩＣチップの職員証で保管庫に入室できますから」

「しかしこの執務室に持ち込めるのは天生検事とあなたの二人だけです」

「一つだけ他の可能性が考えられます」

「教えてください」

「あの日、仙街の検事調べを控えて天生検事は昼休憩に外出しました。大体は店屋物で済ますんですが、あの日は気合を入れるために外に出たと言っていました。その間、執務室は無人になっていたはずです」

「日常的に施錠はしなかったのですか」

「実務研修をされたのならこれもご存じでしょうけど、検事調べ中はドアの上部のランプが点灯します。点灯している時は他の職員も入室しない決まりになっているので、施錠は特に義務付けられていません」

「あなたが体調不良を訴え、退室した直後に銃声が聞こえた。すぐにあなたと警官二人が部屋に飛び込んだ訳ですが、何か配置の変わったものはありませんでしたか」

「わたしの机のものは何も」

「パソコンもICレコーダーもですか」

「寸前までの記録が消去されないようパソコンは上書き保存、レコーダーも従前の内容が記録されているのを確認の上で停止させました。もちろん警察官立ち合いの下です」

洋介は宇賀から視線を外すと、目の前の執務机を眺め始める。

そして古手川を見ながらゆっくりと立ち上がる。

「よく分かりました」

3

翌三十日、洋介と古手川は県庁第二庁舎前で待ち合わせると、今度こそ駐車場のマークXに乗り込んだ。

「さて、最初はどこに行けばいい」

「仙街事件の被害者遺族にお会いしたいと思います。皆さんさいたま市内にお住まいでしたよね」

「園児たちは当然としても、教諭の一人は実家が東所沢(ひがしところざわ)だ」

「じゃあ、東所沢を最後にしましょう」

「よければ君が運転するか。日本の道を運転するのは久しぶりだろ」

「未だにペーパードライバーですよ。一度、歩道に乗り上げたまま走り続けたことがあります」

「やっぱり俺が運転する」

アクセルを踏み込むと、マークXはタイヤを軋ませて県庁の敷地を飛び出す。

「お手柔らかに」

「ペーパードライバーに言われたかない」

「僕は何か古手川さんを怒らせるようなことを言いましたでしょうか」

「まさか御子柴の側に立つ日がくるとは思わなかった。おっと、昨日の敵は今日の友とか言うなよ。あいつとは一日でも友だちになんてなりたくない」

「こんな時、便利な言葉があります」

「言ってみろ」

「呉越同舟です」


被害園児の一人、高畑真一の自宅は高砂の閑静な住宅街にあった。資料では他の園児の家も同じ地区にあるはずだ。

高畑家の中には線香の香りが漂っていた。夫の高畑正仁(まさひと)は厚労省勤め、妻の早苗(さなえ)は専業主婦。真一は一人息子だったという。

「天生検事さんの弁護をしてくれるんですか」

早苗は二人の立ち位置を知ると、深々と頭を下げた。

「どうか天生検事さんを助けてやってください。わたしたち遺族の気持ちを代弁してくれた人なんです」

質問は洋介の役目と事前に決めていた。

「ご主人はお仕事ですか」

「はい。忌引きが明けた当日から出勤しています」

「お役所勤めは大変ですね」

「わたしは羨ましいです」

早苗は恨めしそうに言う。

「主人も息子を溺愛していましたから、真一の亡骸を見た時にはとても取り乱して……一緒になって十年になりますけど、あんなに乱れた姿は初めて見ました。忌引きが明けてすぐに出社したのも、仕事で真一のことを忘れたがっているんです。夫は逃げ場所があって羨ましいです」

専業主婦なら一日中、死んだ息子との思い出に向き合うことになる。居たたまれなくなるのは容易に想像できる。

是非にと勧められて仏壇の前に移動する。仏壇には真一の遺影が飾られ、写真の周囲にはチョコ菓子がずらりと並んでいた。甘い匂いと線香の匂いが混じり、古手川は胸が搔き毟られるような感覚に襲われる。

「あの子が大好きなお菓子だったんです」

洋介と並んで合掌する。

遺影を見ていると更に堪らなくなった。どれだけ残虐な事件を担当しても、子どもが犠牲になる事件には未だ慣れない。命だけではなく、輝かしい未来も明日を照らす希望も根こそぎ奪われたような気がするからだろう。

「犯人の仙街不比等を以前からご存じでしたか」

「いいえ。あの男は南区の別所に住んでいたんですよね。勤めも近所のコンビニで。ウチとは何の接点もありません。主人にも確かめたんですけど、仙街という名前は見たことも聞いたこともないって」

仙街という苗字は確かに珍しい。しかも下が不比等なら尚更で、一度見聞きしたらなかなか忘れるような名前ではない。

「あの男が憎くて憎くて堪りませんでした。人を殺してやりたいと初めて思いました」

早苗は腹の底から絞り出すような声で言う。

「わたしはなかなか妊娠しにくい体質だったので、四年間妊活していたんです。不妊治療で検査したり薬を服んだりタイミング法を試したり。四年もかかって、やっと、やっと授かった子なんです。それをあの男は大した理由もないのに」

早苗の恨み言は二十分ほども続き、その間洋介は黙って聞き役に徹していた。

二人目、能美ひなたの自宅はすぐ近所だった。高畑宅と同様の戸建てで、玄関ドアには〈忌中〉の張り紙があった。

「今度は俺が質問する」

高畑宅では洋介が長々と母親の相手をさせられた。当事者でなくても針の筵だ。洋介は我慢していたようだが、もう彼一人に嫌な仕事を任せるつもりはない。

父親の能美孝太郎は鮮魚卸の会社を営んでいた。社員数八十五名の規模というから中小企業の中でも大きい部類に入るだろう。

「ご苦労様です」

来意を告げた二人を応接間に招き入れると、能美は深々と頭を下げた。

「こんななりで申し訳ないですな」

髪は寝起きのままで無精ひげが目立つ。急な来客は敬遠したかっただろうが、警察相手では居留守も使えない。

「ひなたの葬儀が終わっても、まだ元のようにはなれません。会社の方は専務たちが私の分まで頑張ってくれているので、それに甘えておるんですよ」

「奥さんと他のお子さんがいらっしゃいますよね」

「二つ上の姉がいますが、事件以来心を病んでしまいまして……ちょうど母親が付き添いで心療内科に行かせたところです」

父親一人が留守番をしていたのは、そのためか。

「こんな時こそ、残った家族で支え合わなきゃならんのは分かってるんです。しかし家族全員がショックに打ちのめされて、とてもじゃないが支え合えるような状況じゃない。傷が癒えるのは、もっともっと後になるような気がします」

大の大人が憔悴（しょうすい）しきっている姿に同情を覚える。

それでつい、言葉が洩れた。

「逮捕時、仙街の手を思いきり蹴り上げてやりました。ほんの些細なことですが、蹴り上げてやった箇所はしばらく腫（は）れていました」

「あなたが逮捕してくれたんですか。ありがとうございました。本当にありがとうございました」

能美は深々と頭を下げる。

待ってくれ。感謝されようとして話したんじゃない。少しでもいいから憂さを晴らしてほしかっただけなんだ。

古手川は慌てて質問を変える。

「仙街不比等本人、あるいはその名前に憶えはありませんか」

能美はゆるゆると首を横に振る。

「事件の起きた後、もしやと思い、退職者名簿や採用面接者名簿を過去十年まで遡（さかのぼ）って調べさせました。ウチの会社を恨んでの犯行かもしれないと考えたからです。しかし結果は……」

「該当者なし、だったんですね」

「対象者四百余人のうちで仙街という苗字の者は一人もいませんでした。いないと判明した時点で、一気にがくっと気力がなくなりました。お恥ずかしい話、その場にへなへなと座り込んでしまいましたからね」

　能美は自嘲気味に笑う。

「仙街の動機がわたしやわたしの会社への報復だったのなら、まだ納得できたんです。しかしそれすらなく、単なるヤク中の通り魔的な犯行だったなんて。泣くに泣けませんよ」

　能美の心理は理解できなくもない。愛する娘が殺されなければならなかった理由を欲しているのだ。それがたとえ自分自身に帰することであったとしても。

「実は被害者遺族の会を結成しようという動きもあったのです。風咲美結ちゃんのお父さんが発起人となり、仙街に厳罰を求めるべく検察や裁判所に働きかけようという訳です。ところが、その話が具体化する寸前に天生検事が我々の意思を代行してくれました」

「仙街を法的に裁けば動機が明らかになったかもしれないのに、ですか」

「何が仙街を犯行に駆り立てたのかを知るのも重要ですが、それ以上にヤツを殺したかったんです。できれば自分の手で。それが叶わないから検察と裁判所に託すしかない。ところが、仙街が幼稚園を襲撃した時に心神喪失の状態だったらヤツを罰せないと誰かが言い出した。冗談じゃない。どうして五人もの命を奪った鬼畜が無罪でいられるのか。そんな判決が下されたら、この国の法律は狂っている。やきもきしていた時に、天生検事がヤツを射殺してくれた。我々遺族にとって、彼は正義の代弁者なんです」

能美は拝むように上半身をこちらへ傾けてくる。

「お二人は天生検事の弁護側として各戸を訪問されているんですよね。お願いします。何とか天生検事が無罪か減刑になるよう、裁判で勝ってください。そのためならわたしたち遺族は協力を惜しみません」

後頭部が見えるほど頭を下げられ、古手川は質問役を交代したのを今になって後悔した。

能美宅を辞去した古手川は疲れたように息を吐く。

「司法修習生時代に実務研修を受けたと言ったな。こんな風に被害者遺族と面会するような機会はあったのかい」

「ありませんでしたね。もしカリキュラムに組み込まれていたら、何割かは間違いなく心が折れていたでしょうね」

「遺族の無念を受け止めても決して感情に走るな。頭を冷やせ、燃やすのは情熱だけにしておけ。ウチの班長の口癖だ」

「渡瀬さんなら言いそうですね」

「あの班長の注文はいつも厳しい」

「試練は、それを乗り越えられる人にしか与えられません」

古手川はまじまじと洋介の横顔を眺める。洋介は二つ三つ年下のはずだが、古手川よりもはるかに老成している。こうして話していると、時折向こうが年上ではないかと錯覚するほどだ。


三軒目もやはり徒歩で辿り着けた。この辺りは住宅街の中でも高級な部類らしく、各戸の敷地面積が大きく建物も瀟洒(しょうしゃ)だ。

その中でも風咲宅は特に見栄えのする家で周囲を圧倒している。住んでいる家族たちはさぞかしいい気分だろうが、近隣住民は何をどう感じていることやら分かったものではない。

だがどんな家に住もうが、我が子を奪われた親の気持ちは皆同じだ。殺された美結の父親もやはり悄然(しょうぜん)として見る影もなかった。

「お仕事、ご苦労様です」

風咲兼弘はメガバンクの本店に勤務していた。業務システム開発を担当しており、業務内容から在宅勤務の形態を採っているのだという。

「女房は実家に帰ってまして……碌にお構いもできず、申し訳ありません」

「こっちこそ、お取り込み中のところをすみません」

応接間に通してもらうと、散らかり具合とソファーの上の埃の溜まり方で家人が出払っているのが本当だと分かる。来訪者に分かるのだから散乱具合が住んでいる者に分からないはずがない。風咲は面目なさそうに、二人に着座を勧める。

「美結が死んでから、女房はすっかり神経をやられちゃいまして。一時的なものだから実家に預ければいいかと思ったんです。初めての子でしたからね。この家にいると美結の思い出に圧し潰されて、わたしも時々息ができなくなるんです」

「能美さんから伺ったのですが、被害者の会を結成されるおつもりだったとか」

「ええ。何としてでも子どもたちや先生の無念を晴らしてやりたいと思いましてね。仙街が死んだのがその矢先だったので計画は立ち消えになってしまいました」

風咲はいったん言葉を切り、込み上げる感情を必死に抑えているようだった。

「いったんは立ち消えになってしまいましたが、また遺族の皆さんに声を掛けようと思っています」

「何故ですか」

「仙街には天罰が下りました。次は天生検事を助けるのが目的です。既に坂間先生のお母さんが中心になって署名活動を始めてくれていますが、あれはまだ組織の体を成していません。今後は高砂幼稚園の管理体制に対して民事訴訟を行う可能性もあるので弁護団を組む必要も出てきます。ちゃんとした被害者遺族の会を結成し、天生検事の嘆願運動もメディアを巻き込まなければ尻すぼみになってしまいます」

淡々と語ってはいるが、その内容は確固たるものだと思った。感情に走ることなく幼稚園側の管理責任を問うのを視野に入れているのは、高畑や能美からは聞けなかった考えだ。

「その場合は、やっぱり風咲さんが代表者になるんですか」

すると風咲の口ぶりは急に歯切れが悪くなった。

「いえ……発起人の一人に名を連ねるのはいいとしても、代表者は他の方にお願いしようと思っています」

「銀行員さんが集団訴訟の顔になるのは、やっぱりまずいですか」

「そうじゃありません」

やや挑発気味の質問であったにも拘わらず、風咲は遠慮がちに否定する。

「わたしの名前を表に出すことで、他の遺族の方々に要らぬ迷惑をかけるかもしれないからです。こういった遺族会や連絡会は外部からの圧力にとても弱い。下世話な話、カネや名誉が絡んだ途端に反目が生まれ、内部分裂を起こしやすくなる。この会だけはそんな末路になってはいけないんです。亡くなった五人と遺族の無念を晴らし、関係者の名誉を護るためにです」

「風咲さんの名前を出すのが、どうして迷惑に繋がるんですか」

「厳密に言えばわたし自身ではなく、風咲という苗字に反応する人が多いからです。この苗字は結構珍しいので、記憶力のいい人はすぐに気づいてしまいます」

「すみません。俺はとことん記憶力の悪い人間なんで詳しく説明してくれませんか」

　風咲は古傷に触られたように顰め面をする。

「東京大田区のクレーン車衝突事故です」

　事件名を聞くなり記憶が甦るのは刑事の性だった。

「思い出しました。乗用車の運転者がそういう名前でしたね」

「親父ですよ。今でこそ実家で楽隠居を決め込んでいますが、事故当時は本当にひどかった。どこから調べたのか、わたしの勤め先にまで悪質な電話が入りましたからね。実家への誹謗中傷は推して知るべしです。当時わたしは海外駐在中だったので、まだ実害は少なかったのですが」

「あの事故を思い出させる名前だと、確かに支障がありそうですね」

「ええ。だからわたしは裏方に徹した方がいいんです。わたしが美結にしてやれるのは、もうそれしかないんです」

　風咲宅を出ると、洋介が訊いてきた。

「大田区のクレーン車衝突事故というのは、どんな内容だったんですか」

「何だ。君の記憶力も俺並みかい。かなり昔の事故だ。大田区の工事現場でクレーン車が鉄骨を運んでいる最中、自家用車が横腹に突っ込んできた。クレーン車はバランスを崩しながら直進。折悪く対向車線から来た観光バスの真正面に鉄骨ごと衝突した。乗客が何人か死亡した事故だが、乗用車を運転していたのが風咲という経産省の役人だった」

「いつ頃のことですか」

「確か東日本大震災の前年だったから二〇一〇年十月頃の事故だ」

　ああ、と洋介は合点がいったように頷いた。

「それでですか。その頃はちょうどショパン・コンクールの真っ最中でした」

　それならファイナルまで勝ち進み、その後はヨーロッパを転々としていた洋介が知る由もない。頭脳明晰（ずのうめいせき）かもしれないが、この男には六年間の空白があるのだ。

　しばらく沈黙していた洋介が不意にこちらを振り向いた。

「古手川さん、県警本部に引き返してくれませんか」

「急にどうした風の吹き回しだ」

「鉄骨落下事故の詳細は警察のデータベースに残っていますよね」

「当時は乗用車の運転者の刑事責任を巡って結構な騒ぎになったし、何より大勢の死者が出ている。データベースには間違いなく残っているだろうな」

「事故の経緯と犠牲者の一覧、それから捜査に当たった担当者の名前を知りたくなりました」

「まだ二人の教諭の実家が残っているぞ」

「こちらの優先順位が上です」

県警本部に戻ると、早速古手川は自分に支給されたパソコンを開き、事件記録のデータベースにアクセスした。

『二〇一〇年十月四日、東京都大田区大森西（おおもりにし）の工事現場でH型鋼を運搬中のクレーン車に後方を走っていた乗用車が接触、バランスを失ったクレーン車は蛇行運転となり、対向車線を走っていた観光バス（定員六十名）とすれ違いざまにH型鋼を落下させた。

観光バスの乗務員二名乗客五十六名のうち死者十五名、重軽傷者二十九名。またクレーン車を運転していた作業員野村久義（のむらひさよし）（三十二歳）も事故に巻き込まれ死亡。

観光バスは旅行会社〈新帝都ツーリスト〉がチャーターしたもので、一行は箱根温泉二泊三日格安ツアーの参加者であった。

乗用車を運転していたのは風咲平蔵（七十二歳）。元経済産業省産業技術環境局に勤務。警視庁捜査一課は風咲を過失運転致死傷容疑で東京地検に送検、不起訴処分。』

事件を担当した捜査員たちの氏名も記されており、その中には古手川の知っている者がいたので驚いた。

「この内容では隔靴掻痒ですね」

洋介の声は少し昂揚しているようだった。

「是非とも、この刑事さんから直接お話を訊きたいですね」

直接会って話を訊くのは古手川も同意したいところだった。

担当捜査員の中に『犬養隼人』の名前があったからだ。

翌十月一日、洋介と古手川は警視庁捜査一課を訪ねた。

「元気そうだな、おい」

犬養はくだけた調子で二人を迎えた。相変わらずの男っぷりだが、未だにバツ2の独り身らしい。

以前、犬養とは警視庁と埼玉県警の合同捜査でコンビを組んだ経緯がある。世に言う〈平成の切り裂きジャック事件〉だが、事件が解決したのは犬養の働きに拠るところが大きかったと古手川は考えている。

「それで、隣にいるイケメンはいったい誰なんだ」

古手川が岬の紹介がてら訪問目的を告げると、犬養はたちどころに難しい顔になる。

「天生検事の事件はもちろん知っているが、弁護人に御子柴が選任され、しかも岬次席検事のご子息がそっち側とはな。混沌とし過ぎていて、どこから突っ込んでいいか分からん」

犬養は困惑気味に二人を睨む。

「しかも君は君で御子柴側の捜査協力をしている。あの弁護士に協力しても、あまり得にはならんぞ」

「呉越同舟ですよ」

古手川が答えると、横に座る洋介が一瞬笑いかけた。

「被疑者死亡であっても、まだ仙街事件は終わっていないというのがウチの班長の見解です」

「洋介くんだったか、君も君だ。やるに事欠いて、選りに選って父親に御子柴をぶつけるとはな。何か嫌な思い出でもあるのか」

「天生検事を救うには最適な選択だと考えました。他意はありません」

「御子柴を選任した時点で、誰もそうは思わんだろうな。俺も一度だけ対峙(たいじ)したことがあるが、まあ煮ても焼いても食えない男さ」

「そういう人物を味方につければ頼りになります」

「道理だな。核兵器は持たれるより持った方が安心できる。さて、お互いヒマな身じゃないからそろそろ本題に入るか。大田区のクレーン車衝突事故だったな」

「警察の公式発表以外のことを教えてください」

「俺が捜査一課に配属されて間もなくの事件だったから憶えている。今は事故と呼称されているが、当初の段階では事件と呼ばれていた。乗用車を運転していた風咲平蔵こそが、一連の悲劇を引き起こした張本人と目されていたからだ」

「過失運転致死傷容疑で送検されたと記録にありました」

「事件当時七十二歳。特に持病はないものの、加齢による判断力と反射神経の低下で、ハンドル操作を誤ったというのが実況見分の結論だった。ハンドル操作を誤ったことで更にパニックに陥り、クルマを停止させればいいものをそのまま突っ走り、鉄骨運搬中のクレーン車に接触した。問題はこの後だ」

犬養の表情が険しくなる。

「クレーン車を運転していた作業員の野村は免許を取得して日が浅かった。風咲のクルマに接触されたことでやはりパニックになり、車道に進入して三十メートルほど走る。ちょうど対向車線に件の観光バスが現れた時、野村の操るクレーン車がセンターラインを越え、運んでいた鉄骨がバスの正面を直撃、クレーン車も横倒しになる。バスの運転手も野村も即死、バスの乗客四十三名が死傷した。大惨事だ。ところがクレーン車もバスも、運転していた者は死亡、残ったのは乗用車を運転していた風咲だが、じゃあこの大惨事の責任を風咲一人に問えるかどうかで、捜査本部は判断に困った。つまり風咲の過失はクレーン車への接触までであって、そこから先の展開はクレーン車を運転していた野村の責任になるからだ」

犬養はテーブルの上に指を這わせてそれぞれの車両の位置関係を示す。洋介はその指先から一瞬たりとも目を離さないでいる。

「個別に見れば単なる接触事故だが、それで済ませる訳にはいかない。ただの接触事故で片づけるには犠牲者の数が多過ぎる。加えて風咲に対する初期対応に非難が向けられた。高齢でもあり逃亡の惧れもないので現行犯逮捕しなかったんだが、これが世間とマスコミの不興を買った。更に風咲の肩書がよくない具合に作用した。元経済産業省産業技術環境局の局次長で、当時の官房長と昵懇の間柄だったんだ。口さがない連中は、風咲を逮捕しなかったのは政府与党への忖度だと言い出した」

「本当に忖度だったんですか」

「少なくとも捜査段階でそれはなかった。ただ、今も言ったように単なる接触事故で済ませられる状況じゃなかったから、捜査本部では風咲の運転ミスがクレーン車と観光バスの衝突を招いたとして過失運転致死傷容疑で送検した」

「それはずいぶんな無理がありますね」

洋介の反論を犬養が片手で制する。

「無理筋なのは百も承知だった。送検された東京地検の担当者はさぞかし困惑しただろうな。起訴したところで裁判所が過失運転致死傷を認めるとは到底考えられない。無罪判決でも出ようものなら東京地検は赤っ恥を掻き、やはり世間の非難を浴びる。何のことはない、非難の矛先が捜査本部から地検に移っただけの話だ。地検のダメージを最小限に抑えるには不起訴処分にするより他に手がなかった。その不起訴処分を決めた捜査検事が、入庁四年目の天生高春検事だった」

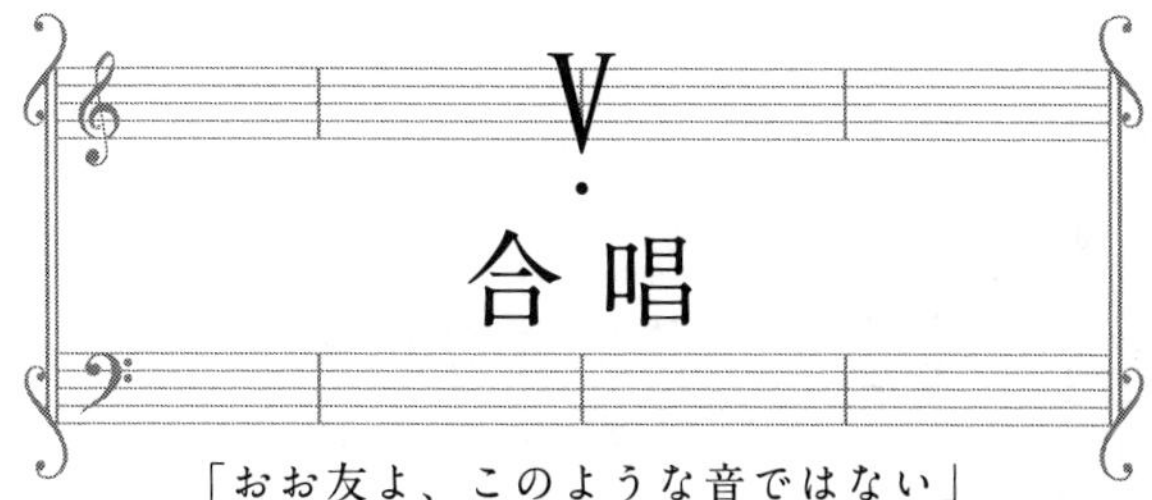

V・合唱

「おお友よ、このような音ではない」

1

十月十四日午前十一時、さいたま地裁。

御子柴は裁判所の一室で二人の男と対峙していた。一人は降矢稔司判事、そしてもう一人は東京高検の岬次席検事。

天生事件の第一回公判前整理手続きは当初より不穏な空気が漂っていた。まだ誰もひと言も発していないうちから岬がこちらを睨みつけていたからだ。

岬とはこれで三度目の法廷闘争になるが、前二回は最初の顔合わせにこれほど敵意を露にすることはなかった。法廷でちらりと感情を覗かせる瞬間もあるが、基本的には己を律し自制できるタイプの検事だと認識していた。

ところが今回はどうも勝手が違う。降矢の説明を聞いている最中も、岬はじっとりと粘液質の視線をこちらに浴びせている。

「では弁護人。検察の請求証拠書面には目を通していただきましたか」

「はい。証明予定事実記載書面、逮捕手続書、検視報告書、解剖報告書、鑑識結果報告書、被疑者の供述調書、捜査の過程で収集、作成された資料の七点ですね」

「弁護側としてはそれで充分ですか」

「結構です」

「では弁護側から証拠請求される予定はありますか」

「弁護側からも解剖報告書を請求させていただきます」

降矢は眉を顰めた。

「ふた通りの解剖報告書があるのですか」

「検察側が請求しているのは埼玉医科歯科大法医学教室の眞鍋教授が作成した解剖報告書です。弁護側が請求するのは浦和医大法医学教室の光崎藤次郎教授が作成した解剖報告書です」

「相違があるのですか」

「法廷で明らかにしたいと思っています」

「他にありますか」

「今のところは」

「御子柴先生」

降矢は露骨に非難の目を向けてきた。

「これは岬検事にもお伝えしておきますが、本件は現職の検察官による殺人という、極めて稀な事案です。世間の関心が高いという見方もあるが、司法システムに対する不安が昂じている面も否定できません。殊更に市民感情に思慮する訳ではありませんが、公判が長期に亘ることは望ましくない。可能であれば整理手続きもこの一回で終わらせたいと考えています」

聞きながら、御子柴は降矢の背後に法務省の影を見ていた。現職検察官の犯罪はそれ自体が司法システムの基盤を揺るがしかねない懸念材料だ。監督官庁の法務省としては一日でも早く幕引きを図りたいところだろう。

「過去に御子柴先生がされたような請求の追加は厳に慎んでいただきたい」

「趣旨は理解しますが、弁護人は被告人の利益を護るためには最善を尽くす所存です。裁判所法に規定される範囲内での証拠請求は認めていただきたいですね」

元より己の注文が裁判所法の趣旨に反しているのは自覚しているのだろう。降矢は渋面をこしらえて御子柴を睨む。

「第一回公判は十月二十一日とします。お二方ともよろしくお願いしますよ」


顔合わせを終えたのは正午近くだった。午後から向かう場所がある。時間を無駄にしたくないので、御子柴は県庁の地下にある第一職員食堂に向かう。昭和のような佇まいだが、味は値段相応なので急いでいる時にはよく利用している。

パスタランチを注文した直後、目の前に人影が立ちはだかった。

予想通り岬だった。

「今、いいか」

「断ったら退いてくれるのか」

岬は承諾もないままテーブルを挟んで座る。

「前回もこうして対面したな。言いたいことがあれば判事の目の前で言えばいいものを」

「甲十二号証と十三号証、および二十号証はちゃんと受け取ったか」

「ああ、確かに拝受した」

今回の事案は異例ずくめだが、検察側の対応もまた異例だった。公判前整理手続き以前、御子柴は渋られるのを覚悟で裁判所に証拠物件の貸出を依頼した。検察側が提出する前に、弁護側が証拠物件を鑑定にかけることはまずない。通常であれば難渋を示されるところだが、今回はすんなりと要請に応じたのだ。

「こちらの要請に応じてくれたから疑義を挟む筋合いはないが、嫌に物分かりがいい。何か含むところがあるのか」

「裁判所で採用されるのは、もっぱら検察側が提出する鑑定書だ。最近は、その事実を以て検察側偏重との声もある。試験的に運用してみようという判断だ。恩に感じてもらう必要はない」

「同感だ」

検察官には嘘が下手な者が多い。御子柴は改めてそう感想を抱く。有罪率99・9パーセントという数字が彼らから嘘の必要性を奪っているに相違ない。

嘘が下手なのは岬も例外ではない。証拠物件の貸出を許可したのは、岬自身が天生検事の犯行をどこかで疑っているからではないか。鑑識以外の鑑定にかけて両者を照合しようと目論んでいるのではないか。

「恩に感じてもらう必要はないが、一つだけ答えろ」

「何だ」

「洋介に何を吹き込まれた」

これは想定外の質問だった。

「わたしが坊ちゃんに吹き込んだのではなく、吹き込まれた側だというのか」

「カネさえ積まれれば、シロをクロとでも言い張れるだろう。あの穀潰(ごくつぶ)しは君に何を指示した」

岬の素振りを見て、御子柴はようやく合点がいった。

公判前整理手続きの席上で、岬が御子柴に浴びせていた視線は憎悪ではない。

あれは嫉妬だ。

懐かれなくなって久しい父親が、自分の子どもと親しくしている男に向ける嫉妬だ。

急に馬鹿馬鹿しくなり、御子柴は運ばれてきたパスタランチに遠慮なく手をつける。

「急いでいるから食べながら答える。一つ、まず坊ちゃんから何ら指示は受けていない。二つ、わたしの依頼人は天生検事であって坊ちゃんではないから指示を受ける謂れはない。三つ、第三者の指示でわたしの弁護方針が変わることはない。四つ」

「まだあるのか」

「あの坊ちゃんはあんたが考えているより、ずっと真摯で、しかも老獪だ。真摯だったり老獪だったりする検察官は今までに何度も見てきたが、両方の資質を兼ね備えたヤツにはなかなかお目にかかれない。あんな逸材をどうして手放した」

岬の顔が見る間に険しくなっていく。

いいぞ、もっと動揺しろ。

「最初は親子喧嘩の類かとも思ったが、どうやらわたしの早合点だったらしい。喧嘩じゃない。あんたと法曹界は坊ちゃんから一方的に見放されただけだ。違うか」

「アレはものの価値を知らない」

「それには同意しよう。たかが司法修習生時代の知り合いを助けるために、莫大な違約金が発生するにも拘わらず帰国した。わたしにはあり得ない選択だ。だが、そういう選択を尊ぶ愚か者もいる」

「どういう意味だ」

「物事を変えていくのはいつでも愚か者だ。あんたの息子には愚か者たちが集まるらしい。そういうヤツらの力を見くびらないことだな。足元をすくわれるぞ」

御子柴は相手を無視してパスタを口に運ぶ。

岬は低く唸ってから、その場を立ち去った。

つくづく父親は面倒臭いと思った。


昼食を手早く済ませた御子柴は都内文京区の湯島一丁目に直行する。向かう先は〈氏家鑑定センター〉だ。

瀟洒な商業ビルの二階まで上がる。エレベーターのドアが開くと、目の前にセンターの研究室が見えてくる。

御子柴が入室しても、中央の机に陣取っている研究員たちは各々の分析作業に熱中して気に留める様子もない。そのまま待っていると奥の部屋からセンターの主が姿を現した。

「やあ、先生。いらっしゃい」

氏家京太郎。かつては科捜研で将来を嘱望されていたにも拘わらず、昇任間近に退職して民間の鑑定センターを立ち上げた男だ。

検察側が提示してきた証拠については裁判所を通して科捜研に鑑定を依頼すれば、検察側と同じ情報を得ることができる。だが敢えて御子柴は氏家の鑑定に頼る。

「鑑定は終わっています。分析結果、すぐに確認しますか」

「お願いします」

「ではこちらへ」

氏家に誘われて別室に移動する。三方を専門書と分析機器に囲まれた狭い部屋だ。氏家はステンレス製のテーブルの上に、ポリ袋に密閉されたスーツとワイシャツを置く。ともに事件当時、天生検事が着用していた物だ。

甲十二号証および十三号証とは、このスーツとワイシャツを指す。特にスーツは袖口から硝煙反応が検出されたことにより、天生犯人説の最有力な証拠物件の一つになっている。

「一次鑑定は埼玉県警の科捜研でしたね」

「そうです」

「分析を急かされたということはありませんか」

「詳細な事情は何も聞いていませんが、身内が殺人の現行犯で逮捕された検察庁は冷静さを保てなかったと想像できます」

「各県警の科捜研は今も昔も予算不足と人手不足に悩まされています。埼玉県警も例外ではないようですね」

「分析結果が杜撰だったのですか」

「杜撰というよりも充分ではないのですよ。たとえば分析を済ませたはいいが、実証実験が為されていない」

「実証実験は必要ですか」

「否認事件の場合は特にそうですが、分析結果を補完する材料として非常に有効だと考えます。経験値の乏しい裁判員に対して、説得力に差が生じるでしょうね」

かつてない不祥事にさいたま地検が右往左往したのは想像に難くない。分析作業を急かされた結果、科捜研も実証実験にまで手が回らなかったのだろう。

「硝煙反応一つとっても、分析が中途半端です。時間をかければもっと精緻な結果が得られたはずなのに、硝煙反応の確認に留まっています。これでは科学捜査が逆に冤罪を生む土壌になりかねない。由々しき問題です」

氏家は穏やかな口調ながら、科捜研への批判を隠そうともしない。退職したからではなく科捜研の一員であった頃からこの姿勢は変わっていないというから、さぞかし上の人間からは煙たがられたに違いない。

「氏家所長。甲二十号証についてはどうでしたか」

訊かれた氏家はファイルを繰って該当の箇所を開く。現れたのは拳銃の銃把と引き金とスライドに付着した指紋の写真で、甲二十号証と番号が振られてある。

「言葉を重ねるようですが、これも分析が充分ではありません。被疑者のものと一致する指紋が検出されたことに満足して、やはり実証実験にまで及んでいない。実証にまで至れば当然、考察の余地が出てくるのに」

「法廷内での実証実験は可能ですか」

「許可さえもらえれば」

先刻も降矢から釘を刺されたばかりだが、氏家の出廷を見据えて追加の証人申請をしておくべきだろう。降矢の迷惑そうな顔が思い浮かぶが知ったことではない。

不意に興味が湧いた。

「氏家所長。あなたはどうして科捜研を退職したんですか。確か昇任間近に辞めてしまったと聞いた憶えがある」

「色々な事情が重なりましたが、詰まるところ科捜研の空気が自分には合わなくなったからでしょうね」

「それだけですか」

「わたしには最も重要な条件でした」

御子柴は礼を言ってからセンターを後にした。

何だ。

愚か者はここにもいたじゃないか。

2

十月二十一日、天生事件第一回公判。

この日、地裁の玄関前にはわずか十八席の傍聴席を求めて長蛇の列ができていた。御子柴は彼らを横目に見ながら庁舎に入ったが、列が長すぎて数える気にもならない。

報道関係者の数も多い。元よりさいたま地裁の玄関はこぢんまりとしているのだが、マイクやカメラを担いだクルーたちが雲霞(うんか)のごとく押し寄せているため、尚更手狭に感じられる。

「はい、こちらさいたま地裁前です。見えますでしょうか。初公判の舞台となる法廷は傍聴席がたったの十八席しかないのですが、整理券を目当てに何と五百人以上が並んでいるのです。いかにこの事件が世間的な注目を浴びているかの証拠と言えるでしょう」

「現場、さいたま地裁です。開廷まであと三十分ほどありますが、既に地裁前には黒山の人だかりができています。あの〈平成最悪の凶悪犯〉、仙街不比等容疑者を取り調べ中に射殺した現職の検察官、天生高春被告の初公判が今まさに開かれようとしています」

「レポーターの宮里でーっす。わたし今、さいたま地裁の正面玄関前に来てます。見てください、この長蛇の列。現職の検察官が容疑者を殺害してしまうという前代未聞の事件の初公判が始まるんですが、検察側の求刑に注目が集まっています。〈平成最悪の凶悪犯〉が刑法第三十九条で逃げ切るのを防ぐために天生被告が銃殺刑にしたのだという説が取り沙汰されていますが、噂通りとすれば現代の仕事人を法がどう裁くかという話になります」

弁護士控室に入るとＬ字型の室内で洋介が椅子に座っていた。

「おはようございます」

「よく、ここに入れたな」

「受付で御子柴先生の委任状を提示しました」

「あんな委任状ごときで入室を許可するとはな。何のための受付だ」

「すみません、開廷まで身の置きどころがなくて」

今更気づいたのかと御子柴は少し呆れる。仮にも世界各地をツアーで回るような演奏家だ。地裁の玄関前をうろついていれば、洋介の顔を知る者が騒ぎ出すのは決まりきっている。

「騒がれるのが嫌なら法廷に来なければいい」

「なかなか、そうもいかなくて」

洋介は申し訳なさそうに傍聴券を取り出す。一般傍聴席とは別に、事件関係者に配布されたうちの一枚だった。

「僕には公判を見届ける義務があります」

「君が居ても居なくても審理は進む。判決は下りる」

「その通りですが、ギャラリーに知った顔があれば力になることもあります」

「被告人をピアニスト扱いか」

「ピアニストは聴衆から評価され、被告人は裁判官から評価されます。法曹関係者の方には不遜に聞こえるでしょうが、似たようなものだと思います」

「……本当に不遜だな」

午前十時五分前、A棟404号法廷。

御子柴が入廷すると傍聴席から微かなざわめきが起きた。ちらりと横目で見れば傍聴席の後方には洋介の姿が認められる。

岬次席検事は既に着席していた。御子柴が入廷した際に一瞬視線を向けたが、すぐに逸らす。逸らした先は案の定、洋介だった。

この狭い法廷では検察側と弁護側だけではなく、父と子の相剋が繰り広げられることになる。何とも奇妙で馬鹿らしい話だと思う。

次に入廷してきたのは天生だ。手錠と腰縄で拘引されている姿は、本人にとってこれ以上ないほどの屈辱だろう。

だが強張っていた天生の表情が傍聴席の洋介を見た瞬間、ふっと和らいだ。ギャラリーに知った顔があれば力になるというのは、このことだったか。

十時を二分過ぎて書記官が現れる。

「裁判官の入廷です。皆さん、ご起立ください」

裁判席後方のドアが開き、降矢を先頭に三人の裁判官と六人の裁判員が入ってくる。裁判員の構成は男性三人に女性が三人。皆、例外なく緊張しているが、御子柴に視線を移した際に怖気が加わった。準備段階で御子柴のプロフィールは紹介済みだろうから、多少の怯えはむしろ当然だ。

「開廷。平成二十八年（わ）第二〇四五号事件の審理に入ります。被告人は前に出てきてください」

降矢の声に従って、天生が前に進み出る。

「被告人は氏名、生年月日、本籍、住所、職業を述べてください」

「天生高春三十六歳。生年月日昭和五十五年六月十二日、本籍地栃木県足利市本城三丁目〇ー〇、住所は埼玉県さいたま市浦和区高砂三丁目浦和1号宿舎。職業検察官です」

被告人が検察官の職名を名乗る場面はそうそうない。奇妙な感覚に裁判官席の面々も落ち着かない様子だった。

「検察官、起訴状の公訴事実を述べてください」

徐に岬が立ち上がる。改めて見るとずんぐりとした体型で、息子との共通点は探し辛い。

「本年九月二十二日、被告人天生高春はさいたま地検の執務室で取り調べ中であった別事件の被疑者仙街不比等を隠し持っていた拳銃で射殺。殺害動機は、仙街が覚醒剤の常習者であり、たとえ起訴したとしても刑法第三十九条の適用により無罪になる可能性が濃厚であることから、焦燥と義憤から個人的な私刑を決意したものである。罪名、殺人罪。刑法第一九九条」

「弁護人。ただ今検察官が述べた公訴事実について釈明が必要ですか」

「いいえ」

「では、これより罪状認否を行います。被告人。今からあなたが法廷で話したことの全ては証拠として採用されます。従って自らの不利になると思うことについては黙秘する権利があります。よろしいですね」

「はい」

天生の声はいくぶん上擦(うわず)っている。今まで散々検察側で聞いていた注意事項を被告人席で浴びているのだ。これも耐え難い屈辱に違いなかった。

「それではお訊きします。今、検察官の読み上げた起訴状の内容は事実ですか」

「いいえ。わたしは仙街被疑者を殺害していません。無実です」

天生は岬を正面にして若干目を伏せる。無実であるのは主張するが、被告人席に立った我が身を恥じているという素振りだ。

「弁護人。何か意見はありますか」

「弁護人は被告人の主張通り、本事案は誤認逮捕であると考え、それを立証していく所存です」

「結構です。被告人は元の位置に戻ってください」

訴える側も訴えられる側もともに現職の検察官という気まずさと新奇さが綯い交ぜになり、法廷内に漂っている。

「では検察官。冒頭陳述に移ってください」

「被告人天生高春は平成十九年に検察庁に入庁、東京地検を皮切りに東京高検管内を転勤、平成二十五年からはさいたま地検に奉職していました。検察官定時審査の記録を参照すると、勤務態度は至って真面目であり、同期入庁の検察官と比較しても不起訴件数の少なさが評価されています。また被告人本人もそれを自覚しており、同僚に無罪判決や不起訴は検察の不名誉と公言して憚りませんでした。換言すれば、無罪判決や不起訴処分は、被疑者にとって絶対に回避しなければならないことでした」

天生の頬がぴくりと上下する。検察庁に対する忠誠心を称賛された直後の難癖は予想外だったに違いない。

一方、岬が示した論理の逆転は月並みながら効果的な弁論と評価できる。有罪率に拘泥すればするだけ自身を追い詰めていく構造は、検察官ならではの視点だ。職務に忠実なあまり社会倫理から逸脱する心理を裁判員に訴えている。

「本年九月二十日、浦和区内高砂幼稚園において仙街不比等が同幼稚園を襲撃、所持していたナイフで幼稚園教諭二人と園児三人を殺害するという痛ましい事件が発生し、仙街不比等は逃走の後に身柄を確保されました。翌々二十二日には、仙街不比等の身柄はさいたま地検に送検され、同日午後三時同地検内の執務室において検事調べが行われました。尚この二日の間、仙街不比等の残虐かつ非道な犯行に対して国内からは厳罰を望む声が殺到していた事実があります。必ずしも検察が市民の要望に阿る(おもね)ものではないにせよ、市民の関心が検察の対応と裁判の行方に向けられていたのは事実です」

岬の弁論を聞くのは三度目だが、事実とそうでないものを巧みに織り交ぜて聞く者を誤導させる手管は相変わらずだった。市民の関心などという曖昧な情報が仙街の犯行という具体例の提示によって、あたかも事実であったかのように伝わる。

「仙街不比等は逮捕直前にも覚醒剤を注射しており、覚醒剤常習者との認識が濃厚でありました。起訴前鑑定が施される前でしたが、弁護側からの精神鑑定に応じた場合に心神喪失と診断される可能性が多分にありました。それは検事調べが中断されるまでの仙街本人の供述を照らし合わせても明白です。仙街不比等は自身が覚醒剤常習者であるという事実を盾に刑法第三十九条の適用を狙っていたのです。無罪判決や不起訴は検察の不名誉と公言し、片や市民から厳罰を望む声を浴びていた被疑者にしてみれば、仙街不比等の目論見は是が非でも回避しなければならないものでした」

天生は唇を嚙み締めていた。岬の陳述内容がどこまで正鵠を射ているかは本人のみぞ知るところだが、全くの虚構でないのは顔色から見当がつく。

「同日、川口市内で発生したコンビニ強盗事件の証拠物件が送られており、その中には犯行に使用されたトカレフと弾丸も含まれていました。証拠物件が詰められた段ボール箱はこの日の午前中、被疑者の執務室に置かれたままであり、被疑者はいつでも拳銃と弾丸を隠し持つ機会がありました。仙街不比等の検事調べに臨む前から、被疑者は拳銃を用意できた訳であります。被疑者はまた、睡眠導入剤の準備も怠りませんでした。検事調べの際、執務室にいるのは捜査検事と被疑者、そして事務官だけです。もし凶行に及ぼうとするなら事務官は邪魔な存在なので、動きを封じる必要が生じます。睡眠導入剤はそのための手段でした。被疑者は自身と事務官両方の湯呑みに睡眠導入剤を混入させ、事務官を人事不省に陥らせるとともに自身も意識を喪失したという偽装を施しました。仙街不比等の供述が進み、いよいよ無罪判決か不起訴処分やむなしと判断した被疑者は事務官が体調不良を訴えて中座した機会を逃さず、義憤と焦燥から隠し持っていたトカレフで仙街不比等を射殺したのであります」

この陳述もまた事実とそうでないものの混合だ。特に後半部分は検察側の創作と呼べるものだが、前半部分で提示された事実に紛れてしまっている。

「以上申し上げました通り、本案件は刑法第三十九条の適用を目論んだ殺人犯を私的に罰しようとした被告人による謀殺であります。検察はその事実を立証するものとして乙一号証から十八を、甲一号証から三十四までを既に提出しております」

岬は陳述を終えると軽く息を吐く。高検の次席検事なら久しく法廷に立っていないはずだが、弁論の進め方は以前に比べていささかも遜色がない。現場を渡り歩いた根っからの実務派なのだ。

「弁護人、今の冒頭陳述について、既に提出された乙号証・甲号証を証拠とすることに同意しますか」

「弁護人は甲十二号証と甲二十号証および二十四号証については同意しません。甲十二号証は事件当時に被疑者が着用していたスーツ、甲二十号証はトカレフに付着していた被疑者の指紋であり、双方とも被疑者が仙街不比等の殺害に関与している証拠として提出されていますが、弁護人はこれらの物的証拠を欺罔と考えています。また甲二十四号証は仙街不比等の解剖報告書ですが、この内容については誤謬の可能性を主張するものであります」

スーツの硝煙反応と拳銃の指紋が争点になることは公判前整理手続きで予告していた通りだ。正面に座る岬は御子柴に視線を固定して、一瞬も逸らそうとしない。

「弁護人。二つの証拠が欺罔である根拠を説明できますか」

「それは公判を通して解明する予定です」

「弁護人は次回公判までに弁論準備を整えておいてください」

反論材料は既に氏家が用意してくれている。問題は反証のタイミングだ。検察側の主張を完膚なきまでに粉砕するには、最も効果的な瞬間を見極める必要がある。

「検察官。論告をどうぞ」

「検察は被告人に対し懲役十六年を求刑します」

傍聴席から驚いたような吐息が洩れる。人一人を殺害して懲役十六年は量刑としてかなり重い。殺されたのが仙街のような無差別殺人者なら尚更その感は強い。しかし個人感情に基づいた私刑への戒めと司法システムの堅持を念頭に置いた求刑と考えれば合点がいく。要するに一罰百戒だ。

「弁護人の意見はどうですか」

「弁護人は被告人の無罪を主張します」

「今すぐ被告人質問を行いますか」

「いいえ」

「次回までに準備しておいてください。次回期日は十月二十二日とします。では閉廷」

裁判官たちの退廷を待って傍聴人が次々と席を立つ。一般傍聴人のうち何人かはマスコミ関係者だったらしく、出口に向かって脱兎(だっと)のごとく駆け出していく。

天生は未練がましい目で岬を見つめた後、元来た道を連行されていく。

洋介は彼の背中が法廷から消え去るのを確かめてから徐に席を立つ。そして父親に軽く会釈してから出ていった。

最後に残った岬はじろりと御子柴を睨みつける。

「何か言いたそうだな、御子柴先生」

「実は自分でも驚いている」

「大層な言い方だな。いったい何があった」

「あんたに同情しているんだ」


庁舎の玄関では大勢の報道陣が待ち構えていた。

「御子柴先生、初公判はいかがでしたか」

「やはり無罪を主張しましたか」

「勝てる見込みはあると思いますか」

「天生検事は現代の仕事人だという説、どう思いますか」

「何かひと言」

　進行方向を遮られ、歩きにくいったらない。じろりとひと睨みしてやると、突き出されていたマイクやICレコーダーが後退した。旧悪が露呈して顧客は減ったが、そうそう悪いことばかりではない。こういう際の脅しには少なからず有効だった。

「退いてくれ」

　低い声を放つと、前方の人波が二つに分かれて道ができた。まるでモーゼになったような気分だった。もっとも自分は十戒のほとんどを破っている。遵守しているのは神の名をみだりに唱えないことと、姦淫をしていないことくらいだ。

　先方に駐車場が見えたその時だった。

「御子柴あっ」

　いきなりクルマの陰から人影が飛び出した。

　突き出した手に銃が握られているのを認識した時には遅かった。

　ぱんっ。

　シャンパンの栓を抜くよりも控えめな音が聞こえた次の瞬間、御子柴は胸部に激痛を覚えた。

撃たれた。

痛みのある部分から力が抜けていく。胸に当てた手を見ると、血塗れだった。もう立っていられず、御子柴は膝を屈した。

「銃声だ」

「御子柴が撃たれた」

「警察を呼べ」

「救急車を」

視界が霞み、野次馬たちの声が遠くなっていく。

畜生。

間もなく御子柴は意識を失った。

気がついた時には病院のベッドの上だった。

「本っ当に申し訳ないです」

山崎は後頭部が見えるほど頭を下げた。その横には洋介の姿もある。

「先生に断られようが、やっぱり若いモンを護衛につけとくべきだった。完全にあたしの判断ミスだ」

襲撃場所が埼玉県警本部の目と鼻の先ということも手伝い、御子柴を撃った犯人は逃走直後に逮捕された。犯人は金森会の準構成員で、先月の判決言い渡しで宏龍会の釧路に減刑をもたらした御子柴を狙っての犯行だった。

幸い銃弾は急所を逸れたものの、臓器の一部を破壊、失血も少なくなかった。命に別条はないものの、数週間は立つことも歩くことも厳禁と言い渡された。

「先生を襲った鉄砲玉は捕まりましたが、指示したヤツはまだ本部でのうのうとしてやがる。このままじゃあ示しがつかねえ。見ててください。先生の仇はきっとあたしたちが」

「何をするつもりだ」

「だから先生の弔い合戦を」

「まだ生きている。揉め事を起こすのは構わんが、せめてわたしが退院してからにしろ」

「そりゃまたどうして」

「揉め事で飯を食っている」

山崎が尚も低頭しながら病室を出ていくと、洋介が残った。

「何にしても大事がなくてよかったです」

「憎まれっ子世に憚(はばか)るだな。色々と危ない目に遭うが、なかなか死なん」

「きっと、先生を必要とする人がまだいるからですよ」

「知っているだろう。わたしは過去に人を殺した」

「その人の分まで生きろという意味じゃないのでしょうか」

御子柴は言葉を失う。自分よりひと回りほども年下だというのに、どうしてそんなことをさらりと言ってのける。まるで、あの頑迷な指導教官にそっくりな物言いではないか。

「しかし、御子柴先生が絶対安静になってしまったのは痛いですね。明日からの公判を延期してもらった上で他の先生を探すしかないのですが、御子柴先生の代わりなんてそうそう見当たりません」

「わたしの代わりというなら、一人だけ心当たりがある」

「どなたですか」

御子柴は洋介を指差した。

彼の反応が傑作だった。滅多なことでは動じないと踏んでいたが、この時ばかりは虚を衝かれたように慌て出した。

「君が法廷に立つんだ」

「冗談を言わないでください。先生もご承知でしょう。僕は確かに司法修習生でしたが、二回試験の直前に司法研修所を退所しました。僕は弁護士資格を持っていませんよ」

「司法試験をトップで合格した秀才が今更だな。知らんとは言わせん。地裁に限っては、裁判所の許可さえあれば弁護士資格がなくても特別弁護人として選任できる」

刑事訴訟法第三十一条第一項、「弁護人は原則として弁護士から選任しなければならない」が、続く第二項では「一定の場合においては弁護士以外の者を弁護人に選任することができる」。

条項を思い出したらしく、洋介は困惑している様子だった。

「気後（きおく）れしているのか」

「僕は一度ならず司法を蔑（ないがし）ろにした人間です。二回試験を放棄しただけでは飽き足らず、ある人物が咎人（とがにん）と知っていながら告発しようともしなかった人間です」

「くだらんな」

御子柴は言下に切り捨てる。

「過去に過ちを犯しているから今がある。さっき君が言ったのは、そういう意味じゃなかったのか」

「でも」

「莫大な違約金が発生するにも拘わらず、君は友人のために海の向こうから飛んできた。それほど大事な友人を救えるのは、もう君しかいない。それでもまだ逃げるつもりか」

洋介は黙り込んだ。

それが覚悟を決めるための沈黙であるのは、御子柴にも明らかだった。

3

予定されていた第二回公判は十月二十四日に開廷されることとなった。弁護人御子柴礼司の欠席に伴う特別弁護人の選任に丸一日を要したからだ。

御子柴が凶弾を受けて緊急入院したと聞いた時、岬は動揺した。仇敵(きゅうてき)の身を案じ、勝ち逃げ許すまじと柄にもなく神に祈ったほどだった。しかし御子柴の跡を継いで選任された特別弁護人の名前を知るに及んで、祈りは呪いへと変わった。

岬洋介が、息子が法廷に立つ。

青天の霹靂(へきれき)とはまさにこのことだ。裁判所の決定を聞いた時には、怒りで全身が震えた。今まで何度も父親の意向に逆らってきた息子だが、今回は極めつきだ。もはや父親に対する意趣返しとしか思えない。

岬の情報網を駆使すると、裁判所が洋介を特別弁護人に選任したのは一にも二にも司法修習生時代の成績が考慮されての結果らしかった。その点だけは辛うじて納得したものの、やはり腹の虫は収まらない。

だが、既に裁判所が決定してしまったものは仕方がない。

十月二十四日さいたま地裁、天生事件第二回公判。第一回と同様、午前十時に404号法廷は開廷した。

岬は弁護人席に座る洋介を睨み据える。当の洋介は穏やかに無表情を決め込み、被告人席の天生は思わぬプレゼントを贈られた子どものような顔になり、ついでに降矢をはじめとした裁判官たちはどんな顔をしていいのか分からない様子だった。

それだけではない。傍聴席には埼玉県警本部捜査一課の渡瀬警部、そして部下である古手川刑事の顔も見える。

「開廷します。尚、審理に入る前に特別弁護人選任に至った経緯について説明します」

降矢の口から御子柴が欠席した事由と、洋介の特別弁護人選任の経緯が語られる。昨日一日で決定されたのは、裏を返せばさほど問題が生じなかったことを意味する。

「では審理に移ります。前回、弁護人は検察側の提示した甲十二号証と甲二十号証および甲二十四号証を認めない旨を主張しましたが、その根拠を明らかにしてください」

洋介はすっくと立ち上がる。ステージに立ち慣れているせいか、背筋を伸ばした立ち姿が堂に入っている。

岬は内心で悪態を吐く。

本来、お前が立つべきはそちら側じゃない。

何故、こちら側に立とうとしなかった。

「まず甲十二号証のスーツについてです。冒頭陳述で説明があったように、事件当時被告人はこのスーツを着用していました。その袖口から硝煙反応が検出されたことから被告人が疑われた訳ですが、弁護人はそれが欺罔であるのを証明するため、今から簡単な実証を行いたいと思います」

洋介は持参したバッグの中からスーツとワイシャツを取り出した。

「裁判長。甲十二号証および十三号証として被告人のスーツとワイシャツが提示されていますが、僕がここに持参したものは証拠物件と同じメーカー、同じサイズのものです。これを今から被告人に着用してもらおうと思うのですが、よろしいでしょうか」

「同じ衣類を着用することにどんな意味があるのでしょうか」

「検察側の主張に誤りがあることの立証です」

「認めます」

「ありがとうございます。では被告人、協力してください」

衆人環視の前で、天生は着ていたシャツを脱ぎ出す。そして上半身裸になってから洋介の差し出したワイシャツとスーツを着込む。

「被告人。着心地は日頃から着用しているものと変わりませんか」

「変わりません」

「では、拳銃を構えるように片手を前に突き出してください」

　天生は言われるまま右手を前に突き出す。

　腕をめいっぱいに伸ばすと、スーツがわずかに寸足らずであるのが分かる。スーツの袖からワイシャツの袖が五センチ近くはみ出ているからだ。

「被告人は自分のスーツのサイズを知っていますか」

「Mです」

「そうですね。しかし実際に着用するとつんつるてんになってしまいます。理由はお分かりですか」

「生まれつき腕が長いからです。父親もそうだったので遺伝かもしれません」

「その通りです。被告人は両腕が人一倍長いのです。だから既製品でMサイズを着用すると、どうしてもワイシャツの袖が覗いてしまう。ところで、どうしてワイシャツは身体にフィットしているのですか」

「ワイシャツはオーダーメイドでも安い店を知っていて、御用達(ごようたし)にしています。スーツのオーダーメイドは無理ですが、ワイシャツくらいならわたしの給料でも何とかなります」

「ワイシャツとのサイズがちぐはぐになるのは気になりませんか」

「この時期、スーツを着用する機会は検事調べか法廷に立つ時くらいなので、あまり気にはなりません」

「裁判長」

岬は堪えきれずに手を挙げる。

「先ほどから弁護人はスーツのサイズについて長々と話していますが、まるで意味がありません。徒(いたずら)に審理を長引かせているだけです」

「意味は大いにあります」

洋介は眉一つ動かさない。

「皆さんもご覧いただいた通り、被告人が腕を伸ばすと、必ずワイシャツの袖が覗いてしまいます。この状態で拳銃を撃てば、硝煙反応はスーツの袖口はもちろん、ワイシャツの袖口からも検出されなければならないはずです。ところが実際に検出されたのはスーツだけでした。矛盾しませんでしょうか」

岬は言葉に詰まる。裁判官たちも当惑している様子だ。

「裁判長。弁護人はこの矛盾を解決する手段として事前に証人を申請しています。証人尋問、よろしいでしょうか」

「許可します」

洋介が合図をすると長い髪を後ろで結わえた男が入廷してきた。

「証人は証言台へ」

降矢に命じられ、証人は証言台で署名押印した宣誓書を読み上げる。

「証人。氏名と職業を言ってください」

「氏家京太郎、三十三歳。湯島で〈氏家鑑定センター〉という民間の研究所を開業しています」

「本案件で何を鑑定しましたか」

「甲十二号証と呼ばれるスーツおよび十三号証と呼ばれるワイシャツについて、その硝煙反応を鑑定しました」

「鑑定結果を教えてください」

「まずワイシャツですが、こちらからは硝煙反応が全く検出されませんでした」

「スーツについてはいかがでしょうか」

「スーツの袖口からは確かに硝煙反応が検出されましたが、GSR以外の物質も検出されました」

聞き慣れぬ用語に裁判員の数人が小首を傾(かし)げる。

「証人。そのGSRについて説明をお願いします」

悔しいかな、洋介は周囲の気配を読む能力に長けている。ステージで培われたのかもしれないが、法廷でも有効に違いない。

「弾丸を発射すると雷管の成分が熱を受けて飛散します。この微粒子成分をGSR、銃発射残渣(ざんさ)といいます。微粒子成分は溶液に溶かして有機分析をするのですが、わたしの鑑定センターでは他にも赤外放射光を用いた顕微分析を加えます。すると埼玉県警の科捜研から提示された報告書にはなかった成分も検出されたのです」

「成分の内容を教えてください」

「被告人の唾液です」

「スーツに使用者の唾が飛ぶのは日常的な出来事のように思えますが」

「日常的なのはその通りですが、付着状態に疑念があります。唾液はGSRの上を覆うように付着しています。平たく言えば、スーツにGSRが飛散した後、スーツを着用した人物が長々と、しかも普通以上の声量で喋り続けたことを意味します」

「検察側の提示した資料によれば、被告人は逮捕直後にスーツを脱がされています。先述のワイシャツの件とこの事実から、証人はスーツから検出された硝煙反応をどう解釈しますか」

「スーツにGSRが飛散したのは被告人が会話をするよりもずっと以前の出来事で、尚且つ被告人が発射していない可能性が大きいですね」

「異議あり」

「検察官、どうぞ」

「弁護人は証人に自身の考察を語らせています」

「考察というよりは論理です。専門家の手による科学的分析から導き出された結論は尊重されて然るべきと考えます」

「異議は却下します。弁護人、続けてください」

　立ち上がりかけた岬は、すとんと腰を落とす。

　これは科捜研の分析不足とさいたま地検の管理体制が招いた失態だ。もっと時間をかけ、綿密な分析を施し、地検が報告内容を精査すれば防げた類の失態だ。

「次に甲二十号証、すなわち凶器となった拳銃に付着していた指紋について反証したいと思います」

　洋介は手元のファイルから甲二十号証を取り出す。裁判官席に設置されたモニターにも同じものが映っているはずだった。

「証人。この写真を見て何か気づかれたことはありませんか」

「ありますが、現物をお見せした方が分かり易いと思います」

「拳銃の現物をお持ちなのですか」

「銃弾を発射できないように銃口を潰したものがあります」

「裁判長。証拠申請ではなく、実証のために証人が持参した拳銃を法廷に提出してよろしいでしょうか」

「異議あり。証明予定事実記載書面にないものを反証に使用するのは公判前整理手続きの趣旨に反しています」

「証明ではなく反証です。皆さんへの説明ができれば、記録から削除してもらっても構いません」

「検察官。説明のために必要ならいいではありませんか。弁護人と証人、許可します」

詭弁（きべん）だ。岬は心中で呻（うめ）いた。仮に記録から削除したところで裁判官たちの判断に影響を及ぼせば同じことではないか。

　不意に既視感を覚えた。この焦燥と切迫感は以前にも味わっている。

思い出した。御子柴との応酬で感じた恐怖に酷似しているのだ。

『あの坊ちゃんはあんたが考えているより、ずっと真摯で、しかも老獪だ』

　御子柴の言葉が脳裏に甦る。息子は彼よりも老獪だというのか。

　証言台では、氏家がバッグからトカレフを取り出して裁判官席に掲げていた。

「トカレフは旧ソ連陸軍が一九三三年に正式採用を決めた軍用自動銃です。量産目的で部品点数と組立工数を極力抑え、最大の特徴として安全弁すら排除してしまっています。またスライドは重く、グリップは非常に握りにくい直線形状になっています。更に」

　説明するのが楽しいのか、氏家は嬉々として引き金を指差す。

「大柄なソ連兵が使用することを考慮してトリガーガードはかなり大きめに作られ、安全弁が排除された代わりにトリガーも重くなっています」

「説明をありがとうございます。それで証人が気づかれたことは何だったのですか」

「付着した指紋を見る限り、この指紋の主がスライドとトリガーを引いたとは到底思えません」

氏家の言葉に裁判官席から小さなざわめきが起こる。

「実証できますか」

「ちょうど指紋検出用の簡易キットを持参しています」

「被告人、こちらに来て協力してください」

洋介は天生を呼び、その手にトカレフを握らせる。

「スライドを引いた後、トリガーも引いてください」

天生が洋介の言葉に従い、拳銃を操作する。

がしんっ。

ハンマーの音が鈍く響いた。

「はい、結構です」

氏家がトカレフを受け取り、銃身に粉末を塗布していく。ふっと息を吹きかけると見事に指紋が浮き上がった。

一目瞭然だった。浮き上がった指紋はいずれも面積が大きく、甲二十号証のそれとは比較にもならなかったのだ。

「先ほど説明した通り、トカレフはグリップが握りにくく、スライドもトリガーも重たいのです。まともに銃弾を発射しようとすれば、このようにべっとりと指紋が付着します。甲二十号証に示されたような握り方では銃身を支えるのがやっとでしょう」

個人差があるだろうと、岬は反論しかけてやめた。実証実験でトリガーを引いたのは被告人本人だ。比較に最も適した対象であり、個人差という要因での反論は困難だ。

「では証人。甲二十号証に付着した指紋から何が連想できますか」

「無理やりグリップを握らされたんですよ。以前、ピストル自殺を擬装した案件で同様の指紋形状を確認しています」

「異議あり。ただいま証人が話したことは全て印象に過ぎません」

「異議を認めます。今の証言は記録から削除してください」

とんだ茶番だと思った。洋介はこちらが異議を唱えるのを承知の上で氏家に滔々(とうとう)と説明させたのだ。

「検察官。反対尋問はありますか」

岬は言葉に詰まる。証言で引っ掛かる部分は異議を訴えているので、今更加えることはない。

「特にありません」

　氏家と天生が証言台から下りるのを待って、洋介は弁論を再開する。

「以上の弁論により、スーツにＧＳＲが飛散したのは被告人が会話をするよりもずっと以前の出来事で、尚且つ被告人が発射していない可能性が大きいと反証しました。この反証を裏付ける意味で、事件当時被告人の一番身近にいた人物を証人申請します」

「どうぞ」

　証言台には宇賀が姿を現した。眼鏡の奥から覗く目は疲弊に濁っている。

「宇賀麻沙美。さいたま地検に勤務している二級検察事務官です」

「いつから採用されましたか」

「二年前です」

「被告人の検察官補佐ですね」

「そうです」

「いつから被告人の補佐をするようになりましたか」

「採用直後です。研修中に天生検事の評判を耳にしていたので、自分から天生検事付きを希望しました」

「仕事中は被告人と一緒にいることが多いですか」

「昼休憩だけは時間がずれているので別々になりますが、それ以外はほとんど一緒です」

「事件当時、被告人がスーツを着用していた時間帯を憶えていますか」

「日中は暑かったのでほとんどワイシャツ姿だったと記憶しています。ただ検事調べで仙街不比等に尋問している時は着用していました」

「検事調べの際、被告人は多弁でしたか」

「尋問を行っていたので、相応の口数だったと記憶しています」

「質問は以上です。ありがとうございました」

「検察官。反対尋問はありますか」

「特にありません」

宇賀が証言台から離れると、洋介は降矢に向き直る。

「裁判長。次に弁護人は甲二十四号証の解剖報告書に反証を試みたいのですが、それに先立って弁一号証を提出しています。同じく仙街不比等の解剖報告書ですが、内容説明に証人を呼びたいと思います」

「どうぞ」

次に現れたのは白髪をびっしりと後ろに撫でつけた老人だった。足取りはゆったりだが、眼光が尋常ではない。

老人も証言台で署名押印した宣誓書を読み上げる。

「証人。氏名と職業を言ってください」

「光崎藤次郎。浦和医大に勤務している解剖医だ」

「弁一号証として提示した解剖報告書は教授が作成したものですね」

「そうだ」

「裁判員は一般市民の方たちです。先に提出された甲二十四号証との相違点について平明な解説をお願いします」

「相違も何もない」

光崎は吐き捨てるように言う。

「執刀した眞鍋というのはヤブだ。そいつの書いた報告書にはカストリ雑誌程度の信憑性しかない」

あまりの口の悪さに、裁判員の一人が噴き出しかける。

「ヤブな部分を具体的に説明してください」

「眞鍋の所見では銃弾は三メートルの位置から発射されたことになっているが、これがまず間違っておる。トカレフは貫通力に優れた銃とされているが、それでも人体を貫通させるためには近接距離からの発砲が条件になる。前胸部の銃創を見ろ」

モニターには光崎の法医学教室で撮影されたと思しき写真が整理されて映し出されている。それぞれにタイトルが付されているので、光崎の指示にすぐ対応できる。

「射入口がほぼ円形になっているのは分かるか」

「はい」

「外輪部周辺に煤片（ばいへん）の飛散がある。近射といって至近距離から銃弾が発射された場合に、こういう煤片や火薬粉粒の付着が見られる」

「至近距離というのは具体的に何メートル以内を言うのでしょうか」

「具体的に何メートル以内と決まってはいない。銃によって性能差があるからだ。しかし目安として上肢つまり肩から指先までの距離であれば近射とされている」

「おおよそ八十センチ程度ですね」

「トカレフのように貫通力に優れた銃であっても三メートルの距離ではこんな射入口にならん。また前胸部から射入した銃弾は肋骨（ろっこつ）を粉砕して心臓を貫き、背中に達している。背中の銃創を見ろ」

背中に残った銃創は線状を呈し、刺傷のようになっている。

「粉砕された小骨片が噴出することで射出口はしばしば切創状となり、射入口よりも大きくなる。それだけの貫通力はやはり近射である確率が高い」

裁判員たちは感心したように頷いている。最初に平明さを求めたゆえの結果と考えれば、これもまた洋介の目論見通りということになる。

「ヤブの理由はもう一つある」

「どうぞ」

「射入角の問題だ。眞鍋の所見には、お互い座位の状態で発砲がされたとある。それなら銃弾は身体に対してほぼ九〇度の角度で射入していなければならん。だが銃弾が射入口から射出口まで辿った軌跡を解析すると、射撃者は座位の対象者を見下ろす角度で撃ったことを表している」

「奥行一メートルの執務机を挟み、ほぼ水平に向き合うかたちで発砲した可能性はありますか」

「まず考えられん」

「弁護人からの質問は以上です。ありがとうございました」

「検察官。反対尋問はありますか」

「あります」

「ではどうぞ」

岬は立ち上がって光崎と対峙する。

「近射について具体的に何メートル以内と決まっている訳ではないと証言されましたね」

「ああ。した」

「具体的な規定がない一方で目安が存在するのは矛盾ではありませんか」

するとお光崎は急に不機嫌な顔になった。

「わしは老いぼれか」

「……え」

「わしは老人に見えるかと訊いておる」

「質問しているのはわたしですよ」

「いいから正直な感想を言ってみろ」

「髪の毛は真っ白ですし、お顔の皺も目立ちますから、失礼ですがご老人の部類に属しておられると思います」

「ふむ。では検察庁の規定で、老人というのは何歳以上の人間を指す。もちろん健康状態や見掛けの頑健さなど全く考慮せず、純粋に満年齢と生年月日だけで区別する規定だ」

「そんなものはありません」

「それと一緒だ。具体的な規定がない一方で目安は存在しておるじゃないか。あんたは検察庁ができんことを法医学の世界に求めるのか」

傍聴席の誰かが噴き出した。

岬は赤面しそうになる。

「射入口の件で、銃弾が射入口から射出口まで辿った軌跡を解析したと証言されましたね。射入した銃弾が肋骨に衝突した結果、弾道が変わったとは考えられませんか」

　しばらく光崎は黙って岬を眺めていた。

「証人？」

「証言に難癖をつけるための質問は無意味だ。いいか。肋骨は一本一本が細く衝撃に弱い。人体では最も骨折しやすい部位の一つだ。そんな脆弱な骨と衝突したくらいで弾道が変わるような威力で、人体を貫通すると本気でそう思っているのか」

　ぐうの音も出なかった。

「……反対尋問を終わります」

　証言を終えた光崎は威風堂々と元来た道を戻っていく。我ながら不様だと思ったが、洋介は気にも留めていないようだった。

「裁判長。弁護人は仙街不比等による幼稚園襲撃事件について証言を求めたいと思います」

　降矢は怪訝（けげん）そうな表情を示す。

「本事案と何か関連がありますか」

「はい。関連があることの立証を含め、そもそも何故被告人に嫌疑が掛かるようになったかを証明するつもりです」

「分かりました。どうぞ」

「申請していた証人を呼びます」

証人申請の内容は岬も把握している。最後の証人は、男っぷりはいいものの、どこか無精な印象の四十男だった。

「証人。氏名と職業を言ってください」

「犬養隼人。警視庁刑事部捜査一課の警察官です」

「入庁は何年ですか」

「二〇〇七年です」

「最初から警視庁でしたか」

「はい。もっとも捜査一課への配属は翌年からでした」

「それなら二〇一〇年十月四日に発生した大田区クレーン車衝突事故は憶えていらっしゃいますか」

「当初は事故ではなく事件扱いでしたが憶えています。わたしも担当者の一人だったので」

「お手数ですが、どんな事件だったのか概要を説明してください」

犬養は咳払いを一つしてから徐に語り始めた。

六年前ともなれば結構な昔話になる。それだけ今の世は有為転変が激しいのだろうが、さすがに岬も概要くらいは憶えていた。高齢者の運転する乗用車が工事現場のクレーン車に接触、バランスを崩したクレーン車が車道に飛び出し、鉄骨をぶら下げた状態で対向車線を走ってきた観光バスに衝突。バスとクレーン車の運転手を含めた十六名が命を落とした大惨事だった。それにも拘わらず、事故の発端となった乗用車を運転していた元官僚である高齢者は不起訴処分となり、事件を担当した東京地検には苛烈な非難が集中した。

「……以上が事件の概要です。死者十六名、重軽傷者二十九名の大惨事を引き起こしながら、高齢者ドライバー風咲平蔵は過失運転致死傷容疑で送検されたものの不起訴処分になってしまいました。やりきれない事件でした」

「証人、説明をありがとうございました。証人は被害に遭われた方々を憶えていますか」

「事件発生当時についての証言を集めていたので、ほぼ全員の氏名を憶えていると思います」

「亡くなった十六名のうち、特に印象深かったケースはありますか」

「観光バスのイベント内容は箱根温泉二泊三日格安ツアーというものでした。そのためツアー客には夫婦連れが多く、夫婦二人とも死亡というケースがふた組ありました。悲惨な事故の中の、更に悲惨なケースだったので余計に憶えています」

「そのふた組の名前を言えますか」

「ひと組は仙街という夫婦でした」

犬養の言葉で裁判官たちが目に見えて動揺した。

動揺したのは岬も同じだ。まさか、そこで繋がるとは。

「裁判長。ここで弁護人は弁二号証を提示します。お手元のモニターでご確認ください」

慌てて岬も該当部分を検索する。弁二号証は一枚の画像だった。真新しい制服の女児に好々爺(こうこうや)然とした老人がとろけそうな笑顔で寄り添っている。

「画像は今年四月、高砂幼稚園の入園式で撮られたものです。女の子は先の襲撃事件で犠牲となった風咲美結さん。老人は風咲平蔵氏。クレーン車衝突事故の発端となった乗用車を運転していた本人です。平蔵さんはインスタグラムのアカウントを所持していてこれは投稿されたうちの一枚ですが、弁護人が画像を入手したのは仙街不比等が所持していたスマートフォンからです。消去された画像を復元しました。つまり仙街不比等は風咲平蔵氏の投稿したインスタグラムを覗いて、彼の孫娘が高砂幼稚園に入園した事実を知り得たのです」

法廷がしん、と静まり返る。

沈黙を破ったのは降矢だった。

「弁護人。仙街不比等が高砂幼稚園を襲撃した動機は、風咲平蔵氏の孫娘の殺害にあったというのですか」

「仙街不比等が死んでしまった今、彼の動機を立証するのは不可能に近いでしょう。しかし現場に居合わせた園児の証言は次のようなものでした。『先生二人を刺した犯人は僕たちの方に向かってきました。途中で真一くんとひなたちゃんを刺して、美結ちゃんも刺しました。それから他のクラスの先生たちがやってきたので、犯人は窓から逃げました』。つまり仙街の標的は最初から風咲美結さんであり、二人の先生と二人の園児は巻き添えにされたという見方ができるのです。インスタグラムの写真から風咲平蔵氏が孫娘を溺愛しているのは容易に想像できます。クレーン車衝突事故の発端となりながら不起訴処分で罰を逃れた平蔵氏ですが、だからこそ世間の風当たりが強くなって当然でしょう。世間の悪罵に晒され続け、今年で七十八歳になった平蔵氏にとって孫の美結さんがどんな存在だったのか。またその孫を理不尽な方法で奪われたら平蔵氏がどんな思いをするのか。それは言うまでもないでしょう。ある年齢に達すると、自分が殺されるより辛いことができてしまうのだと思います」

法廷はすっかり洋介のリサイタルと化した感がある。それでも父親の岬は水を差すタイミングを摑めないでいる。

「しかし弁護人。仙街不比等が高砂幼稚園を襲撃した動機については見当がつきますが、それが本件とどう関わってくるのですか」

「関連があることを立証するためには、証言を続けていただく必要があります。証人。夫婦二人とも死亡というケースですが、事件発生当時についての証言を集めていたのなら、遺族とも話をする機会があったのではありませんか」

「ありました。もうひと組の夫婦の遺族とも話をしました」

「その遺族は、この法廷の中にいますか。いたらその人物を指し示してください」

犬養の指が水平に移動し、躊躇いなく一人の顔を指した。

そこにいたのは宇賀麻沙美事務官だった。

「もうひと組は遠山という名の夫妻で、その娘である当時十八歳の彼女とわたしは長話をしました。わたしにも一人娘がいるので、とても他人事には思えなかったんです」

「証人に再度クレーン車衝突事故の顚末をお伺いします。乗用車を運転していた風咲平蔵氏は結局不起訴処分になりますが、処分を決めた担当検事は誰だったのですか」

「天生検事でした」

天生はと見れば、凍りついたように宇賀を眺めている。

「宇賀事務官の戸籍には、両親が亡くなった直後に母方の宇賀家の養女になった事実が記載されています。大学入学直後でもあり、両親死亡のままでは将来に差し支えるという宇賀家の判断だったようです。こうして遠山麻沙美は宇賀麻沙美となった訳ですから、クレーン車衝突事故を担当した被告人が彼女を知らなかったのは当然だったのです。一方で宇賀事務官は被告人を知っていたと想像できます。先刻の彼女の証言を思い出してみてください。『研修中に天生検事の評判を耳にしていたので、自分から天生検事付きを希望しました』。彼女の両親は理不尽な事故で命を落としてしまいましたが、その発端となった人物を不起訴にしてしまったのは天生高春という検事でした。それを念頭に置いて考えてみると、彼女が被告人に近づいたのは決して高い評判に釣られた訳ではなく、むしろ復讐と考えた方が自然ではないかと思えてきます」

宇賀の顔が強張る。状況を静観していた警官たちがじりじりと彼女との距離を縮めていく。

「事件当日、被告人はスーツを部屋に置いたまま昼休憩に出掛けました。その間、執務室が無人になるのを知っていたのは被告人を除けば宇賀事務官だけです。湯呑みの中に睡眠導入剤を混入させる機会があったのも、眠りに落ちた被告人にトカレフを握らせることができたのも、そのトカレフを証拠物件の詰まった段ボール箱から盗み出せたのも宇賀事務官です」

「異議あり」

岬は久しぶりに声を出したような気がした。口の中が渇いてからからだった。

「弁護人は事件当時の状況を把握しているのか。宇賀事務官が体調不良を訴え、退室した直後に執務室の中から銃声が聞こえたのだ。彼女に仙街不比等を射殺する機会はなかった」

「実際の発砲が銃声よりも先に発生していたと仮定すればどうでしょう」

「何だと」

「公判以前、宇賀事務官に事件発生直後の対応について質問したことがありました。彼女の答えは次の通りでした。『寸前までの記録が消去されないようパソコンは上書き保存、レコーダーも従前の内容が記録されているのを確認の上で停止させました。もちろん警察官立ち合いの下です』。ここからはこんな具合だったのではないでしょうか。宇賀事務官は被告人に近づき復讐の機会を狙っていた。そこに川口のコンビニ強盗事件の証拠物件が送られてきます。事前に証拠物件の内容を知る立場にいた宇賀事務官は、遂に被告人を陥れるチャンスが巡ってきたと考えます。放置していた被告人のスーツを着用し、盗み出したトカレフで一発撃つ。GSRが飛散し被告人の袖口には硝煙反応が残る。もちろん、その際にはトカレフの銃声音をICレコーダーに録音しておきます。今のレコーダーの性能は相当高く、スピーカーからでもそれなりの音声が再生されるのです」

洋介はポケットからICレコーダーを取り出した。

「これは宇賀事務官が使用していたものと同一メーカーの同一機種です」

次の瞬間、ICレコーダーからピアノの一音が鳴り響いた。

裁判官席から、ほうと溜息が洩れる。洋介が自分の打鍵を録音したのだろうが、その音は法廷の隅々にまで届く。

「湯呑みに仕込んでいた睡眠導入剤が効き始め被告人が眠りに落ちたのを確認すると、宇賀事務官は仙街の前に回り込み彼を射殺します。被告人と執務机の前に立つと標的までの距離は二メートル以内。座位姿勢の仙街を見下ろすような位置で発砲すれば、弁一号証の解剖報告書の内容に合致します。トカレフに消音装置は装備されていませんが、厚手のタオルで銃身を包めば充分に消音は可能です。タオルを手首まで巻けばGSRの飛散から着衣を護れますしね。説明にもありましたがトカレフのグリップは日本人の手には大き過ぎてスライドもトリガーも重い。しかしタオルを巻いた状態なら扱いが楽になります。何といっても指紋がつきません。仙街を射殺した宇賀事務官はタオルを回収し、意識を失った被告人の手にトカレフを握らせます。これでトカレフのグリップとトリガーとスライドに被告人の指紋が付着していたことが説明できます」

宇賀の表情はいよいよ険しくなっていく。だが洋介は彼女の退路を断つかのように話すのをやめない。

「事前に録音したものなので、銃声を再生するタイミングは容易に設定できます。睡眠導入剤の混入されたものを自らも呑み、レコーダーの再生を開始させると宇賀事務員は執務室を退室、その直後に銃声が鳴り響き、表に立っていた警官たちと部屋に戻りました。こうして密室での発砲事件が完成します。宇賀事務官はＩＣレコーダーの内容を確認する時はイヤフォンを使用していました。これなら記録した内容を確認するふりをして消去してもなかなか気づかれ難いですね」

いったん洋介が話を区切ると、降矢は急かすように訊いてきた。

「弁護人は、仙街と宇賀事務官が共謀していたと考えているんですか」

「仙街不比等の捜査検事に被告人が任命されたのは偶然でした。検事調べの最中で仙街は天生という名前で因縁に気づいた可能性があります。一方、宇賀事務官は復讐を考えていましたが、決意したのは川口のコンビニ強盗事件の証拠物件が送検されると知った時だったでしょう。また二人が共謀したのであれば、もっと単純な犯行態様になっていたと予想できます。裁判長、本事案の中でたった一つの偶然は幼稚園襲撃事件の捜査検事に被告人が選ばれたことだけなのです。仙街不比等も宇賀事務官も同じ事故で両親を亡くしましたが、仙街は風咲平蔵氏を、宇賀事務官は被告人を標的にしていました。二人の狙う相手は別々だったのですが、被告人が仙街の捜査検事に任命されたことで離れていた二人の計画が一点で交わってしまった。これはそういう事件だったのです」

洋介の説明が終わると、待っていたかのように宇賀が反撃を開始した。

「長々と持論を拝聴しました。わたしがクレーン車衝突事故の遺児であるのはその通りです。でも、わたしが仙街不比等を殺害した証拠はどこにあるんですか」

「宇賀さんは素敵な眼鏡をお召しですね」

洋介の場違いな発言に、宇賀事務官は虚を衝かれた様子だった。

「お使いの眼鏡はその一本だけですか」

「ええ、そうです。仕事でもプライベートでもこの一本で通しています」

「先ほど硝煙反応について証人に説明していただきましたが、GSRが飛散する範囲は結構広いんです。手や袖口はタオルを巻いていれば護れたでしょうけど、眼鏡まではカバーできません。それにGSRは水を流した程度では洗い落とせず、時間が経過しても付着したままなのだそうです。ちょうどここには鑑定の専門家がいらっしゃいます。その眼鏡を分析してもらってはいかがでしょうか」

宇賀事務官は咄嗟に眼鏡を外そうとしたが、接近していた警官に取り押さえられた。

「離して。離して」

宇賀事務官が悪足搔き（わるあがき）する様を見ていた岬は肩から力が抜けていくのを感じた。

完敗だった。

「弁護人の反証は以上です」

「検察官。反対尋問はありますか」

これ以上、言葉を重ねても意味はない。

「ありません」

「他に異議はありますか」

「ありません」

降矢は小さく嘆息すると、改めて法廷を見渡した。

「公判二回目ですが、これで審理は充分に尽くされたように思います。次回十一月七日に最終弁論を行いたいと思います。閉廷」

降矢たちが裁判官席後方のドアから退廷し、傍聴人たちも多くは腑抜けたような顔で出ていく。渡瀬は相変わらず不機嫌そうにしているし、古手川は親指でも立てそうなご機嫌ぶりだ。

証人に呼ばれた氏家と光崎教授は少し疲れたような足取りで退廷していく。犬養はさばさばしたという体で二人の脇をすり抜けるように出口に急ぐ。

洋介は律儀にも、一人ひとりに向かって頭を下げた。そして岬と目が合うと、やはり一礼してきた。

岬の胸で羞恥と怒りが渦を巻いていた。このまま息子に駆け寄り、思いきり殴ってやろうかとも考えた。

だが不思議に心地良さもあった。

息子に負けるのは快感なのかもしれないと思った。
礼には礼をもって返す。
岬は息子に一礼すると、法廷から出ていった。

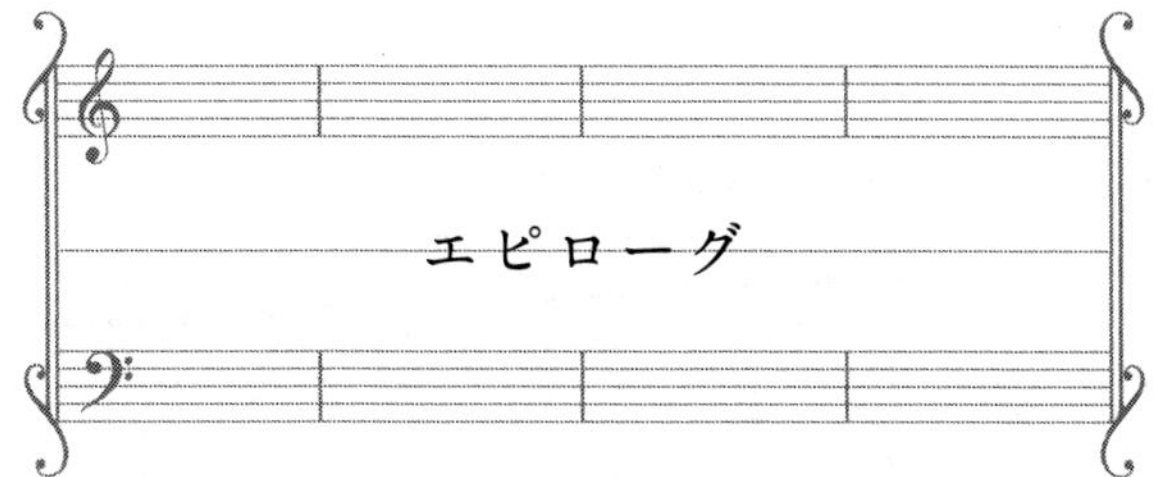

エピローグ

「お勤めご苦労様でした」

天生が東京拘置所の正面玄関から出てくると、洋介が待っていた。

「お勤めというほど長くはいなかった。君のお蔭だ」

「弁論の道筋を作ってくれたのは御子柴先生です。礼なら彼に言ってください」

「考えておこう」

結局、東京高検は天生の起訴を取り下げ、宇賀麻沙美を新たな被疑者として取り調べを開始した。

面会に来てくれた岬次席検事によれば、宇賀は大筋で容疑を認めているとのことだった。天生を人事不省にした睡眠導入剤は、以前彼女が不眠症に悩まされた時期に処方されたものを流用したらしい。

宇賀が使用していたICレコーダーについては、科捜研が消去されたデータの修復に成功した。洋介の推理通り、消去されたデータには銃声が録音されていたのだ。

だが宇賀が全面自供に至るきっかけは、やはり彼女の眼鏡から硝煙反応が検出されたことだった。

宇賀の供述でひときわ印象的な箇所は、彼女が銃口を向けた際、仙街が見せた反応だった。

『検事調べの途中から、仙街はわたしが例の事故の遺児だと気づいたようです。彼がわたしに対してどんな感情を抱いていたかは分かりません。でも、わたしが銃を突きつけた瞬間、仙街は何もかも承知したように笑ってみせたんです。あの瞬間だけ、わたしと彼は共犯者同士でした』

己の起こした接触事故が元で孫娘たちを殺されたと知らされた風咲平蔵はその場で狂ったように泣き叫んだという。その様子を目の当たりにすれば、仙街不比等も宇賀麻沙美も多少は鬱憤を晴らせたかもしれない。

「君には本当に世話になった」

天生は洋介の手を摑むと、強く握り締めようとした。だが直前になって思い留まった。

「悪い。ピアニストの繊細な指だったな」

「お気遣いありがとうございます」

「礼を言うのはこっちの方だ」

しかし言葉が続かない。自分を助けるために、この友人がどれほどの負債を背負ったかを知ってしまったからだ。

今年予定されていたコンサートは全て中止もしくは延期になった。はっきりとした数字は出ていないが、違約金は少なく見積もっても億単位だろう。いち公務員の天生に返せる金額ではない。仮に返せたとしても、この男は決して受け取らないような気がする。

「せめて俺の事件に掛かった弁護士費用くらいは払いたい。いくらだ」

「要らないそうです」

思わず自分の耳を疑った。

「あの守銭奴が、弁護士費用を要らないなんて」

「途中で手を離れた案件は費用を受け取らない方針だそうです」

悪徳弁護士の意外な一面を見た思いだった。

「ところで親父さんとはよりを戻すのかい」

「僕は変わりません。と言いますか、変われないのでしょうね。その点はあの人も同じだと思います」

「お互い頑固なんだな」

「そこは父子ですから」

洋介と天生は苦笑した。

「すぐ海外へ飛ぶのか」

「マネージャーの連絡待ちです。それまでしばらくは日本に滞在しようと思って」

「また何かの事件に巻き込まれるかもしれんぞ」

「ええ。縁起でもないのですが、僕もちょっとそんな気がしているんです」

本書は、二〇二〇年四月に小社より単行本として刊行された『合唱　岬洋介の帰還』を文庫化し、加筆修正したものです。この物語はフィクションです。作中に同一の名称があった場合でも、実在する人物、団体等とは一切関係ありません。

〈解説〉

オールスター夢の競演が実現したデビュー十周年記念長編

大森 望（翻訳家・書評家）

のっけから私事で恐縮ですが、わたしは本書の著者・中山七里氏と同じ一九六一年生まれなので、今年（二〇二一年）で還暦。中山さんのほうは、（すくなくとも過去の日記を読むかぎりでは）ろくに睡眠もとらずにエナジードリンク三種混合液をガブ飲みして月に六百枚以上の原稿をガンガン書き続け、いつ会っても意気軒昂で、しゃべりだしたら止まらず、二十四時間戦う昭和のビジネスマンみたいな活力にあふれているのに対して、当方はここ数年、めっきりムリのきかない体になりました。昨年末からはひどい肩痛に悩まされ、仕事はおろか読書もままならないため、これではいかんと一念発起し、過日、文字どおり重い腰を上げて近所のストレッチ専門店の門を叩いた。担当の若い女性トレーナーAさんから職種を訊かれたので、「小説の翻訳とか、書評とか。ほとんど外に出ないでパソコンに向かってます」と答えたところ、

「そうなんですか？　わたしも本が好きなんですよ。とくにミステリーが」

「へえ。どんなの読むんですか？」

「なんでも読みますけど、いちばん好きなのは中山七里。どんでん返しっていうんですか、

なんかびっくりするようなことがどんどん起きるじゃないですか。どうなるんだろうどうなるんだろうって思って、ついつい夜更かしして読んじゃいますね」

と言われてビックリ。おお、なんという偶然。これはこの解説のネタになる——と頭の中にメモしたが、よくよく考えてみるとビックリするほうが認識不足で、中山七里はとっくの昔に広く読まれる作家になっていたのである。

あらためてふりかえると、中山七里が第八回『このミステリーがすごい！』大賞の大賞受賞作『さよならドビュッシー』で作家デビューを飾ったのは二〇一〇年のこと。この第一長編はたちまち大評判になり、二〇一三年には橋本愛、清塚信也主演で映画化。さらに二〇一六年にはドラマ化もされている（こちらは東出昌大、黒島結菜主演）。

大森が『このミス』大賞選考委員として『さよならドビュッシー』を読んだときは、不覚にもこの小説に続きがあるとは想像もしなかったのだが、早くも同じ二〇一〇年の十月には、脇役（探偵役）だったピアニストの岬洋介を軸に、第二作『おやすみラフマニノフ』を刊行。こうして誕生した〈岬洋介〉シリーズは、『いつまでもショパン』『どこかでベートーヴェン』……と書き継がれ、いまや累計一五二万部突破の大人気シリーズになっている。

このシリーズ以外でも、中山作品のTVドラマ化は十作を超え、二〇二〇年には綾野剛主演で〈刑事犬養隼人〉シリーズの『ドクター・デスの遺産』が映画化。二〇二一年には、〈宮城県警〉シリーズの『護られなかった者たちへ』が公開予定（佐藤健、阿部寛主演）……と、映像業界でもひっぱりだこ。

デビューからの十一年あまりで中山七里が刊行した著書は、すでに六十冊近い。平均して年に五冊のペースで新刊を出し続け、しかもハズレが一冊もないという驚くべきエンターテインメント作家なのである。

デビュー十周年にあたる二〇二〇年には、十二カ月連続で単行本を刊行するという離れ業を達成（文庫七冊を加えると十九冊！）。そのメモリアル・イヤーの目玉として、デビュー版元の宝島社から三月に刊行したのが、ほかならぬ『合唱　岬洋介の帰還』だった（おお、やっと本書の話にたどりついた）。

サブタイトルを見ればわかるとおり、〈岬洋介〉シリーズの最新長編だが、それだけではない。この解説の最初にちらっと触れた著者の日記（幻冬舎文庫『中山七転八倒』）を繙くと、その冒頭、二〇一六年一月六日のエントリーに、宝島社の担当編集者Kさんとの打ち合わせの場面が出てくる。著者いわく、

〈「そろそろ中山さんがデビューして十年目なので何か企画を考えてます」と振られたので二〇二〇年刊行予定で岬洋介を含め（中略）他社のシリーズで主役を張っているキャラクター総主演のストーリーはどうかと持ちかけてみる。持ちかけてから後悔した。いったい誰を主人公にすればいいのだろう〉

そりゃ、宝島社の企画なんだから主人公は岬洋介に決まってるでしょ！　とKさんが言ったかどうかは知らないが、このプランは着々と進み、その四年後、岬洋介を中心に中山七里作品のスターたちが〝合唱〟に参加する本書が誕生した。テーマ曲は当然、「第九」ことベ

ートーヴェン交響曲第九番〈合唱〉。

というわけで、本書には、のっけから、中山ファンにはおなじみの埼玉県警捜査一課・古手川和也とその上司・渡瀬のコンビ（『連続殺人鬼カエル男』『魔女は甦る』『切り裂きジャックの告白』『テミスの剣』『贖罪の奏鳴曲』『ヒポクラテスの誓い』などにシリーズをまたいで登場）が出てきた――と思ったらたちまち被疑者を確保する。この展開の速さ、テンポのよさも中山七里らしい。

続いて出てくるのが、本書の準主役にあたるさいたま地方検察庁刑事部一級検事の天生高春。〈岬洋介〉シリーズの前作『もういちどベートーヴェン』の主人公がふたたび登場する……というか、岬洋介の司法修習生時代を描いた同書は、おそらく『合唱　岬洋介の帰還』の前日譚というか前フリとして書かれたものだろう。その証拠に、『もういちどベートーヴェン』のラストで、司法の道を捨ててピアニストの道を選んだ岬洋介に向かって、修習生仲間だった天生高春は言う。

「ひょっとしたら俺も何かの弾みで被告人にならないとも限らない。その時は君が弁護人になってくれ」

岬洋介は答えていわく、「僕でよければ地球の裏側からでも駆けつけますよ」

それから十年――。

本書の天生高春は、さいたま地方検察庁刑事部一級検事となり、幼稚園で幼児らを惨殺した〝平成最悪の凶悪犯〟こと仙街不比等の事件を担当する。しかし、被疑者の取り調べの最中、天生高春はとつぜん意識を失い、次に気がつくと目の前に仙街の銃殺死体が……。その場で逮捕された天生高春は、殺人事件の被告として裁かれる立場になる。いったい何が起きたのか？　天生高春は無罪を訴えるが、圧倒的に不利な状況に、弁護人の引き受け手がいない。

一方、岬洋介はすでに世界的なコンサート・ピアニストになっているが、旧友が逮捕されたことをワールドツアーの最中に知るなり、十年前の約束を果たすため、すべての公演をキャンセル。ハンガリーのブダペストから日本に帰ってくる——というわけで、これがサブタイトルの〝岬洋介の帰還〟。本書のほうを先に読んでしまったという読者も、若き日の二人のエピソードとして、ぜひ『もういちどベートーヴェン』を手にとってみてほしい。

帰国はしたものの、岬洋介自身は弁護士資格を持っていない。そのため、天生高春の弁護人として彼が白羽の矢を立てるのが、〝悪辣弁護士〟こと御子柴礼司。どんな手段を使ってでも必ず勝利をもぎとるこの男は、並み居る中山キャラの中でももっとも個性的なひとりだろう。講談社の〈御子柴弁護士〉シリーズ（『贖罪の奏鳴曲』『追憶の夜想曲』『恩讐の鎮魂曲』『悪徳の輪舞曲』『復讐の協奏曲』）で主役を張り、WOWOW「連続ドラマW」の『贖罪の奏鳴曲』では三上博史が、東海テレビ「大人の土ドラ」枠の『悪魔の弁護人 御子柴礼司—贖罪の奏鳴曲—』では要潤が、御子柴役を演じている。

その御子柴と岬洋介が弁護側でタッグを組むというだけでもファン垂涎の趣向だが、検察側のトップとして捜査と公判の指揮をとるのは、岬洋介の実の父親・岬恭平（〈岬洋介〉シリーズにも〈御子柴弁護士〉シリーズにも登場済み）。この三人が丁々発止とやりあう法廷シーンが本書の最大の見せ場だろう。もちろん、御子柴事務所の事務員・日下部洋子も登場する（『悪魔の弁護人 御子柴礼司』ではベッキーが演じた）。

しかし、本書に登場するスターはそれだけではない。祥伝社の〈ヒポクラテス〉シリーズ（『ヒポクラテスの誓い』『ヒポクラテスの憂鬱』『ヒポクラテスの試練』）からは、浦和医大法医学教室の主・光崎藤次郎教授と、栂野真琴助教（ＷＯＷＯＷ「連続ドラマＷ」の『ヒポクラテスの誓い』ではそれぞれ柴田恭兵と北川景子が演じた）、それにキャシー・ペンドルトン准教授が登場。光崎教授の快刀乱麻を断つメスさばきと寸鉄人を刺す毒舌が本書でも冴え渡る。

さらに、〈刑事犬養隼人〉シリーズ（『切り裂きジャックの告白』『七色の毒』『ハーメルンの誘拐魔』『ドクター・デスの遺産』『カインの傲慢』）から、警視庁刑事部捜査一課の孤高の刑事・犬養隼人も顔を見せる。こちらは、朝日放送のＴＶドラマ版では沢村一樹が演じた役柄だ。

演じた俳優の名前を見るだけでも錚々たる顔ぶれだということがわかるだろう。十周年にふさわしい、文字どおりのオールスター・キャスト。強すぎる個性がぶつかりあって、スター選手ばかり並べたチームは機能しないとか言われるが、そこは中山七里、濃いキャラ同士を一冊の中に集めてもまったく違和感がない。しかも、これ一冊だけで成立するように書かれているので、いままで中山作品をまったく読んだことがない人でも問題なく楽しめる。本書に登場したキャラを追いかけて、このシリーズの既刊や他シリーズに手をのばせば、たぶん数カ月は読む本に困らないだろう。もちろん、冒頭で紹介したAさんみたいな中山ファンにとっては最高のプレゼント。夢の競演に心ゆくまで酔いしれてほしい。

二〇二一年五月

中山作品・人物相関図

登場人物や、時代が複雑にリンクしている中山作品。
デビューから11年目、著作56冊分（※1）の
登場人物を網羅しました。

※1、2010年1月〜2019年3月刊行分収録
※2、相関図にある□内NO.は、シリーズ以外のリンクです

1 『さようならドビュッシー』

（宝島社）単 2010.1/ 文 2011.1

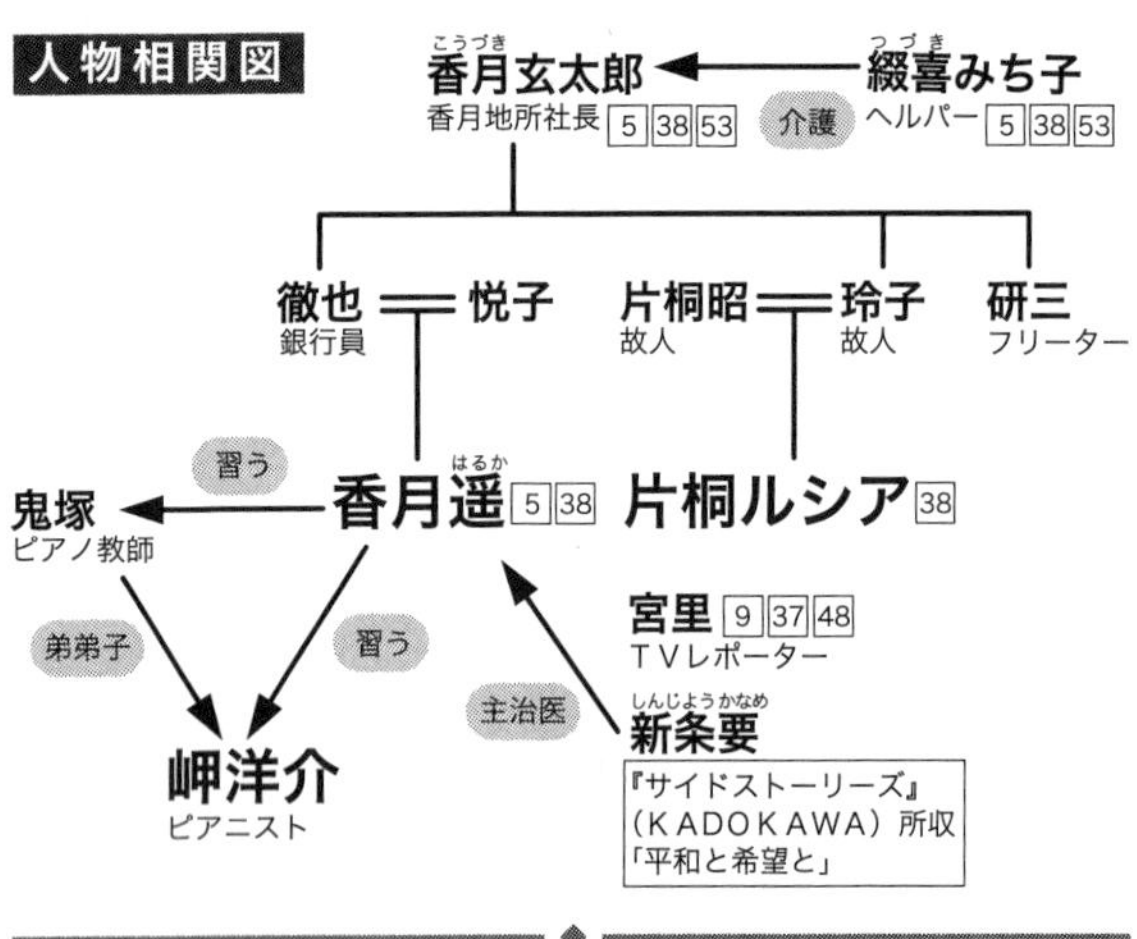

◆あらすじ◆

ピアニストをめざす香月遥、十六歳。両親が留守の夜、祖父と従姉妹とともに火事に遭い、ひとりだけ生き残ったものの全身大火傷を負う。それでもピアニストになることを誓い、過酷なリハビリを経て、コンクールのために猛レッスンに励むが、周囲では不吉な出来事が次々と起こり、ついには殺人事件まで発生する——。記念すべき《さよならドビュッシー》シリーズ第一作！　第八回『このミス』大賞受賞作品。

2 『おやすみラフマニノフ』

(宝島社) 単 2010.10/ 文 2011.9

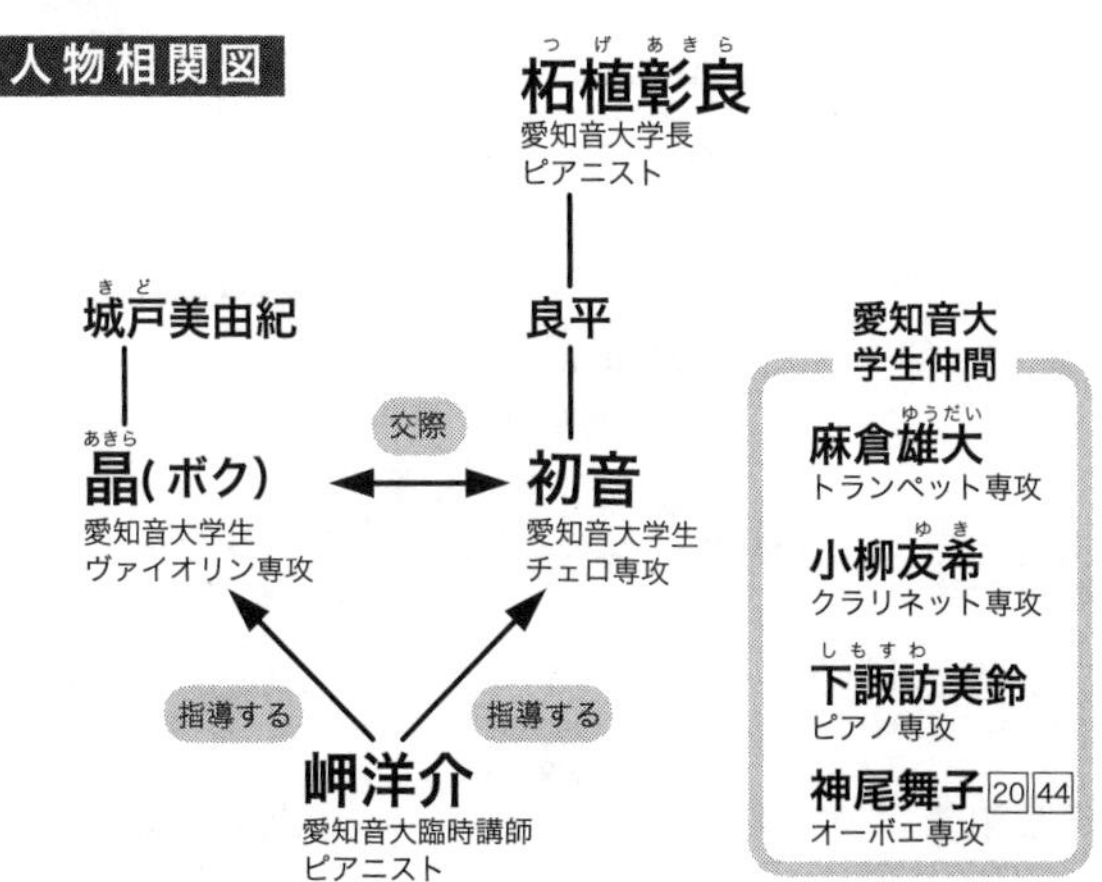

◆あらすじ◆

音大生の城戸晶は、稀代のラフマニノフ弾きとして知られる学長が自らピアノを弾く定期演奏会でコンサート・マスターをつとめることになり、必死に練習にはげんでいた。だが、演奏会でつかわれる時価二億円のチェロ・ストラディバリウスが密室の保管庫から消失。その後も演奏会をまえにして不可解な出来事が次々と起こる！　美しい音楽描写と緻密なトリックが融合した人気の音楽ミステリーシリーズ！

3『連続殺人鬼カエル男』

（宝島社）文 2011.2

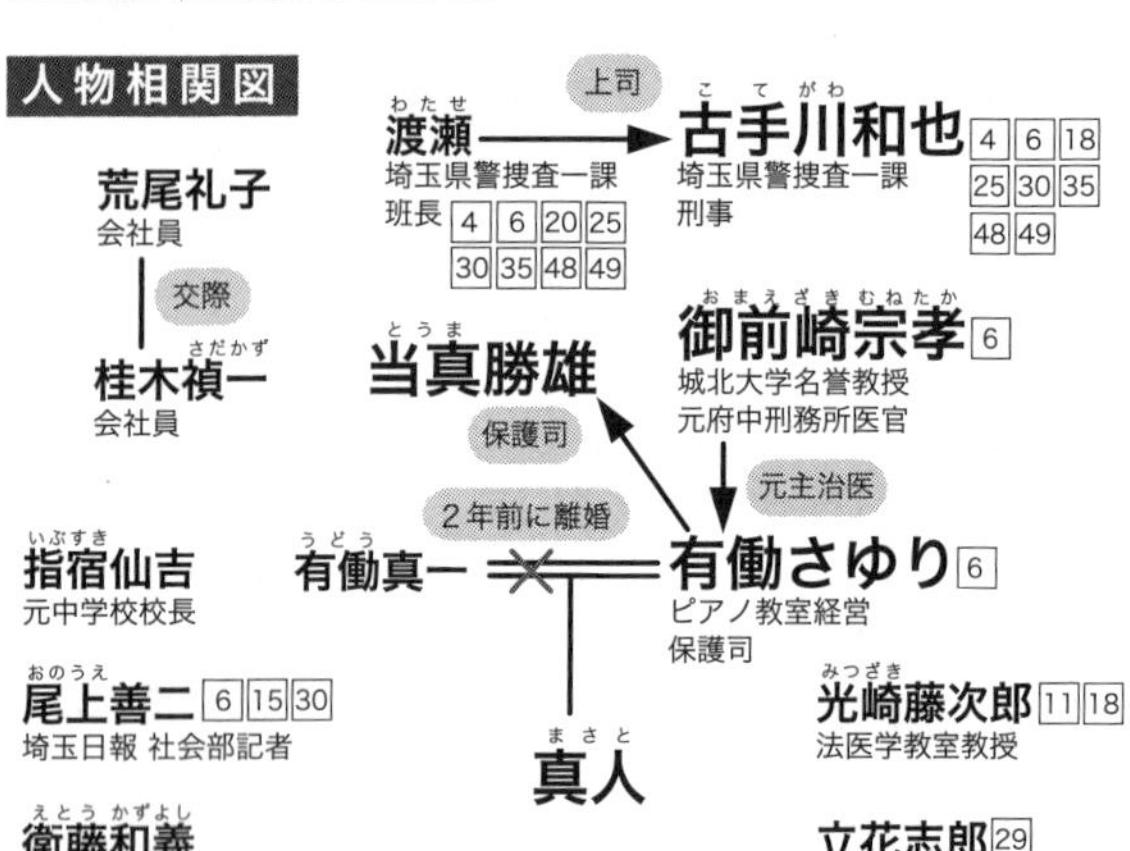

◆あらすじ◆

新聞配達員が発見したのはマンションの十三階からぶら下げられた女性の全裸死体。傍らには稚拙な犯行声明文。それが、街を恐怖と混乱の渦に陥れる殺人鬼「カエル男」の最初の犯行だった！　警察の捜査が進展しないなか、第二、第三の殺人事件が発生し、街中はパニックに陥る……無秩序に猟奇的な殺人事件をつづけるカエル男の目的とは？　警察は犯人の正体をつきとめ、犯行を止めることができるのか？

4 『魔女は甦る』

(幻冬舎) 単 2011.5/ 文 2013.8

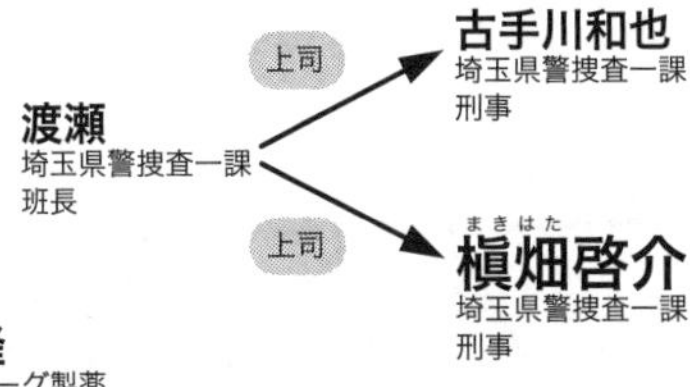

きりゅう
桐生隆
スタンバーグ製薬
日本支社・元社員

交際

まりむら みさと
毬村美里
薬科大学学生

くじょう こうへい
宮條貢平 31
警視庁生活安全局
課長補佐

友人

ななお きゅういちろう
七尾究一郎 8 55
関東信越厚生局
麻薬取締部・麻薬取締官

松原玲子
スタンバーグ製薬
日本支社・元社員

せんどう ひろと
仙道寛人
スタンバーグ製薬
日本支社・元社員

◆あらすじ◆

元製薬会社の研究員が勤務地の近くで肉と骨の姿で発見され、埼玉県警の槇畑は捜査を開始する。だが会社は二ヵ月前に閉鎖され、社員も行方不明に。同じころ、近くの町で嬰児が誘拐され、繁華街では日本刀による無差別殺人が起こり、都立高校では生徒による銃撃事件が発生した。真面目な研究員はなぜ無残な姿に成り果てたのか？　それぞれの事件は繋がりを見せながら恐怖と驚愕のラストへなだれ込んでいく……。

5 『さよならドビュッシー前奏曲(プレリュード) 要介護探偵の事件簿』

（宝島社）単 2011.10/ 文 2012.5

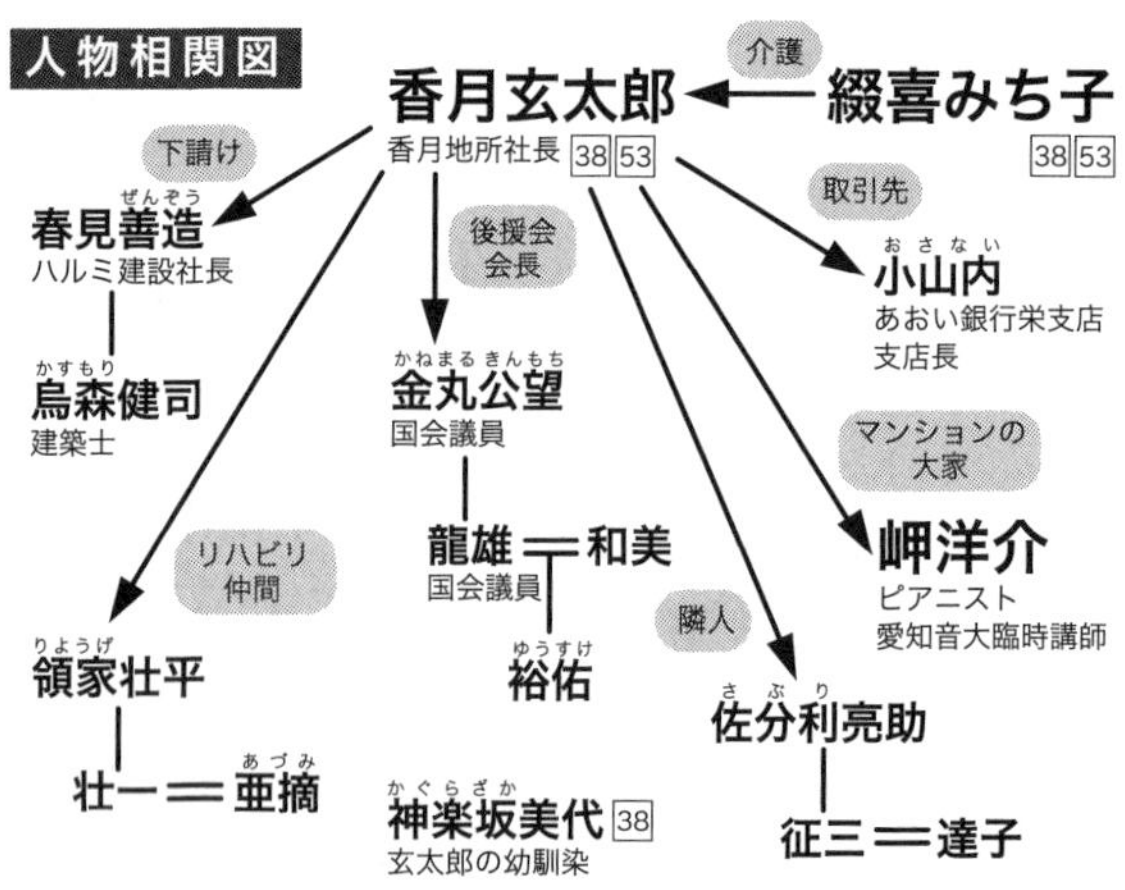

◆あらすじ◆

『さよならドビュッシー』で登場した玄太郎おじいちゃんが大活躍！　脳梗塞で倒れ、車椅子の身になっても、会社を精力的に切り盛りする玄太郎。ある日、彼の手がけた物件から、死体が発見される。完全密室での殺人。警察では頼りにならないと息巻く玄太郎は介護士のみち子を巻き込んで、犯人捜しに乗り出す……「要介護探偵の冒険」など、玄太郎のまわりで起こる五つの難事件に挑む連作短編ミステリー。

6 『贖罪の奏鳴曲（ソナタ）』

（講談社）単 2011.12/ 文 2013.11

人物相関図

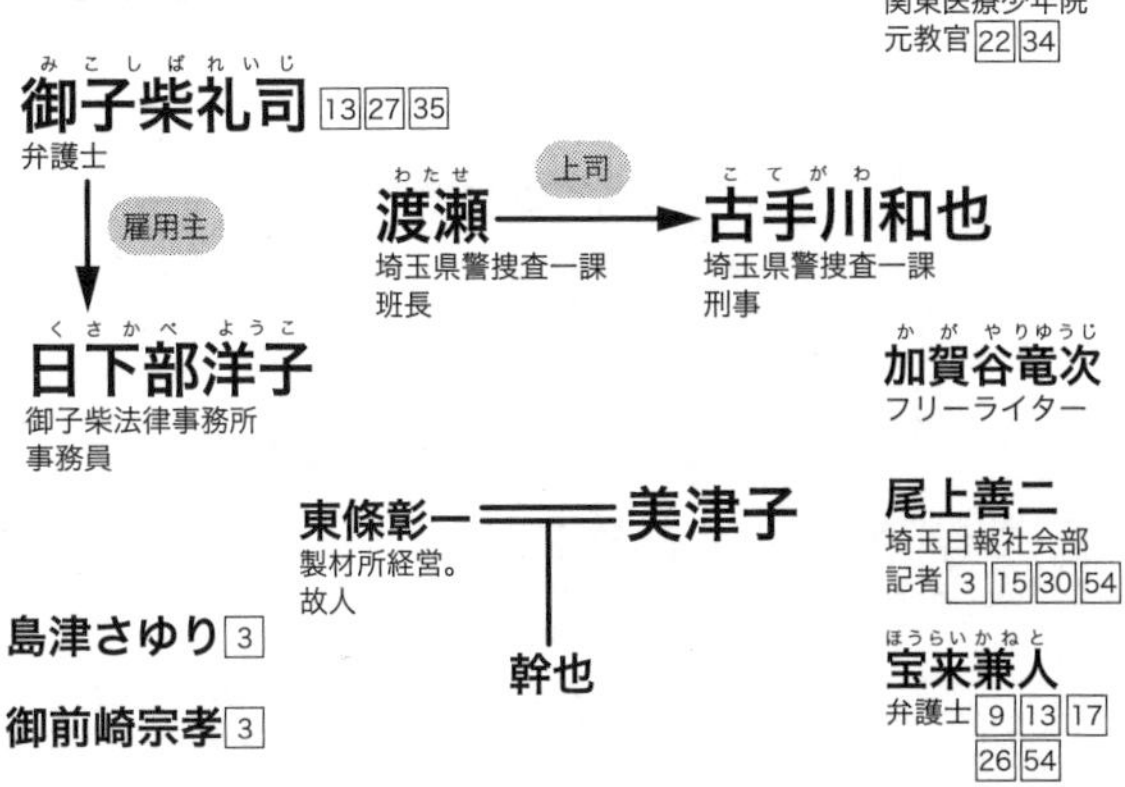

御子柴礼司（みこしばれいじ） 13 27 35
弁護士

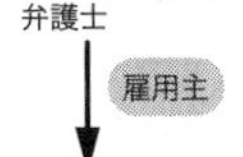

日下部洋子（くさかべようこ）
御子柴法律事務所
事務員

渡瀬（わたせ）
埼玉県警捜査一課
班長

上司 →

古手川和也（こてがわ）
埼玉県警捜査一課
刑事

東條彰一
製材所経営。
故人

美津子

幹也

島津さゆり 3

御前崎宗孝 3

稲見武雄
関東医療少年院
元教官 22 34

加賀谷竜次（かがやりゅうじ）
フリーライター

尾上善二
埼玉日報社会部
記者 3 15 30 54

宝来兼人（ほうらいかねと）
弁護士 9 13 17 26 54

◆あらすじ◆

被告に多額の報酬を要求することで悪評高い弁護士・御子柴礼司。彼は十四歳のとき、幼女バラバラ殺人事件を犯し少年院に収容されるが、名前を変え弁護士となっていた。三億円の保険金殺人事件を担当することになった御子柴だが、過去をライターに知られてしまう。ライターの死体が発見され、御子柴に容疑がかかるが、その時間帯、彼は東京地裁で裁判の弁護人をしていたという、鉄壁のアリバイがあった！

7 『静おばあちゃんにおまかせ』

（文藝春秋）単 2012.7/ 文 2014.11

人物相関図

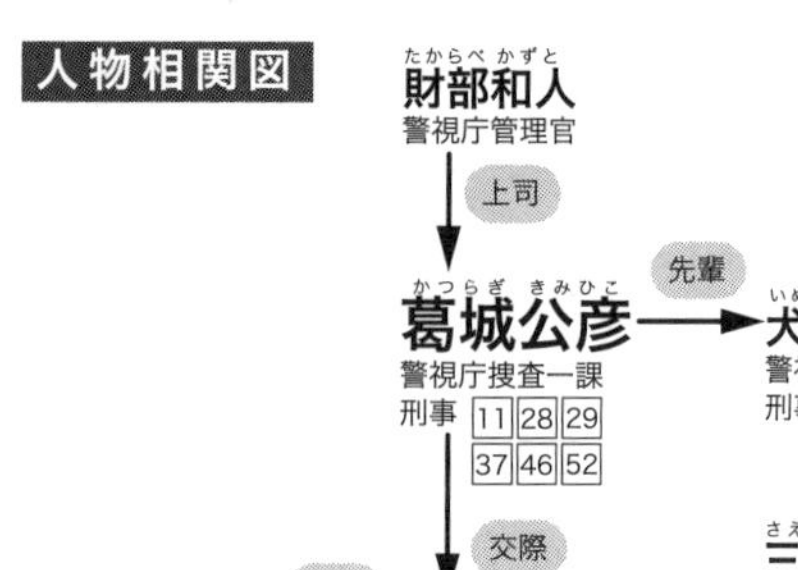

◆あらすじ◆

人の良さが取り柄の警視庁一課の刑事、葛城公彦。およそ才気煥発とは縁遠い存在ながら、ガールフレンドの高遠寺円に助けられ、きょうも難事件に立ち向かう。法律家を志望する円のブレーンは元裁判官の静おばあちゃん。孫娘から語られる事件の概要を手掛かりに、密室殺人、新興宗教の教祖の不可解な失踪など、次々と解決していく。しかしこのアームチェア・ディテクティブには、大きな秘密が隠されていた！

8 『ヒートアップ』

(幻冬舎) 単 2012.9/ 文 2014.8

人物相関図

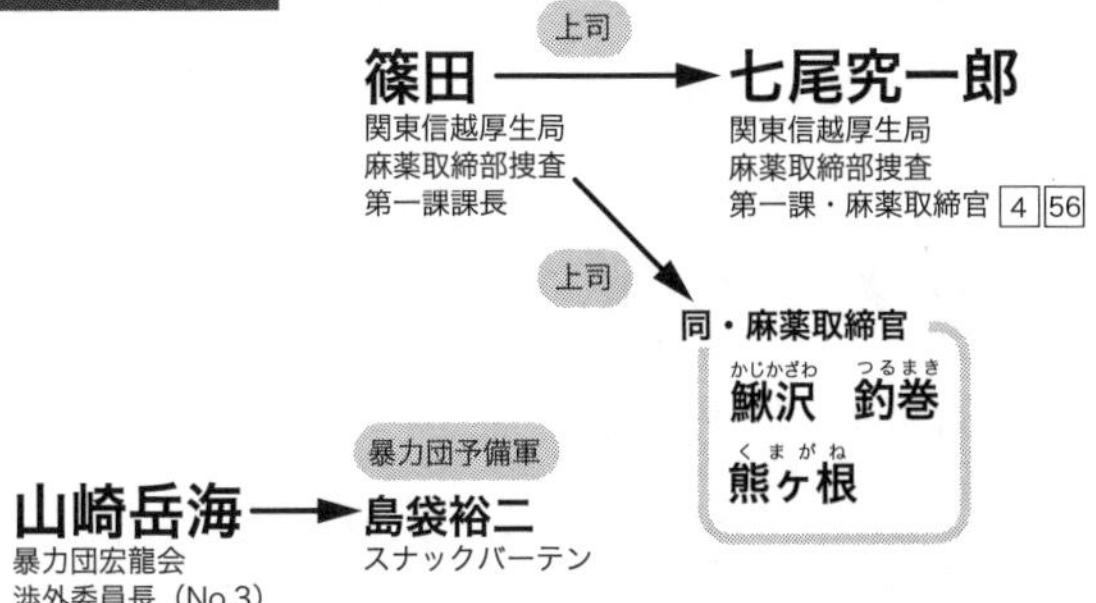

◆あらすじ◆

『魔女は甦る』の事件から二ヵ月後。製薬会社が兵士用に開発したドラッグ〝ヒート〟はいまだに根絶できず、それが原因の凄惨な抗争事件が頻発。その売人を追う麻薬取締官・七尾究一郎は、暴力団幹部・山崎から共闘を持ちかけられる。売人確保のため、やむなく山崎とコンビを組んだ七尾だが、殺人事件に使われた鉄パイプから指紋が検出され、容疑者に……。七尾はこの窮地から脱出して、殺人容疑を晴らせるのか？

『スタート！』

(光文社) 単 2012.11/ 文 2015.2

人物相関図

大森宗俊（そうしゅん）＝**眞澄**（ますみ）
伝説的映画監督

五社和夫（ごしゃ）＝**さつき**
映画プロデューサー／TVプロデューサー

小森千寿（こもりせんじゅ）
キャメラマン

吉崎徹（とおる）
助監督

宮藤映一（くどう）
助監督

兄弟

宮藤賢次
警視庁捜査一課刑事 26 28 37 46 52

六車圭輔（むぐるま）
脚本家

竹脇裕也
アイドル出身の俳優

曽根雅人（そね） 24
帝都テレビのプロデューサー

山下マキ
女優

姉妹

山下麻衣
マキのマネージャー

宮里 1 37
TVレポーター

宝来兼人 6 9 13 17 26 54
弁護士

◆あらすじ◆

伝説の映画監督・大森宗俊が新作『災厄の季節』を撮る！　巨匠のもとに映画のスペシャリストが結集するも、横槍を入れまくるスポンサー筋のプロデューサー、脚本に難癖をつける外部団体など、難題が山積み。助監督としてスタッフをまとめる宮藤映一が頭を抱える中、スタジオでは予期せぬ事故が発生！　暗雲たちこめる状況で、映画は完成にこぎつけられるのか？　映画への情熱がほとばしる一気読みミステリー！

10『いつまでもショパン』

(宝島社) 単 2013.1/ 文 2014.1

人物相関図

ヴィトルド・ステファンス
ワルシャワ音楽院教授
→（息子）→ **ヤン**
ショパン・コンクール出場者

↕（元同僚）

アダム・カミンスキ
ワルシャワ音楽院学長

アントニー・ヴァインベルク
ポーランド国家警察 主任警部
↓（元部下）
スタニスワフ・ピオトル
ポーランド国家警察 刑事

ショパン・コンクール出場者
- **岬洋介** ピアニスト
- **榊場隆平**（さかきば） 盲目の日本人ピアニスト
- **エドワード・オルソン** アメリカ人ピアニスト
- **エリアーヌ・モロー** フランス人ピアニスト

◆あらすじ◆

ポーランドの国際的イベント、ショパン・コンクール。しかし、コンクール会場で両手の指を切り落とされた刑事の死体が発見され、会場周辺ではテロが頻発。世界的テロリスト・通称〝ピアニスト〟がワルシャワに潜伏しているらしい。コンクールに出場するためやってきた岬洋介は、否応なしにその混乱のなかに巻き込まれていく……。岬洋介の鋭い洞察力が冴えわたる、人気の音楽ミステリーシリーズ！

11『切り裂きジャックの告白』

（KADOKAWA）単 2013.4/ 文 2014.12

人物相関図

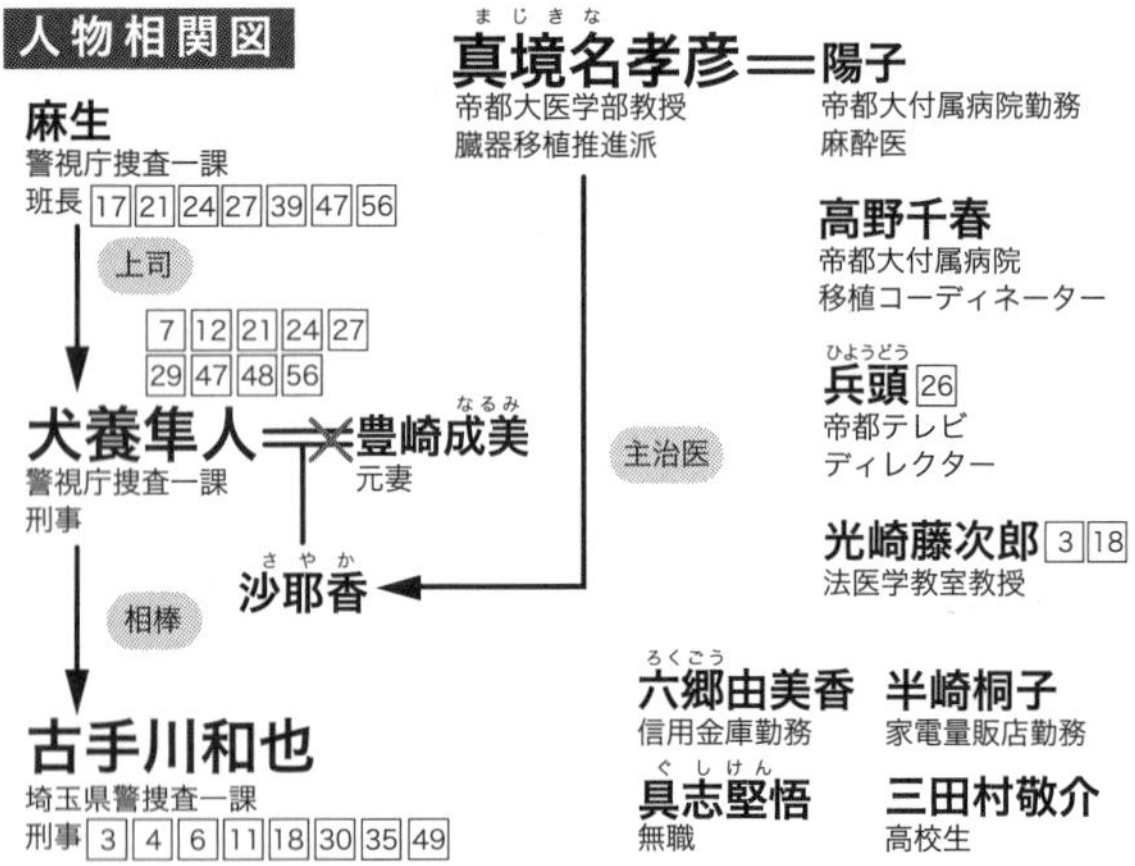

真境名孝彦（まじきな）
帝都大医学部教授
臓器移植推進派
＝ **陽子**
帝都大付属病院勤務
麻酔医

麻生
警視庁捜査一課
班長 17 21 24 27 39 47 56

↓ 上司

7 12 21 24 27 29 47 48 56

犬養隼人
警視庁捜査一課
刑事
＝×＝ **豊崎成美**（なるみ）
元妻

沙耶香（さやか）
← 主治医（真境名孝彦）

↓ 相棒

古手川和也
埼玉県警捜査一課
刑事 3 4 6 11 18 30 35 49

高野千春
帝都大付属病院
移植コーディネーター

兵頭（ひょうどう） 26
帝都テレビ
ディレクター

光崎藤次郎 3 18
法医学教室教授

六郷由美香（ろくごう）
信用金庫勤務

半崎桐子
家電量販店勤務

具志堅悟（ぐしけん）
無職

三田村敬介
高校生

◆あらすじ◆

公園で見つかったのは、臓器をすべてくりぬかれた若い女性の死体だった！　テレビ局には〝ジャック〟と名乗る犯人から声明文が送りつけられ、その直後、今度は川越でOLが同じ手口で殺害された。被害者二人には接点が見当たらない。怨恨か、無差別殺人か。警視庁捜査一課のエース犬養刑事が捜査を進めると、被害者の共通点としてある人物の名前が浮上。ジャックと警察の息もつかせぬ熾烈な攻防がはじまる！

12『七色の毒』

(KADOKAWA) 単 2013.7/ 文 2015.1

人物相関図

高瀬昭文
バス会社の運行管理係

小平真治
バス運転手

多々良淳造(たたら)
バスの乗客

犬養隼人
警視庁捜査一課刑事

豊崎成美
元妻

沙耶香

帆村亮(はんむら)
釣具店経営

篠島タク(しのじま)＝香澄
元ロック歌手
作家

日沢中学校
2年A組生徒
東良春樹(ひがしら)
保富雅也(ほどみ)
影山健斗

交際

嵐馬シュウト(あらしま)
新人賞応募者

本橋恵美

佐田啓造(さだ)＝祥子(さちこ)
グラウンド近くの民家の住人

桑島翔
女装癖の小学生

樫山有希(かしやまゆき)
バス事故の被害者

小栗拓真(おぐり)
中学生
サッカー部

黒沢公人
ホームレス

◆あらすじ◆

高速バスの自損事故。死者一名、重軽傷者八名の大惨事で、バス運転手が逮捕される。居眠り運転による事故かと思われたが、警視庁捜査一課の犬養刑事は不審を抱く……「赤い水」から、いじめによる男子中学生の飛び降り自殺の思いがけぬ真相「黒いハト」、新人賞受賞作家を殺したのは誰か？「白い原稿」など、七色のタイトルさながらに、人間の悪意を変幻自在に描きだし、最後にあっといわせるミステリー連作！

13『追憶の夜想曲(ノクターン)』

(講談社) 単 2013.11/ 文 2016.3

人物相関図

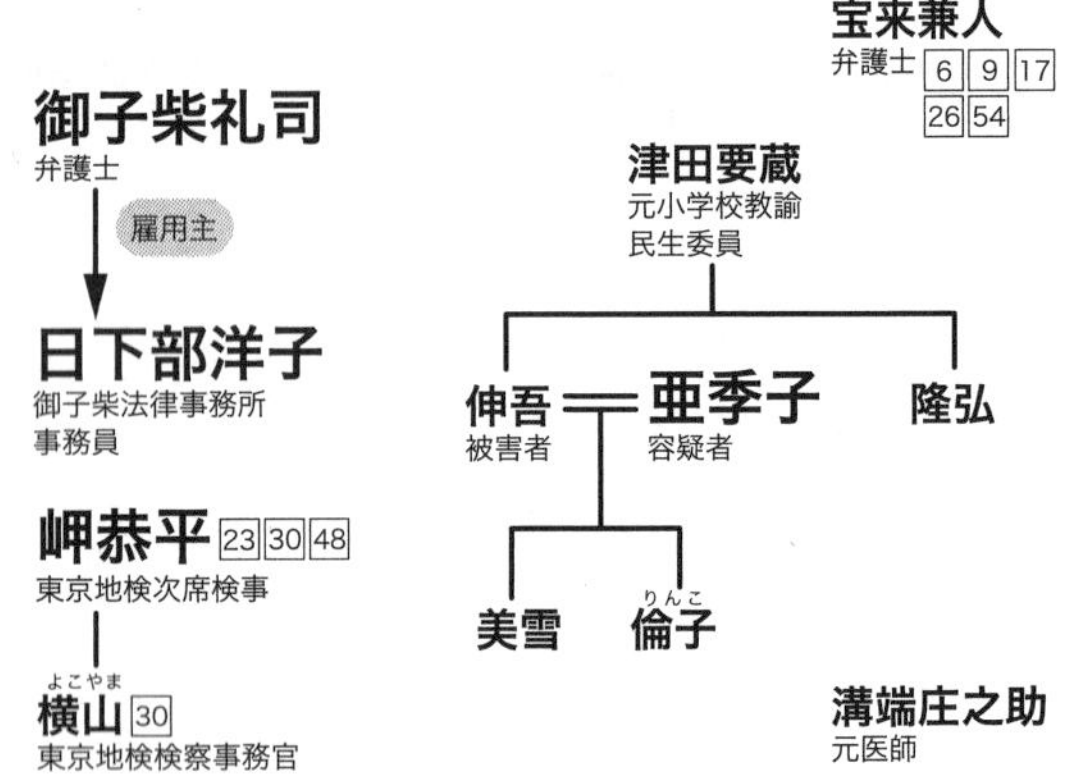

◆あらすじ◆

『贖罪の奏鳴曲(ソナタ)』の事件から三ヵ月後。怪我で入院していた、あの悪評高い御子柴弁護士が帰ってきた！　依頼人に高額報酬を要求する御子柴だが、夫殺しの容疑で懲役十六年の判決を受けた主婦の弁護を突如、希望する。状況証拠も確実なら、容疑者も全面自供している事案になぜ御子柴はこだわるのか？対する検事は因縁の相手、岬恭平。第一審、第二審と審理が進むにつれ、徐々に明らかになってくる驚愕の真実とは？

14『アポロンの嘲笑』

(集英社) 単 2014.9/ 文 2017.11

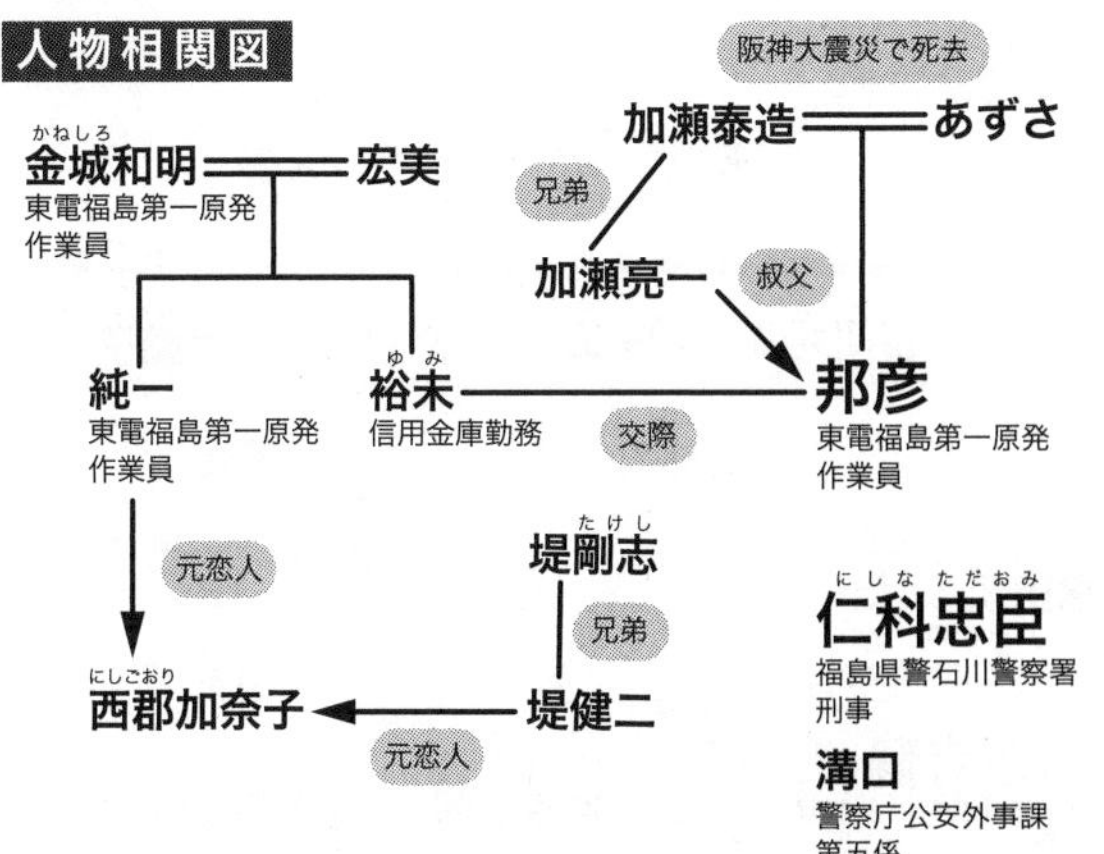

◆あらすじ◆

管内に殺人事件発生！　東日本大震災から五日目、いまだ混乱がおさまらないなか、所轄の刑事・仁科は被疑者の引き取りに赴く。被害者、被疑者ともに東電福島第一原発の作業員で、ことは単純な刃傷沙汰と思われたが、余震のさなか、被疑者に逃げられてしまう。必死に行方を捜す仁科だったが……阪神と東日本、記憶に残る二つの大震災に翻弄されながら矜持を失わない逃亡者を、パワフルに描く壮絶な人間ドラマ！

15『テミスの剣』

（文藝春秋）単 2014.10/ 文 2017.3

人物相関図

（昭和 59 年～平成 24 年）

鳴海健児（なるみ）
埼玉県警浦和署強行犯係
→退職

渡瀬
埼玉県警浦和署強行犯係
→埼玉県警捜査一課刑事

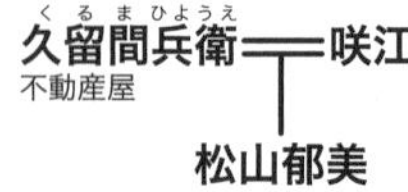

高嶋恭司
貿易商

艶子（つやこ）

芳樹

楠木辰也

郁子

明大（あきひろ）

恩田嗣彦（つぐひこ）
東京高検検事
→さいたま地検検事正

高遠寺静 7 38 40 53
東京高等裁判所 裁判官
→退官

迫水二郎（さこみず）
元鍵屋

尾上善二 3 6 30 54
埼玉日報社会部記者

◆あらすじ◆

豪雨の夜、不動産屋夫婦が殺された。警察の強引な取り調べで自白した青年は死刑判決を受け、拘置所内で自殺を遂げた。だが五年後、刑事・渡瀬は真犯人がいたことを知る。隠蔽をはかる警察組織の妨害のなか、渡瀬は孤立無援の戦いを強いられる……昭和から平成にかけて、その後『連続殺人鬼カエル男』で凄味を見せる、刑事・渡瀬の若き日から描き起こし、警察組織と司法の闇を鋭い筆致で抉り出す驚愕のミステリー！

16『月光のスティグマ』

（新潮社）単 2014.12/ 文 2017.7

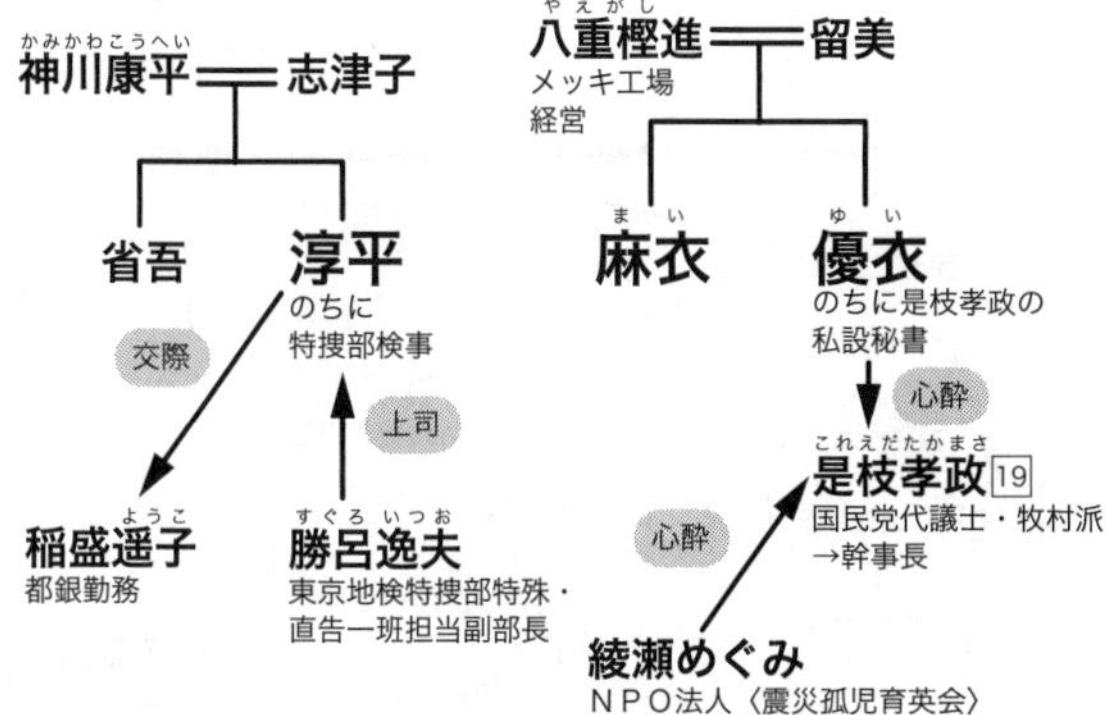

◆あらすじ◆

幼馴染で美人の一卵性双生児、優衣と麻衣。僕たちはいつも三人で一つだった。あの夜、どちらかが僕の兄を殺すまでは——十五年後、特捜検事となった淳平は、国会議員の資金状況を探るなかで優衣と再会する。彼女は捜査対象の国会議員の私設秘書になっていたのだ。おたがいに騙し、騙されながら、異国の地でたどりついた真実とは……。二つの大震災を経て、運命に導かれるままに再会した二人の激愛サスペンス！

17『嗤(わら)う淑女』

（実業之日本社）単 2015.1/ 文 2017.12

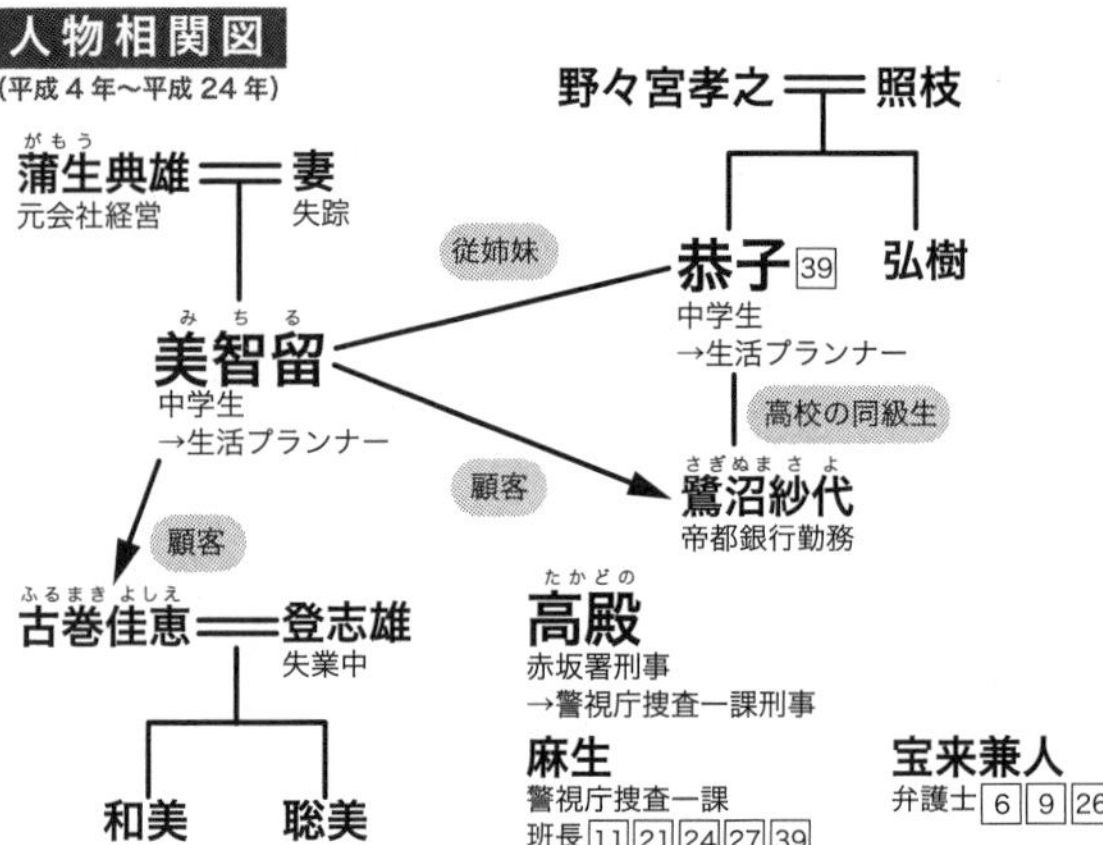

◆あらすじ◆

野々宮恭子のクラスに、従姉妹の蒲生美智留が転校してきたのは中一の秋だった。ある事件がきっかけで恭子は、美貌の美智留に心酔していく。時を経て、二十七歳になった美智留は「生活プランナー」を名乗り、恭子をアシスタントにコンサルタント業を行なっていた。経済的な困難をかかえる顧客に美智留は「あなたは悪くない」と解決法を示唆するが……。奇才が描くノンストップ・ダークヒロイン・ミステリー。

18『ヒポクラテスの誓い』

（祥伝社）単 2015.5/ 文 2016.6

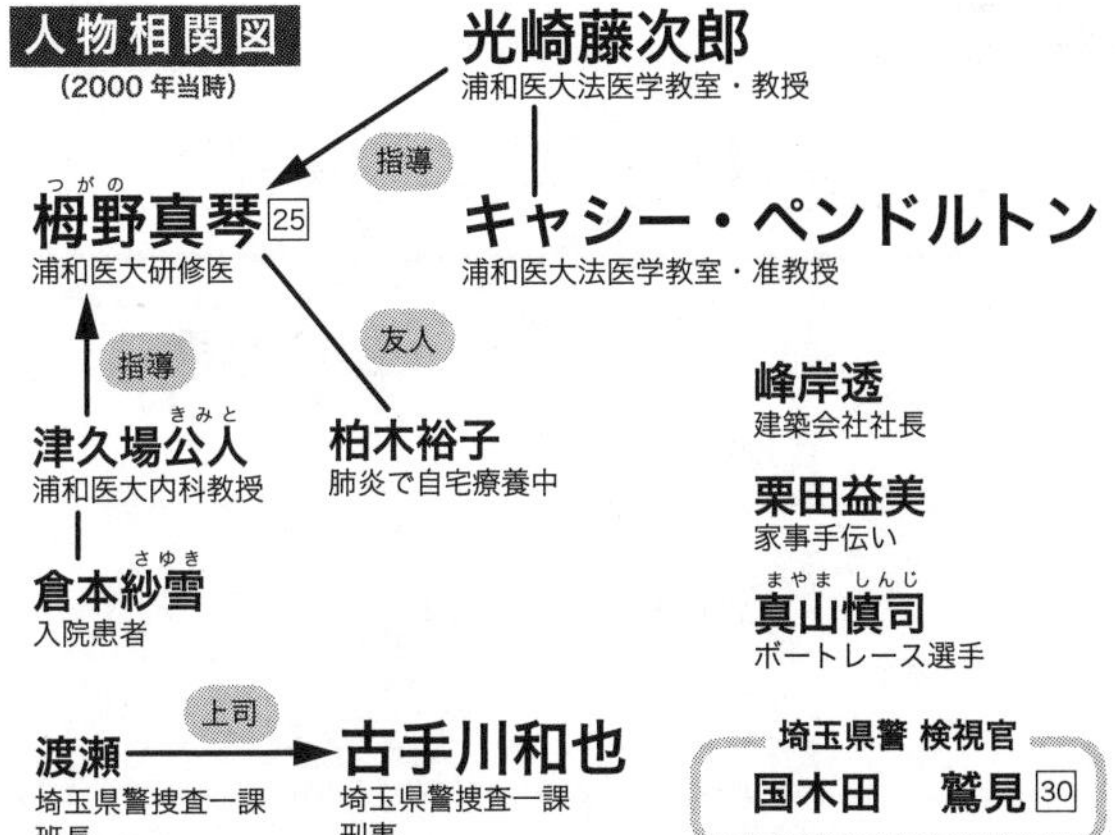

◆あらすじ◆

単位がたりないばかりに、法医学教室で研修することになった研修医・栂野真琴。法医学教室の光崎教授は、傲岸不遜ながら、解剖の腕と死因を突き止めることにかけては超一流。その信念に触れた真琴は次第に法医学にのめりこんでいく。彼が関心を抱く遺体には敗血症や気管支炎といった既往症が必ずあった。「管轄内で既往症のある遺体が出たら教えろ」という。なぜそこにこだわるのか――迫真の法医学ミステリー。

19『総理にされた男』

（ＮＨＫ出版）単 2015.8/（宝島社）文 2018.12

人物相関図

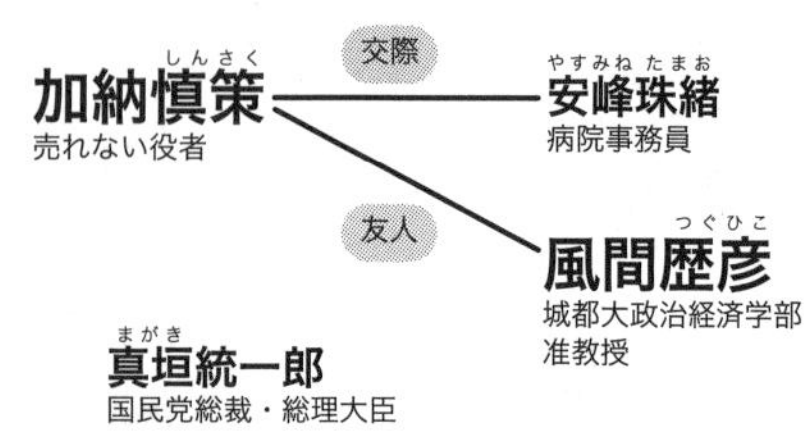

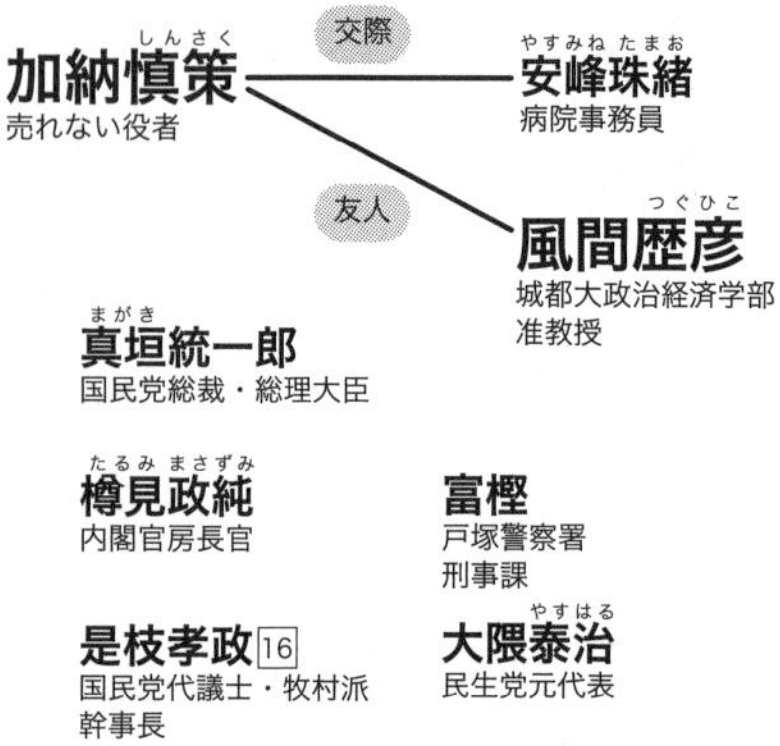

真垣統一郎（まがき）
国民党総裁・総理大臣

樽見政純（たるみ まさずみ）
内閣官房長官

富樫
戸塚警察署
刑事課

是枝孝政 16
国民党代議士・牧村派
幹事長

大隈泰治（やすはる）
民生党元代表

◆あらすじ◆

「しばらく総理の替え玉をやってくれ」――総理そっくりの容姿に目をつけられ、俺は官房長官に引っさらわれた。病気で意識不明の総理の代理だというが、政治知識なんて俺はかけらも持ってない。突如総理にされた売れない役者・加納に次々と襲いかかる、野党と官僚の対決に、海外で起こる史上最悪の事件！　怒濤の展開で政治経済外交に至る日本の論点が一気にわかる、痛快エンターテインメント小説！

『闘う君の唄を』

(朝日新聞出版) 単 2015.10/ 文 2018.8

人物相関図

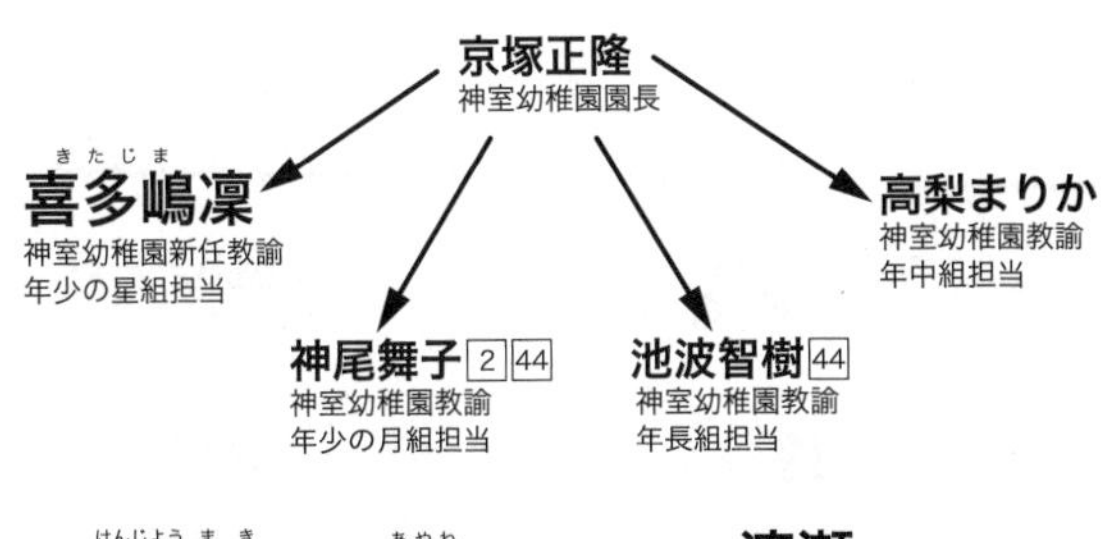

見城真希(けんじょうまき)——絢音(あやね)
神室幼稚園
保護者会会長
次女

渡瀬
埼玉県警捜査一課
刑事 4 6 25 30 35 48 49

◆あらすじ◆

埼玉県の片田舎、神室(かむろ)町の幼稚園に新任教諭として赴任した喜多嶋凜。正義感が強く、曲がったことの嫌いな彼女は、初日からモンスターペアレンツとぶつかってしまう。神室幼稚園では、十六年前に起こった不幸な事件が原因で、保護者会の力が強く、園の方針に口出しし、決定事項を変更させることもしばしば。凜は自らの理想を貫き、少しずつ周囲から認められていくが……驚愕の展開に一気読み必至のミステリー！

21『ハーメルンの誘拐魔』

（KADOKAWA）単2016.1/文2017.11

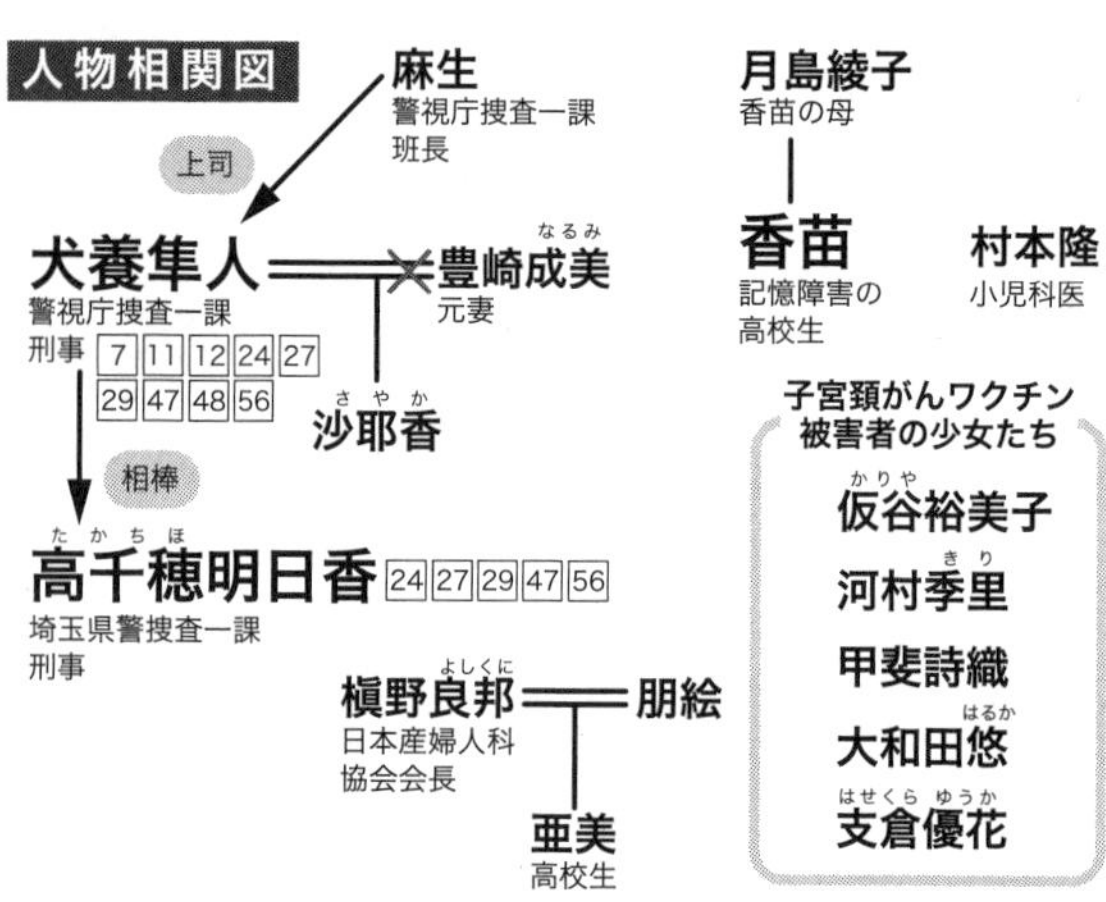

◆あらすじ◆

子宮頸がんワクチンの副反応で記憶障害を負った少女が街中で忽然と姿を消した。現場に残されていたのは「ハーメルンの笛吹き男」の絵葉書のみ。その後、今度は子宮頸がんワクチン接種を推進してきた日本産婦人科協会会長の娘が行方不明に。ワクチン被害者の少女たち五人も姿を消し、「笛吹き男」から計七十億円の身代金の要求が警察に届く。少女たちの命と警察の威信をかけ、犬養刑事は事件に立ち向かう！

22 『恩讐の鎮魂曲（レクイエム）』

（講談社）単 2016.3/ 文 2018.4

人物相関図

御子柴礼司 弁護士 —取引先→ **山崎岳海** 7 8 22 32 48 暴力団宏龍会 渉外委員長（NO.3）

御子柴礼司 —雇用主→ **日下部洋子** 御子柴法律事務所 事務員

石動（いするぎ）恭子 稲見の元妻

特別養護老人ホーム伯楽園

- **稲見武雄** 6 34 入居者 関東医療少年院元教官
- **角田寛志（つのだひろし）** 施設長
- **後藤清次** 入居者
- **栃野（とちの）守** 介護士
- **小笠原栄** 入居者
- **前原譲（ゆずる）** 介護士

◆あらすじ◆

『追憶の夜想曲（ノクターン）』の裁判で幼女殺害の過去が暴かれた御子柴弁護士。企業の顧問弁護士契約を打ち切られ、事務所移転を余儀なくされる。そんなとき、老人ホームに入所していた少年院時代の元教官が介護士を殺害した容疑で逮捕され、御子柴は恩師の弁護を力ずくでもぎ取る。なんとか恩師の無実を勝ち取ろうとする御子柴だったが、恩師は自らを罰しようとするばかり。法廷で御子柴がとった驚愕の戦術とは？

23『どこかでベートーヴェン』

(宝島社) 単 2016.5/ 文 2017.5

人物相関図

13 30
岬恭平
岐阜御嵩区
検察庁検事

遥子
故人
元ピアニスト

洋介
岐阜県立加茂北高校
音楽科二年生

加茂北高校音楽科二年生

鷹村亮
ピアノ教師の息子

岩倉智生（ともき）
イワクラ建設社長の息子

鈴村春菜
町長の娘

葛野祥平（くずの）
学級委員

棚橋譲留（ゆずる）
加茂北高校
音楽科担任教師

◆あらすじ◆

加茂北高校音楽科に転校してきた岬洋介は、その卓越したピアノ演奏でクラスメートから羨望と妬みを集めていた。不穏な雰囲気が漂うなか、岬に暴力をふるっていたクラスメートの岩倉が他殺体で発見され、岬は殺人容疑をかけられてしまう。己れにかけられた嫌疑を晴らすため、岬は隣席の友人、鷹村とともに真相を探ろうとする……。『さよならドビュッシー』シリーズの岬洋介が高校生探偵として初めての事件に挑む！

『作家刑事毒島（ぶすじま）』

(幻冬舎) 単 2016.8/ 文 2018.10

人物相関図

◆あらすじ◆

殺人事件解決のアドバイスを仰ごうと神保町の仕事場を訪れた刑事・高千穂明日香を迎えたのは、元刑事にして現在は流行作家の毒島（ぶすじま）。捜査過程で浮かび上がってきたのは、わずか一作で巨匠と勘違いする新人賞作家、手段を選ばずヒット作を連発する編集者に、ストーカーまがいの読者、原作をないがしろにするTVプロデューサー。魑魅魍魎（ちみもうりょう）が跋扈（ばっこ）する出版業界を舞台に、あまりのリアルさで激震必至の本格ミステリー。

25 『ヒポクラテスの憂鬱（ゆううつ）』

（祥伝社）単 2016.9/ 文 2019.6

人物相関図

光崎藤次郎 浦和医大法医学教室・教授
→（指導）**栂野真琴** 浦和医大法医学教室・助教
｜（所属）**キャシー・ペンドルトン** 浦和医大法医学教室・准教授

若宮涼音 銀行勤務
｜（姉妹）**茜** 高校生

時枝夏帆（かほ） 不動産屋勤務
｜（姉弟）**継男（つぐお）** 中学生

佐倉亜由美 アイドル

比嘉美礼（みれい） 3歳児

黒野イエス 〈福音の世紀〉教祖

枚方重巳（ひらかたしげみ） 年金生活者

渡瀬 埼玉県警捜査一課 班長
→（上司）**古手川和也** 埼玉県警捜査一課 刑事

姫川雪絵 埼玉県警交通課 巡査部長

鷲見博之 埼玉県警検視官

◆あらすじ◆

〈コレクター（修正者）〉と名乗る人物からの埼玉県警ホームページへの書き込みが発端だった。普通死とされた遺体に事件性があるのではというのだ。アイドルの転落死に関するコレクターの書き込みは関係者しか知らない事実が含まれていて、埼玉県警古手川刑事は旧知の光崎教授の法医学教室に協力を依頼する。やがてコレクターの示唆どおり、自殺や病死の中から犯罪死が発見され、県警と法医学教室は大混乱に陥る！

26『セイレーンの懺悔』

（小学館）単 2016.11/ 文 2020.8

人物相関図

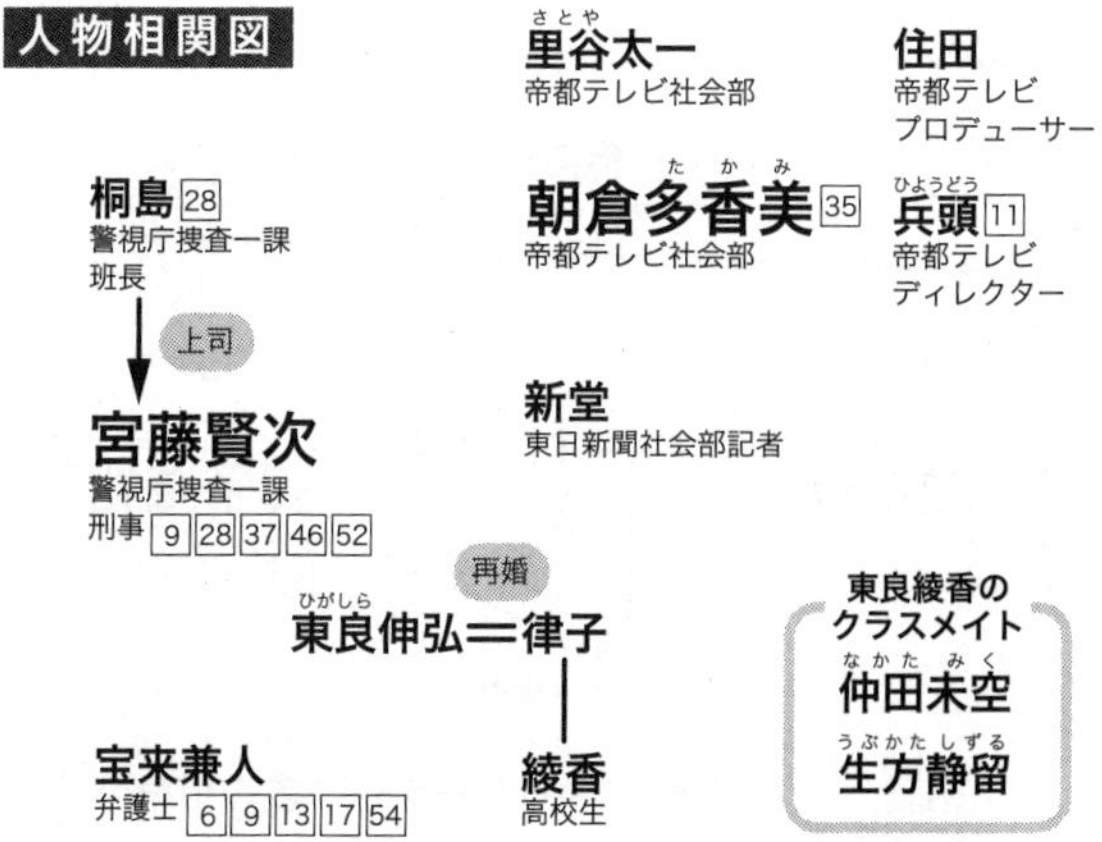

桐島 28
警視庁捜査一課
班長

↓ 上司

宮藤賢次
警視庁捜査一課
刑事 9 28 37 46 52

里谷太一
帝都テレビ社会部

住田
帝都テレビ
プロデューサー

朝倉多香美 35
帝都テレビ社会部

兵頭 11
帝都テレビ
ディレクター

新堂
東日新聞社会部記者

東良伸弘＝**律子**（再婚）

綾香
高校生

宝来兼人
弁護士 6 9 13 17 54

東良綾香のクラスメイト
仲田未空
生方静留

◆あらすじ◆

葛飾区で発生した女子高生誘拐事件。番組存続の危機にある帝都テレビ「アフタヌーンＪＡＰＡＮ」の里谷太一と朝倉多香美は、起死回生のスクープを狙う。警察を尾行した多香美が廃工場で目撃したのは、無惨にも顔を焼かれた被害者・東良綾香の遺体だった。綾香がいじめを受けていたという証言を得た多香美。主犯格と思われる少女は、六年前の小学生連続レイプ事件の犠牲者だった。二転三転する事件の真相は？

27 『翼がなくても』

（双葉社）単 2017.1/ 文 2019.12

人物相関図

犬養隼人 ―相棒― **高千穂明日香** ←上司― **麻生**

犬養隼人
警視庁捜査一課
刑事
7 11 12 21 24 29 47 48 56

高千穂明日香
警視庁捜査一課
刑事 21 24 29 47 56

麻生
警視庁捜査一課
班長
11 17 21 24 39

市ノ瀬沙良（さら）
西端化成陸上部に
所属する陸上選手

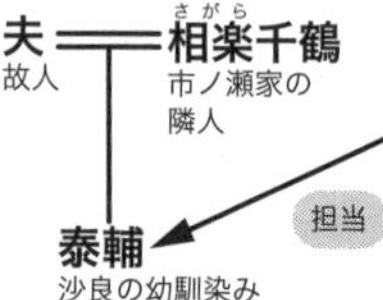

夫 ＝ **相楽千鶴**（さがら）
故人
市ノ瀬家の
隣人

御子柴礼司 ―担当→ **泰輔**
弁護士
6 13 22 34 35 48 54

泰輔
沙良の幼馴染み

柏葉（かしわば）
浅草署交通課

デビッド・カーター
義肢製作者

多岐川早苗
パラ陸上の短距離選手

◆あらすじ◆

実業団に所属し、陸上二〇〇メートル走でオリンピックを狙う沙良を悲劇が襲った。交通事故に巻きこまれ、左足を膝から切断、しかも加害者は隣家の幼馴染みの泰輔だった。アスリート生命を絶たれてしまった沙良は恨みを募らせる。そんな泰輔が殺害され、高額な保険金が支払われた。犯人は誰なのか？　また、絶望の底から再起を図る沙良の運命は？　どんでん返しの先に感涙のラストが待つ傑作長編ミステリー！

28『秋山善吉工務店』

（光文社）単 2017.3/ 文 2019.8

人物相関図

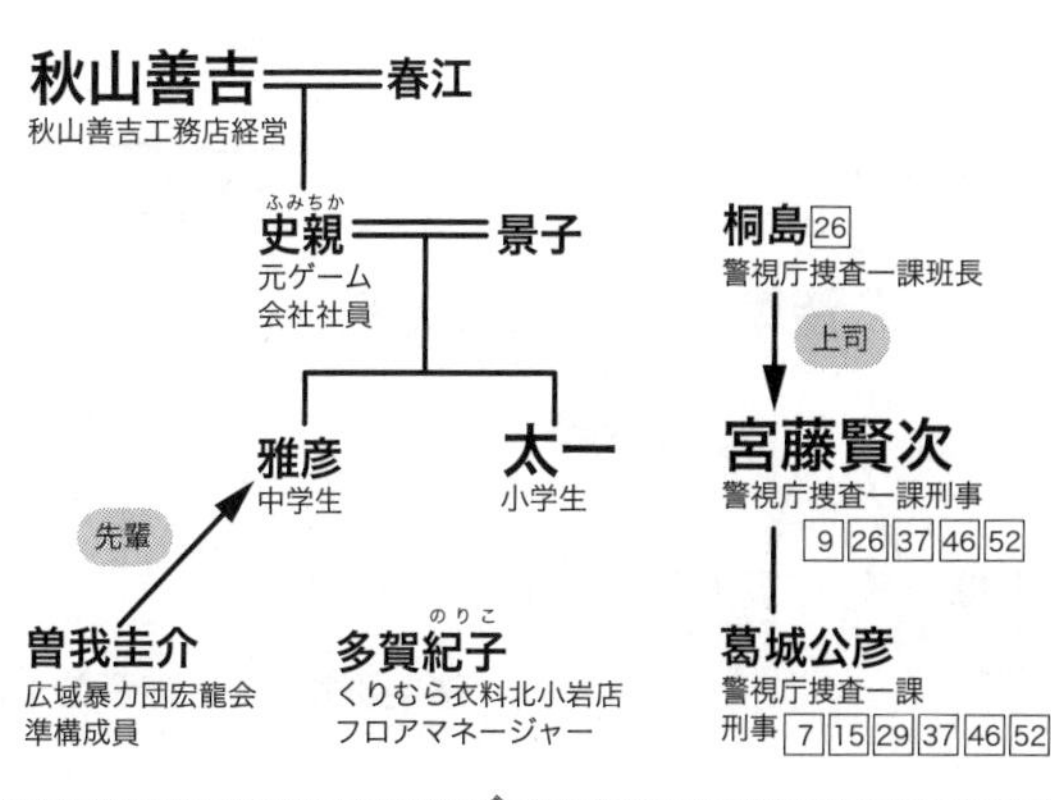

◆あらすじ◆

火災で家と主を失った秋山家。残された妻の景子は息子二人をともなって、亡き夫の実家「秋山善吉工務店」に身を寄せることに。なれない祖父母との暮らしは、それぞれの身にトラブルが降りかかり、災難続き。一方、警視庁捜査一課の宮藤は、秋山家の火災は放火だったのではないかと調べはじめ……一家のピンチを〝昔かたぎの職人〟で〝はっぴを着た不言実行〟、善吉爺ちゃんが救う！味わい深い人情ミステリー！

29『ドクター・デスの遺産』

（KADOKAWA）単2017.5/文2019.2

人物相関図

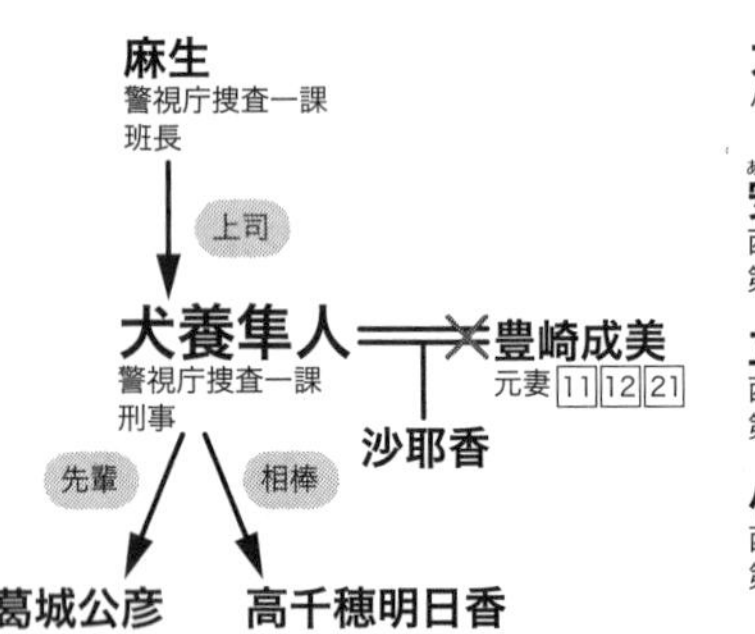

馬籠（まごめ）健一 ＝ 小枝子

大地
小学生

安城邦武（あんじょうくにたけ）
西端化成工場
第二プラント作業主任

立花志郎 3
西端化成工場
第二プラント作業員

小菅仁一
西端化成工場
第二プラント工区長

法条正宗（まさむね）
法条グループ総帥

雛森（ひなもり）めぐみ
元看護師

◆あらすじ◆

「悪いお医者さんにお父さんを殺された」――発端は警視庁通信指令センターにかかってきた少年からの通報だった。捜査一課の犬養刑事は、少年の母親がドクター・デスと名乗る人物が開設したHPにアクセスした事実を突き止める。二十万円で安楽死を約束するという医師はいったい何者なのか？　だが、サイトのアドレスから発信元はたどれず、警察の捜査を嘲笑うかのように、その後も続々と類似の事件が発生する！

30『ネメシスの使者』

（文藝春秋）単 2017.7/ 文 2020.2

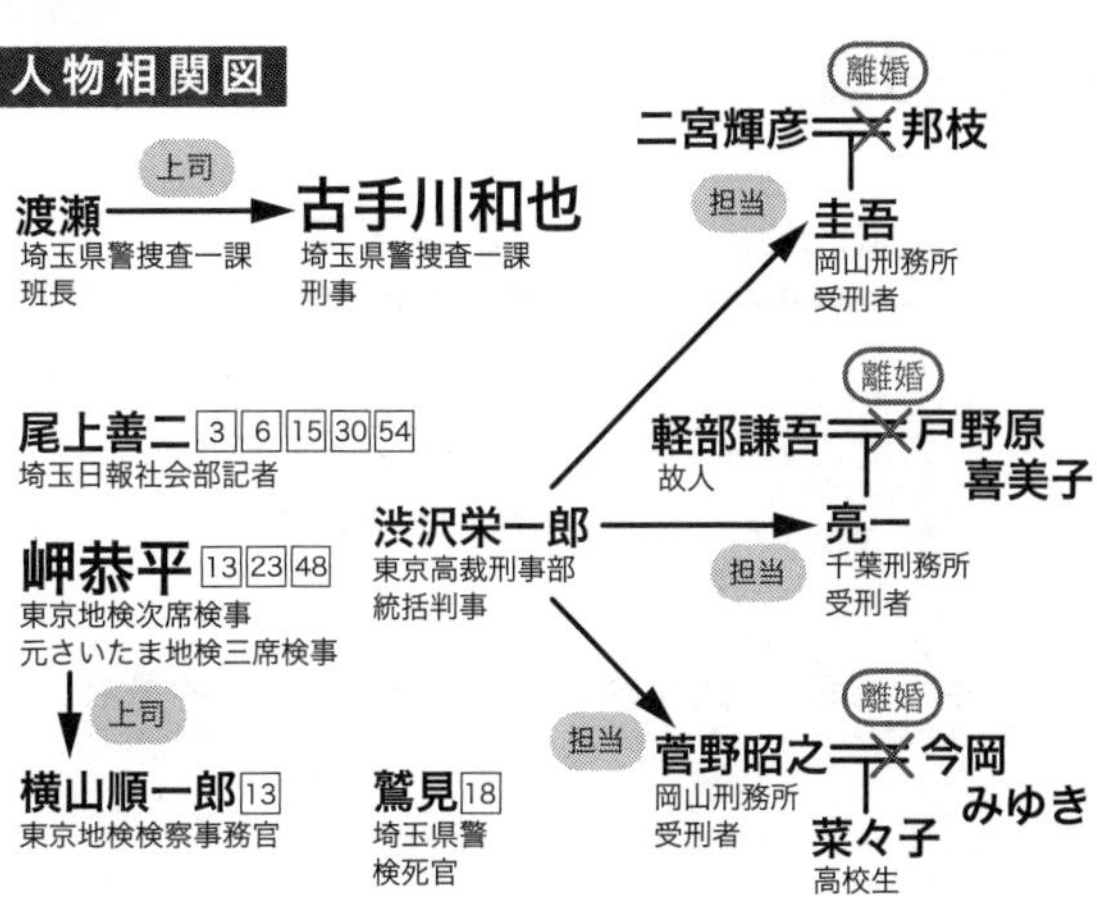

◆あらすじ◆

灼熱の熊谷で発生した女性殺害事件。犯行現場には「ネメシス」の血文字が残されていた。埼玉県警の渡瀬警部は、女性が、重大事件を起こしたものの死刑判決を免れた懲役囚の母親であることを知る。ギリシア神話に登場するネメシスは義憤の女神。犯人は被害者遺族の代弁者か、享楽殺人者か。その意図がつかめないまま、さらなる殺人事件が起こり、警察、ひいては司法制度そのものに対する怨嗟の声が拡がっていく！

31『ワルツを踊ろう』

(幻冬舎) 単 2017.9/ 文 2019.10

人物相関図

溝端了衛(みぞばた りようえ)
元外資系金融会社勤務

宮條貢平 4
警視庁生活安全局

大黒豪紀(だいこく ひでのり) ═ 多喜
西多摩郡依田村
竜川地区地区長

雀野善兵衛(じゃくの) ═ 雅美
西多摩郡依田村
竜川地区副地区長

野木元雅幸(のぎもと)
竜川地区住民

久間達蔵(きゆうま)
竜川地区住民
元村役場勤務

多々良万作(たたら まんさく)
竜川地区住民

能見求(のうみ もとむ)
竜川地区住民

◆あらすじ◆

リストラ、そして父の死。溝端了衛は中学卒業後ずっと疎遠だった故郷に戻ってきたものの、限界集落となりはてた村には彼のいる場所はなかった。閉鎖的な村人となんとかコミュニケーションを築き、荒廃した村を立て直そうとするも、彼の試みはことごとく挫折。そうこうするうちに、身辺に次々と不審な出来事が起こりはじめる……〈美しく青きドナウ〉の調べにのせて描かれるのは、史上最大のどんでん返しか⁉

32『逃亡刑事』

（ＰＨＰ研究所）単 2017.11/ 文 2020.7

人物相関図

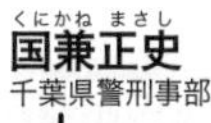

国兼正史（くにかね まさし）
千葉県警刑事部部長

上司 ↓

高頭冴子（たかとう）
千葉県警捜査一課
一班班長

部下 ↑

郡山（こおりやま）
千葉県警捜査一課
一班・刑事

7 8 22 48

山崎岳海
暴力団宏龍会
渉外委員長（No.3）

御堂猛（みどう）
養護施設入所中の
小学生

鯖江昭文（さばえ）
宏龍会構成員

越田（こしだ）
千葉県警本部長

玄葉昭一郎（げんば）
千葉県警組織犯罪対策部
薬物銃器対策課課長

部下 ↑

生田忠幸（ただゆき）
千葉県警組織犯罪対策部
薬物銃器対策課所属

◆あらすじ◆

千葉県警の警察官が殺された。捜査をまかされたのは、県警捜査一課でも群を抜く検挙率を誇る、通称〈アマゾネス〉の高頭冴子警部。事件の目撃者で八歳の少年・御堂猛から話を聞いた彼女は仰天した。猛が犯人だと示した相手は、とんでもない人物だったのだ！　千葉県警が崩壊しかねない事実を知った高頭警部に殺人事件の濡れ衣が着せられる。目撃者の少年を連れて逃げ出した彼女に、はたして逆転の目はあるのか？

33『護られなかった者たちへ』

（NHK出版）単 2018.1/（宝島社）文 2021.7

人物相関図

三雲忠勝（みくもただかつ）
仙台市青葉区
福祉保健事務所課長

上崎岳大（かみざきたけひろ）
元塩釜福祉保健事務所所長

城之内猛留（たける）
宮城県議会議員

笘篠誠一郎（とましの）55
宮城県警捜査一課
刑事

利根勝久（とねかつひさ）←→ **カンちゃん**
出所者　　　弟分

友人

蓮田（はすだ）55
宮城県警捜査一課
刑事

五代良則（ごだいよしのり）55
調査会社
〈エンパイア・リサーチ〉代表

◆あらすじ◆

宮城県警の笘篠刑事は困惑していた。手足の自由を奪われ、餓死状態で発見された福祉保健事務所課長の三雲——公私ともに人格者として知られ、怨恨が理由の殺害とは考えにくい。金品も奪われておらず、捜査は暗礁に乗り上げる。一方、三雲の死体発見からさかのぼること数日前、一人の模範囚が刑務所から出所していた。男には、ある確固とした目的があった……日本の福祉行政の闇を穿（うが）つ、せつなすぎる真実！

34『悪徳の輪舞曲(ロンド)』

(講談社) 単 2018.3/ 文 2019.11

人物相関図

御子柴礼司
弁護士

雇用主 ↓

日下部洋子
御子柴法律事務所
事務員

郁美(いくみ)——**成沢拓馬(なるさわ)**——**佐希子**
郁美：御子柴の母／成沢拓馬の後妻
成沢拓馬：資産家
佐希子：前妻／故人

園部謙造
御子柴の父
故人

槙野春生(はるお)
東京地方検察庁・検事

薦田梓(こもだ あずさ)
御子柴の妹

氏家京太郎 48
民間鑑定センター
所長

稲見武雄 6 12
八王子医療刑務所受刑者
関東医療少年院元教官

◆あらすじ◆

『恩讐の鎮魂曲(レクイエム)』から二年。十四歳で幼女殺人を犯した御子柴弁護士。家族と縁を切っていた彼のもとに、妹・梓が三十年ぶりに訪れ、母・郁美の弁護を依頼する。郁美は再婚した夫を自殺に見せかけて殺害した容疑で逮捕されたのだという。接見した御子柴に郁美は容疑を否認。しかし、証拠はことごとく郁美に不利だった。名を変え、過去を捨てた御子柴に、肉親との絆が執拗にからみつく。はたして母も殺人者なのか？

35『連続殺人鬼カエル男ふたたび』

（宝島社）単 2018.5/ 文 2019.4

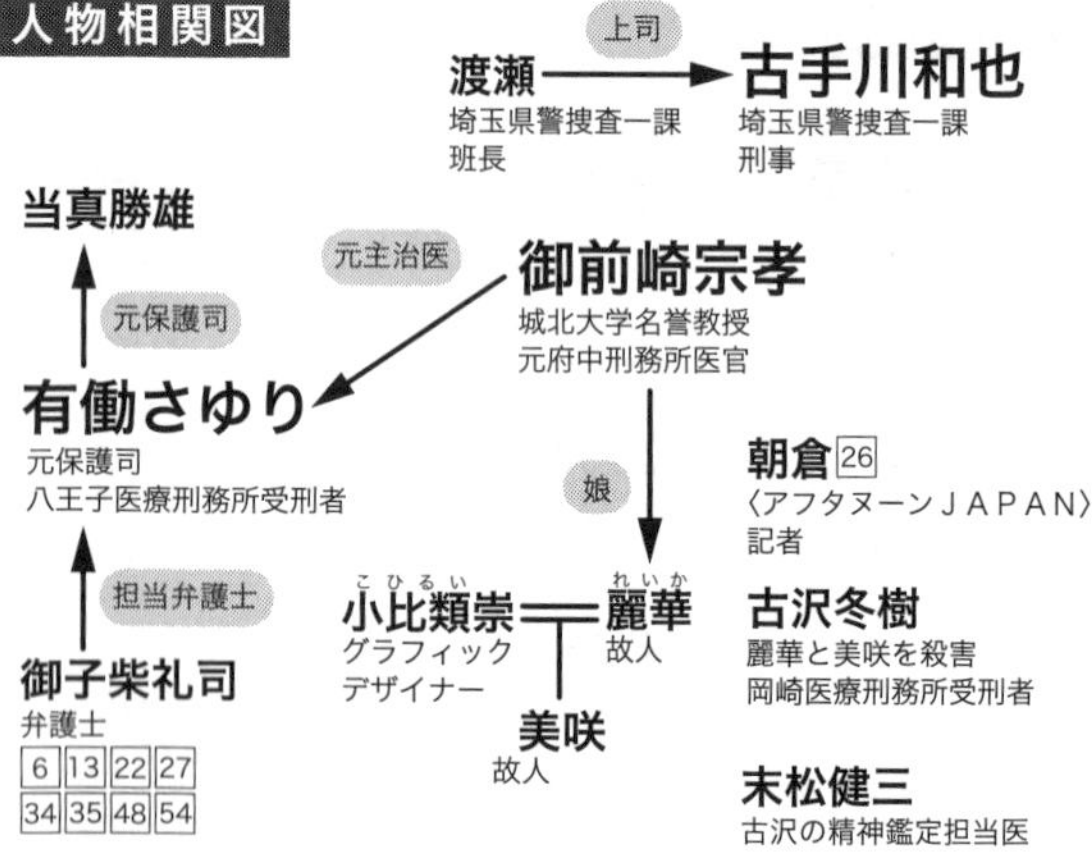

◆あらすじ◆

凄惨な殺害方法と稚拙な犯行声明文で街中を震撼させた〝カエル男連続猟奇殺人事件〟から十ヵ月。事件関係者の精神科医・御前崎宗孝の自宅が爆破され、その跡から炭化した死体と前回と同様の犯行声明文が見つかる。カエル男・当真勝雄の報復か？　協力要請がかかった埼玉県警の渡瀬&古手川コンビは現場に向かうが、彼らをあざ笑うかのように殺人事件は続き、犯行声明文が残される。カエル男はどこにいるのか？

36『能面検事』

（光文社）単 2018.7/ 文 2020.12

人物相関図

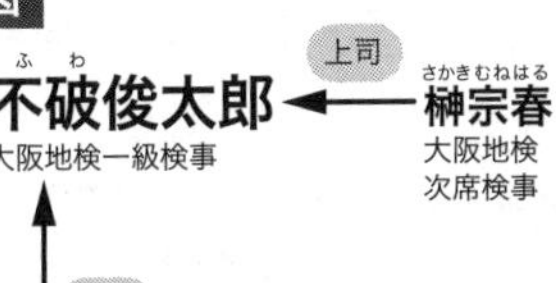

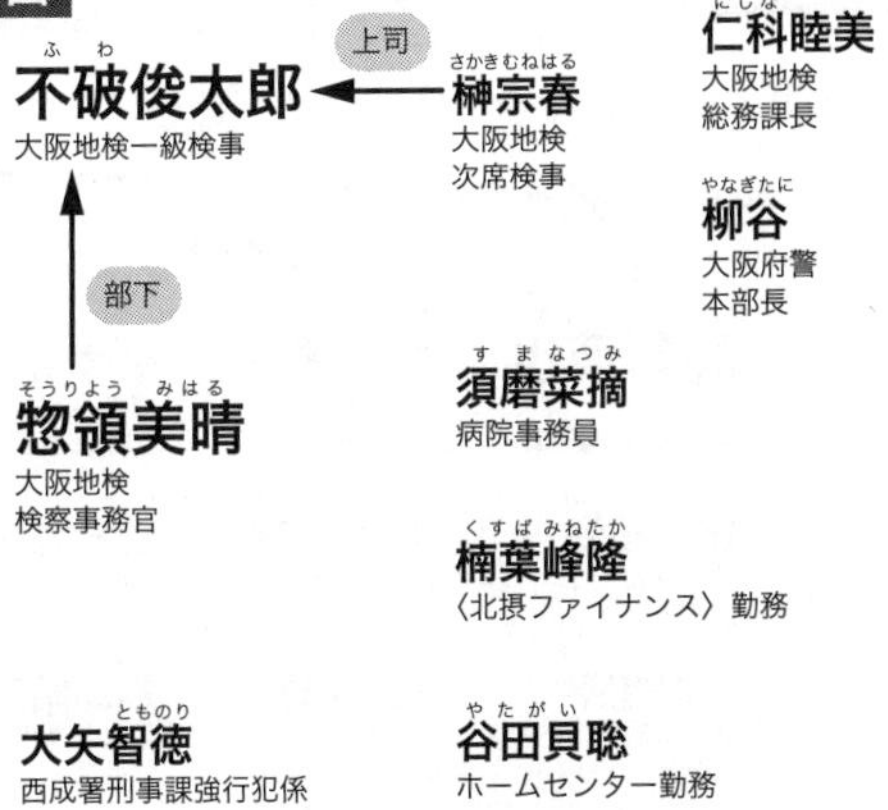

仁科睦美（にしな）
大阪地検
総務課長

柳谷（やなぎたに）
大阪府警
本部長

部下

惣領美晴（そうりよう みはる）
大阪地検
検察事務官

須磨菜摘（すまなつみ）
病院事務員

楠葉峰隆（くすばみねたか）
〈北摂ファイナンス〉勤務

大矢智徳（とものり）
西成署刑事課強行犯係

谷田貝聡（やたがい）
ホームセンター勤務

◆あらすじ◆

大阪地検の不破俊太郎検事は、どんな圧力にも屈せず、表情を変えないために、ついたあだ名が〈能面検事〉。新米検察事務官の惣領美晴とともに、男女が殺害された西成ストーカー殺人事件を自らの流儀に則って調べを進めるなか、容疑者のアリバイが証明され、捜査資料の一部が紛失していることが発覚。やがて事態は大阪府警全体を揺るがす一大スキャンダルに発展！　孤立上等、完全無欠の司法マシンが暴く闇とは？

37『TAS特別師弟捜査員』

（集英社）単 2018.9/ 文 2021.4

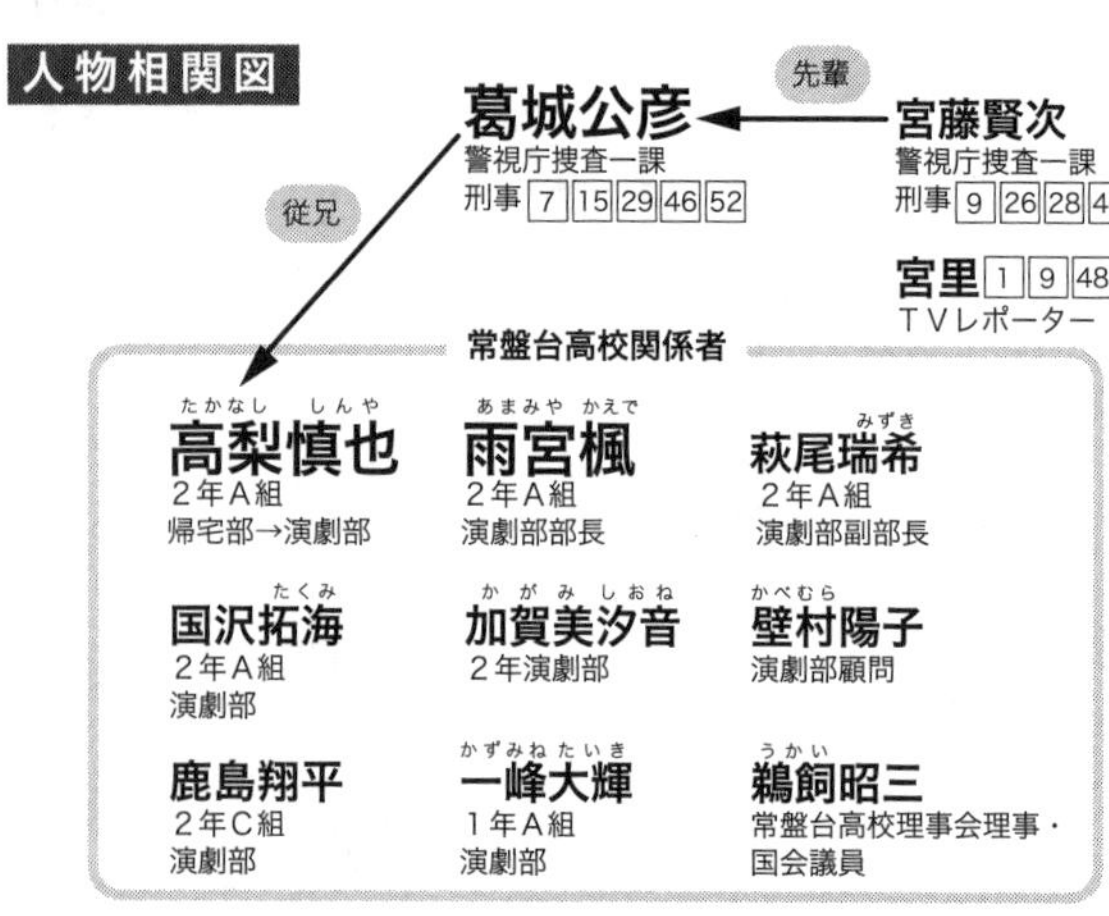

◆あらすじ◆

演劇部の部長で学園一の美少女・雨宮楓が校舎の三階から転落死した！ 事故か自殺か、それとも事件か？ 学校じゅうが騒然となるなか、楓のクラスメイトの高梨慎也は従兄で警視庁捜査一課の葛城公彦から捜査に協力してほしいと要請される。楓の遺体から麻薬成分が発見されたのだ。慎也は演劇部に入部、公彦は教育実習生として高校に派遣されることに……かくしてここに、従兄弟同士の潜入捜査がはじまる！

38『静おばあちゃんと要介護探偵』

（文藝春秋）単 2018.11/ 文 2021.2

人物相関図

高遠寺静 7 15 53
元裁判官
名古屋法科大学客員教授

香月玄太郎 香月地所社長 5 53
← 介護 ― **綴喜みち子** 介護士 1 5

香月遥 1

片桐ルシア 1

櫛尾奈津彦（くしお なつひこ）
彫刻家

小酒井到
投資アドバイザー

清水美千代
静の女学校時代の同級生

金村春夫（かねむら）
〈愛知ワークステーション〉社長

神楽坂美代
玄太郎の幼馴染 5
↑ 次男
正親
千種署
生活安全課

丸亀昭三
町内会元会長
↑ 長男
国彦
貸コンテナ業

◆あらすじ◆

『さよならドビュッシー』でおなじみの香月玄太郎じいさん。車椅子の身ながら、精力的に動き回る玄太郎と組むのは、『静おばあちゃんにおまかせ』の元裁判官の高遠寺静。たまたま静の講演会に参加した玄太郎は巨大オブジェの爆発に巻き込まれ、二人でその謎を解決することに……「走り出したら止まらない」玄太郎に「情念よりも論理」の静。この老々コンビが介護、投資詐欺、外国人労働者といった五つの難事件に挑む！

39『ふたたび嗤う淑女』

（実業之日本社）単 2019.1

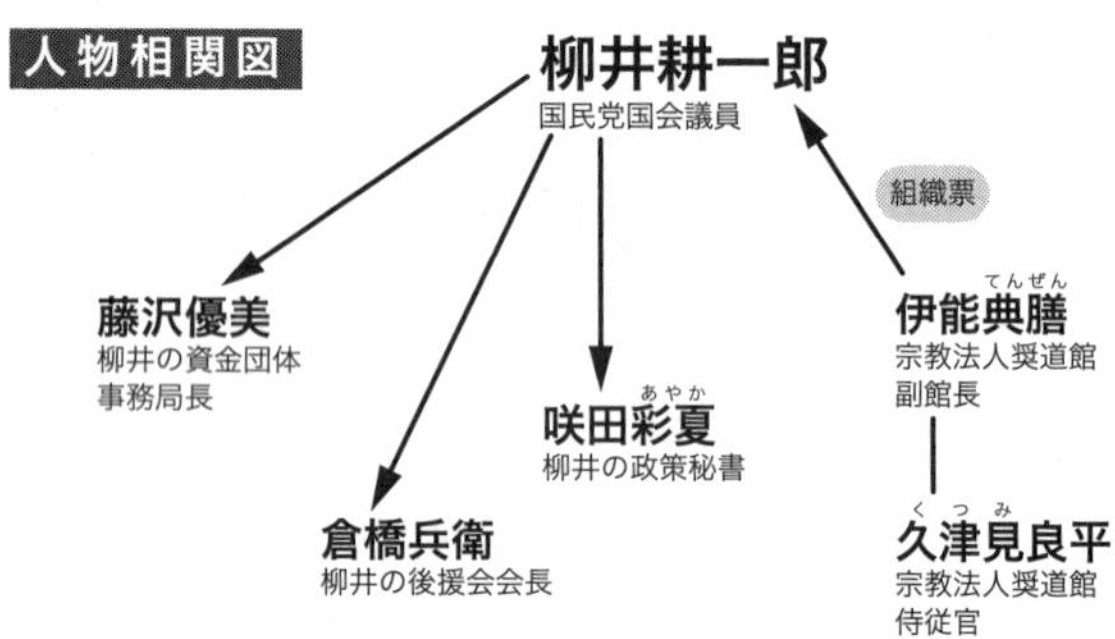

◆あらすじ◆

類いまれな話術で唆し、餌食となった者の人生を狂わせる「蒲生美智留」が世間を震撼させた凶悪事件から三年。「野々宮恭子」と名乗る美貌の投資アドバイザーが現れた。国会議員・柳井耕一郎の資金団体で事務局長を務める藤沢優美は、採用したばかりの神崎亜香里から紹介された恭子の指南を受け、資金の不正運用に手を染めるが……。どんでん返しの帝王が放つ衝撃の連鎖！　史上最恐、完全無欠の悪女ミステリー！

40『もういちどベートーヴェン』

(宝島社) 単 2019.3/ 文 2020.4

人物相関図

(2006年当時)

岬恭平
名古屋地検
検事 13 23 30

洋介
司法修習生

岬洋介と同期の司法修習生

天生高春（あもう たかはる） 48
脇本美波（みなみ）
羽津五郎（はづ）

蒲原弘道（かんばら ひろみち）
司法研修所教官
さいたま地検検事

まきべろくろう
絵本作家
―
牧部日美子（ひみこ）
絵本画家

高遠寺静
司法研修所教官
元判事 7 15 38 53

瀬尾由真（せお ゆま）
埼玉県警捜査一課

◆あらすじ◆

三浪の末、司法試験に合格した天生は、胸躍らせながら司法研修所に入所した。だがすぐに己れの非才を感じることになる。なぜなら同期に、司法試験トップ合格のあの男がいたのだ。彼の名前は岬洋介。検察官を父にもつ生まれながらのエリート。反発しながらも岬と関わるうちに、天生は彼の秘密を知る……『さよならドビュッシー』で登場し、『おやすみラフマニノフ』などで活躍する岬洋介の知られざる過去が明かされる！

41『笑え、シャイロック』

（KADOKAWA）単 2019.5/ 文 2020.10

人物相関図

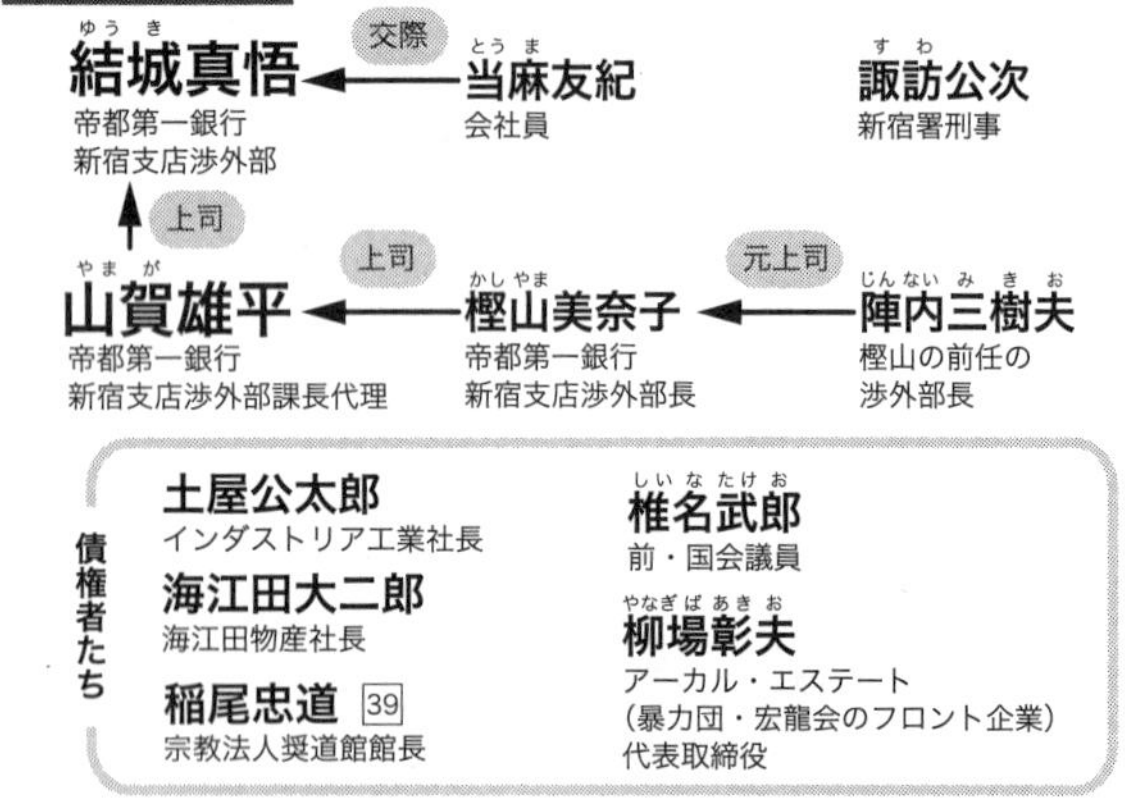

結城真悟（ゆうき）
帝都第一銀行
新宿支店渉外部

当麻友紀（とうま）→ 結城真悟：交際
会社員

諏訪公次（すわ）
新宿署刑事

山賀雄平（やまが）→ 結城真悟：上司
帝都第一銀行
新宿支店渉外部課長代理

樫山美奈子（かしやま）→ 山賀雄平：上司
帝都第一銀行
新宿支店渉外部長

陣内三樹夫（じんないみきお）→ 樫山美奈子：元上司
樫山の前任の
渉外部長

債権者たち

土屋公太郎
インダストリア工業社長

海江田大二郎
海江田物産社長

稲尾忠道 39
宗教法人奨道館館長

椎名武郎（しいなたけお）
前・国会議員

柳場彰夫（やなぎばあきお）
アーカル・エステート
（暴力団・宏龍会のフロント企業）
代表取締役

◆あらすじ◆

〈シャイロック山賀〉の異名をもつ債権回収のプロとして、帝都第一銀行で名を馳せる山賀雄平。その部下となった結城は、強引ともいえる山賀の手腕に反発しつつ、魅了もされる。だがそんなある日、山賀が刺殺体となって発見された！　山賀の担当している債権者の中に容疑者がいるのか？　結城は新興宗教、暴力団のフロント企業といった怪しげな債権者たちから債権回収を成功させ、山賀の死の真相を暴こうと奮闘する！

『死にゆく者の祈り』

（新潮社）単 2019.9

人物相関図

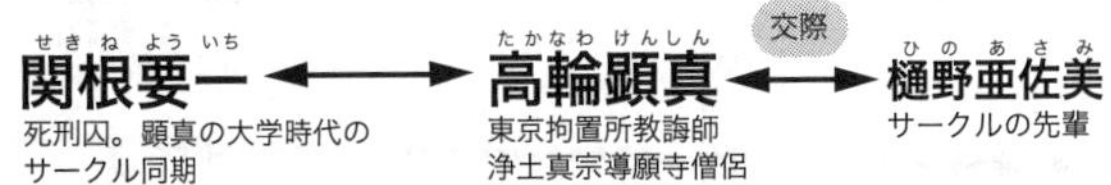

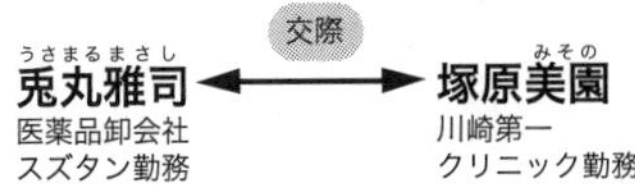

江神（えがみ）幸四郎
弁護士

富山直彦
川崎署刑事課強行犯係・警部補

文屋（ふみや）
同・刑事

◆あらすじ◆

拘置所で教誨師として仏道を説く高輪顕真は、ふと目が止まった一人の死刑囚の顔に驚愕する。その男、関根要一は顕真の大学時代の旧友にして命の恩人。その彼がなぜ見ず知らずの男女を殺し、死刑囚となったのか？　本人の自白、状況証拠、すべては関根が犯人であると告げていたが、顕真は納得できず、担当刑事も巻き込んで、事件の真相を探ろうとする。それはまた、おのれの罪深い業と対峙する過程そのものでもあった。

43『人面瘡探偵（じんめんそうたんてい）』

（小学館）単 2019.11

人物相関図

三津木六平（みつぎろっぺい） ◀―上司―― **蟻野弥生（ありの）**
〈古畑相続鑑定〉に所属する相続鑑定士
〈古畑相続鑑定〉事務所所長

本城蔵之助
信州随一の山林王
本城家の当主

武一郎 ＝＝ **妃美子（きみこ）**
蔵之助の長男　武一郎の妻

孝次
蔵之助の次男

悦三
蔵之助の三男

沙夜子（さよこ） ―― **崇裕（たかひろ）**
蔵之助の長女　沙夜子の長男

柊実規（ひいらぎみのり）
本城家の顧問弁護士

鈴原久瑠実（くるみ）
本城家の家政婦

沢崎
本城家の料理人

藤代
長野県警刑事部
捜査一課・巡査部長

◆あらすじ◆

急死した信州随一の山林王、本城蔵之介の遺産鑑定のため、東京から派遣された相続鑑定士・三津木六平。彼が調査した結果、二束三文と思われた山林に価値があることが判明した翌日、長男が蔵で、次男が水車小屋で次々と不審死を遂げ、遺産相続をめぐる旧家の闇に六平は巻き込まれていく。だがそんな彼には、頭脳明晰、記憶力抜群、そしてすこぶる口の悪い相棒、自分の肩に寄生する人面瘡の〈ジン〉さんがついていた！

44『騒がしい楽園』

（朝日新聞出版）単 2020.1

人物相関図

三笠野万次
若葉幼稚園園長

→ **神尾舞子** 2 20
若葉幼稚園教諭
年長さくら組担当

→ **池波智樹** 20
若葉幼稚園教諭
年長組担当

火々野輝夫（ひびの）
人材派遣会社
経営

＝ **香津美**（かづみ）

― **比留間公次**（ひるま）
香津美の弟

結愛（ゆあ）
さくら組児童

上久保三平（かみくぼ）
町内会会長

古尾井雅人
世田谷署生活安全課
刑事

久遠友美（くおん）
待機児童の母親

◆あらすじ◆

埼玉県から世田谷区の幼稚園に転任した神尾舞子は、初日から町内会会長の騒音被害の苦情に、待機児童の母親からの文句にさらされ散々な目に。だが、それはたんなる始まりでしかなかった。幼稚園で飼育している金魚、アヒルなどが次々と殺され、保護者会は大荒れ。警察に届けてもらちが開かず、幼稚園関係者による当番制での夜回りが決まる。ところが、舞子が同僚と夜回りしたその日、最悪な事件が起こってしまった！

45『帝都地下迷宮』

(PHP 出版) 単 2020.3

人物相関図

小日向巧（こひなたたくみ）
区役所生活対策課勤務

瀬尾
小日向の同僚

平尾久平
〈エクスプローラー〉代表
通称、久さん

遠城香澄（えんじょうかすみ）
同・住民

永沢透
同・住民

間宮六輔（まみやろくすけ）
同・医師

霜月径子（しもつきけいこ）
同・住民

黒沢輝美
同・住民

柳瀬
公安一課

春日井
警視庁刑事部捜査一課
刑事

◆あらすじ◆

区役所勤務の小日向の唯一の趣味は廃線めぐり。趣味が高じて廃駅となった銀座線萬世橋駅へと潜り込んだところ、地下空間で暮らす謎の集団と遭遇。〈エクスプローラー〉と名乗る彼らはいったい何者なのか？　徐々に親しくなるうちに小日向は彼らがある大事故の犠牲者たちであることに気づくが、そのさなか、殺人事件が発生！　彼らをマークする公安一課と、殺人事件解決を目指す捜査一課の争いに否応もなく巻き込まれていく。

46『夜がどれほど暗くても』

（角川春樹事務所）単 2020.3/ 文 2020.10

人物相関図

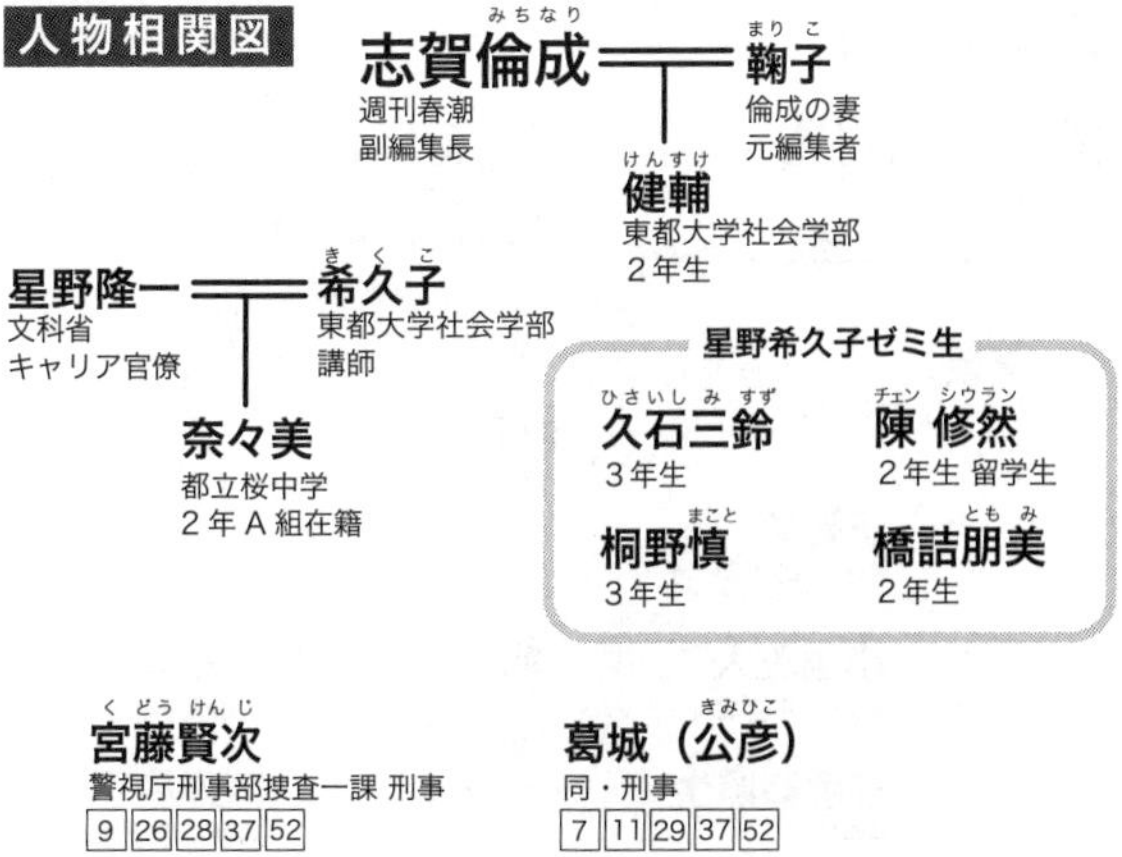

志賀倫成（みちなり）＝鞠子（まりこ）
週刊春潮 副編集長
鞠子：倫成の妻 元編集者
子：健輔（けんすけ） 東都大学社会学部 2年生

星野隆一＝希久子（きくこ）
星野隆一：文科省 キャリア官僚
希久子：東都大学社会学部 講師
子：奈々美 都立桜中学 2年A組在籍

星野希久子ゼミ生
久石三鈴（ひさいしみすず） 3年生
陳 修然（チェン シウラン） 2年生 留学生
桐野慎（まこと） 3年生
橋詰朋美（ともみ） 2年生

宮藤賢次（くどうけんじ）
警視庁刑事部捜査一課 刑事
9 26 28 37 52

葛城（公彦）（きみひこ）
同・刑事
7 11 29 37 52

◆あらすじ◆

週刊春潮の副編集長、志賀倫成は敏腕編集者として充実の日々を送っていた。だが、一人息子の健輔がストーカー殺人をした挙句、自殺したという嫌疑がかかり、すべては暗転。スキャンダルを追う立場からスキャンダルの対象に！　会社では左遷され、同僚からは罵倒の嵐、SNSでも批判されまくり、妻は家を出てしまう。四面楚歌に陥る志賀。闇をさまよう男にもたらされるのは救済か、それとも破滅か？

47『カインの傲慢』

(KADOKAWA) 単 2020.5

人物相関図

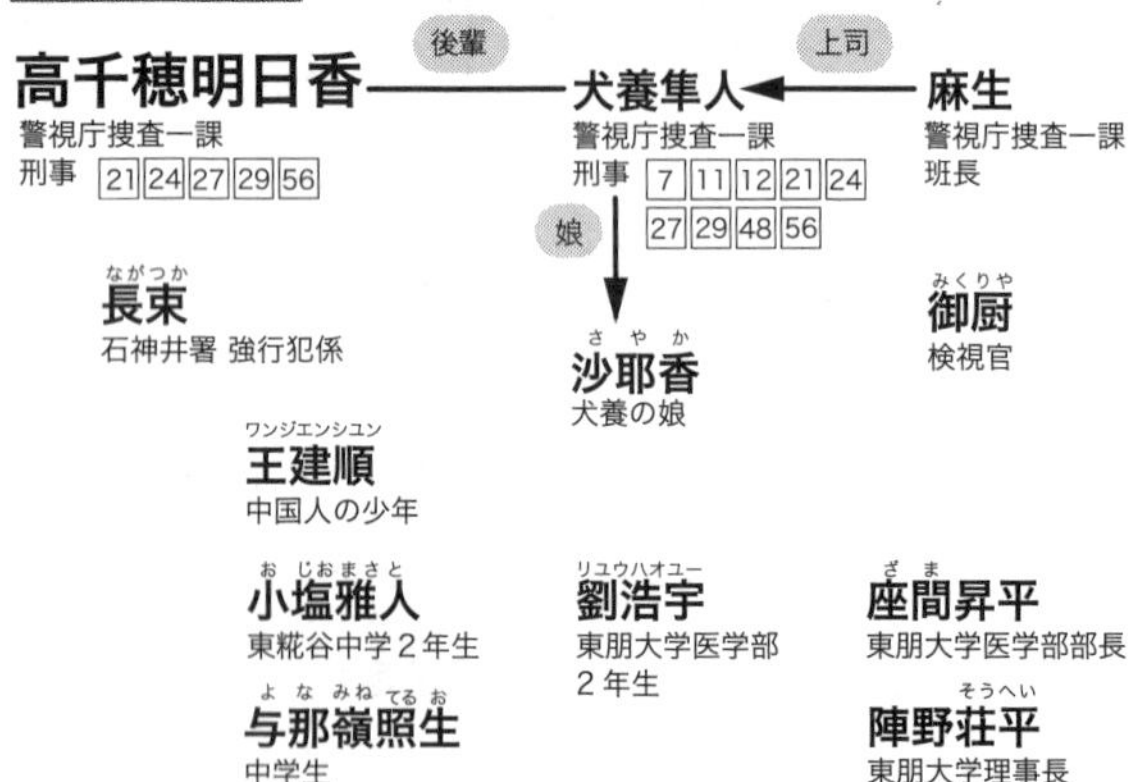

◆あらすじ◆

都内の公園で臓器の一部が切除された少年の死体が見つかった。少年が中国から来日したことが判明。捜査一課の犬養隼人の後輩、高千穂明日香は中国に飛ぶ。一方、犬養のもとには少年の不審死の報が相次いでもたらされる。彼らはいずれも貧困家庭の少年で、臓器の一部がなくなっていた。日中両国をまたにかけた臓器密売組織が暗躍しているのか？　背後に潜む本当の〈犯人〉は貧困だという犬養の叫びが心に響く！

48 『合唱 〜岬洋介の帰還』

（宝島社）単 2020.5/ 文 2021.6

人物相関図

岬恭平
東京高検次席検事

洋介
ピアニスト

天生高春（あもう）
さいたま地方検察庁
一級検事

古手川和也
埼玉県警捜査一課
刑事

渡瀬（上司）
埼玉県警捜査一課
班長

宇賀麻沙美（うがまさみ）
さいたま地方検察庁
事務官

宮里
帝都テレビ
レポーター
1 9 37

仙街不比等（せんがいふひと）
幼稚園襲撃事件の被疑者

犬養隼人
警視庁捜査一課 刑事
7 11 12 21 24
27 29 47 56

山崎岳海
暴力団宏龍会
渉外委員長（No.3）
7 8 22 32

高砂幼稚園
園児
高畑真一
能美ひなた（のうみ）
風咲美結（かぜさきみゆう）

光崎藤次郎
浦和医大法医学教室・教授
18 25 49

御子柴礼司
弁護士
6 13 22 27
34 35 54

栂野真琴
浦和医大研修医
18 25 49

氏家京太郎
氏家鑑定センター
所長 34

◆あらすじ◆

幼稚園で園児らを惨殺した〈平成最悪の凶悪犯〉仙街不比等。犯行直後、覚醒剤を自ら注射した仙街には、無罪判決が下される可能性があった。その重要事件の取り調べの最中、担当検事・天生高春は突如意識を失う。目を覚ますと、仙街は銃殺されていた！　密室のなか、指紋、硝煙反応が検出され、天生は身に覚えのない殺害容疑で逮捕されてしまう。しかし、絶体絶命の彼を救うために、あの男が帰ってきた！

49『ヒポクラテスの試練』

（祥伝社）単 2020.6

光崎藤次郎 浦和医大法医学教室・教授
南条 城都大附属病院内科医（友人）
栂野真琴 浦和医大法医学教室・助教（指導）
キャシー・ペンデルトン 浦和医大法医学教室・准教授

権藤要一 前都議会議員
出雲（いずも）誠一 要一の甥
蓑輪義純（みのわよしずみ）＝福美 元都庁職員

都議会議員
柴田幹生（みきお）
栃嵐一二三（とちあらしひふみ）
滑井丙午（なめらいへいご）
志毛晴臣（しもうはるおみ）
多賀久義（ひさよし）

渡瀬 埼玉県警捜査一課班長 →（上司）古手川和也 埼玉県警捜査一課刑事

アレックス・リドラー ニューヨーク市 検死局局長
ペギョン・アンダーソン ニューヨーク市 検死局局長代行

◆あらすじ◆

旧知の勤務医・南条が光崎藤次郎の法医学教室に前都議会議員の権藤の死に疑問があるとやってくる。九カ月前に受けた健康診断では問題がなかったのに、肝臓癌で急死したのだ。捜査に駆り出された埼玉県警の古手川は、権藤が毒米を食べさせられていた事実をつかむが、光崎が司法解剖から導き出した死因は恐るべき感染症だった！直後、権藤のまわりで新たな不審死が判明。光崎らはパンデミックを阻止できるのか？

50『毒島刑事最後の事件』

（幻冬舎）単 2020.7

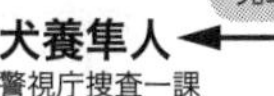

人物相関図

◆あらすじ◆

大手町の連続殺人、出版社の連続爆破、女性を狙った硫酸攻撃……次々と発生する凶悪事件を解決するのは、鋭い舌鋒と巧みな心理戦で容疑者を落とす百戦錬磨の毒島刑事。出世には興味がなく、あまりの毒舌ぶりに仲間内からも煙たがられる異色の刑事だが、一連の事件の容疑者の供述の背後に見え隠れする〈教授〉という存在に気がつく。匿名空間のＳＮＳで殺人教唆を重ねる最低の犯罪者に最悪の刑事が挑む！

51 『テロリストの家』

（双葉社）単 2020.8

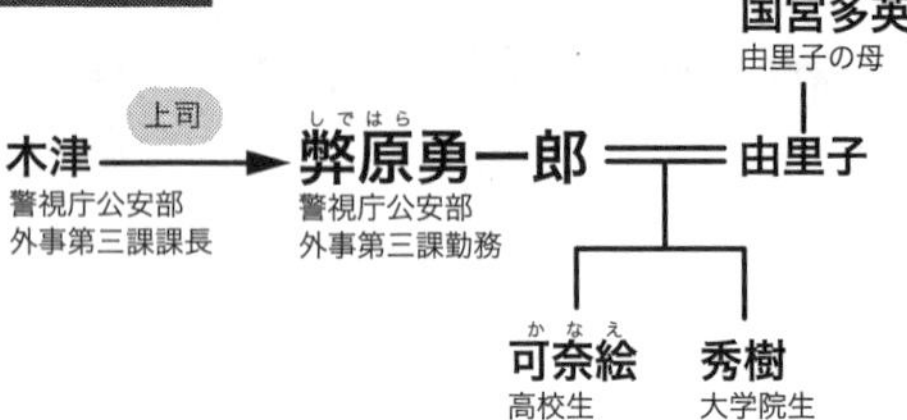

アブドーラ・ウスマーン
イラク出身
公安の監視対象

ジャハル・フセイン
イスラム国
リクルーター

大滝桃助（ももすけ）
〈啓雲堂〉店主
元イスラム過激派シンパ

山際博美（やまぎわ）
イスラム国による
テロ犠牲者の母親

綿貫（わたぬき）
警視庁捜査一課
刑事

◆あらすじ◆

警視庁公安部外事第三課に勤める幣原勇一郎は国際テロを担当するエリート刑事。だが突然、極秘捜査からはずされ、まもなく息子の秀樹がイスラム国のテロリストに志願したとして逮捕された。勇一郎は自分が家族のプライベートをなにも知らなかったことに愕然とする。妻や娘からは仕事のために息子を売ったと疑われ、組織からは身内から犯罪者を出したと非難され、進退窮まった勇一郎は究極の選択を迫られるのだった！

52『隣はシリアルキラー』

(集英社) 単 2020.9

人物相関図

〈ニシムラ加工〉従業員

神足友哉（こうたり）

徐浩然（スーハオラン）

矢口正樹

別宮紗穂里（べつみや さほり）
〈ニシムラ加工〉
検査部勤務

国部潤子（くにべ）
ホステス

東良優乃（ひがしら ゆの）
会社員

五條美樹久（ごじょうみ きひさ）
元会社員

片倉詠美（えいみ）
会社員

桐島
警視庁刑事部捜査一課
班長

上司

宮藤賢次
警視庁刑事部捜査一課
刑事
9 26 28 37 46

後輩

葛城公彦
警視庁刑事部捜査一課
刑事
7 15 29 37 46

三反園（みたぞの）
保護司

◆あらすじ◆

隣の部屋から夜ごと聞こえてくる不気味な物音は、まるで肉の解体作業そのもの。寝つけない夜を過ごす神足友哉だったが、おりしも近隣で女性と思われる死体の一部が発見され、疑惑は確信に変わる。同じ工場に勤める隣の住人が犯人にちがいない！　しかし、深夜の物音は続くも、証拠はなにひとつない。神足は次第に精神のバランスを崩していく。警察に通報しようにも、彼には絶対に知られたくない過去があったのだ……。

53『銀齢探偵社 静おばあちゃんと要介護探偵2』

（文藝春秋）単 2020.10

人物相関図

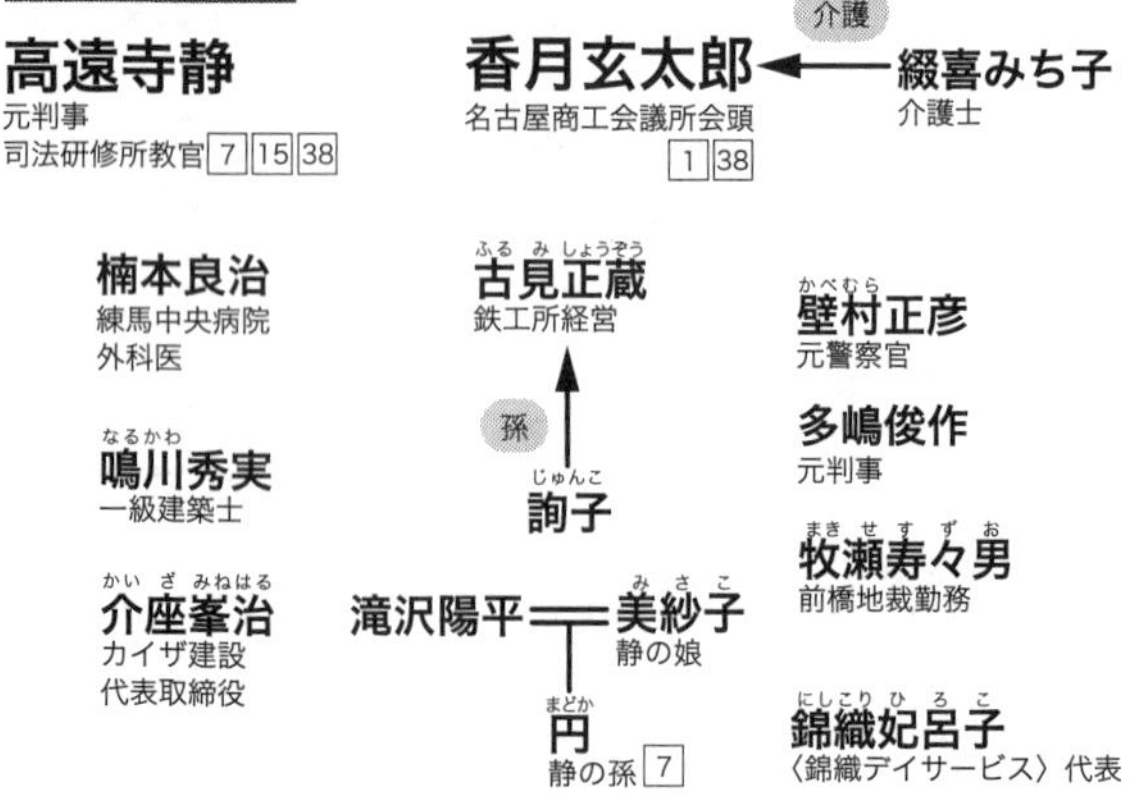

高遠寺静
元判事
司法研修所教官 7 15 38

香月玄太郎
名古屋商工会議所会頭
1 38

綴喜みち子
介護士
（綴喜みち子 →介護→ 香月玄太郎）

楠本良治
練馬中央病院
外科医

古見正蔵（ふるみしょうぞう）
鉄工所経営

壁村正彦（かべむら）
元警察官

鳴川秀実（なるかわ）
一級建築士

詢子（じゅんこ）
（詢子 →孫→ 古見正蔵）

多嶋俊作
元判事

介座峯治（かいざみねはる）
カイザ建設
代表取締役

滝沢陽平 ＝ **美紗子**（みさこ）
静の娘

牧瀬寿々男（まきせすずお）
前橋地裁勤務

円（まどか）
静の孫 7

錦織妃呂子（にしこりひろこ）
〈錦織デイサービス〉代表

◆あらすじ◆

名古屋商工会議所の会頭にして車椅子の暴走老人・香月玄太郎と、法曹界で高名な元判事の高遠寺静。『静おばあちゃんと要介護探偵』では二人で事件を解決したが、静が東京に戻り、縁は切れたかと思いきや、静の健診先の病院に玄太郎が癌の再検で訪れ、再会したことから、老々コンビ再結成！　病院の点滴パック取り違えによる患者死亡、建物の構造計算偽造、静の元同僚の不審な孤独死……といった五つの難事件に挑む！

54『復讐の協奏曲（コンチェルト）』

（講談社）単 2020.11

人物相関図

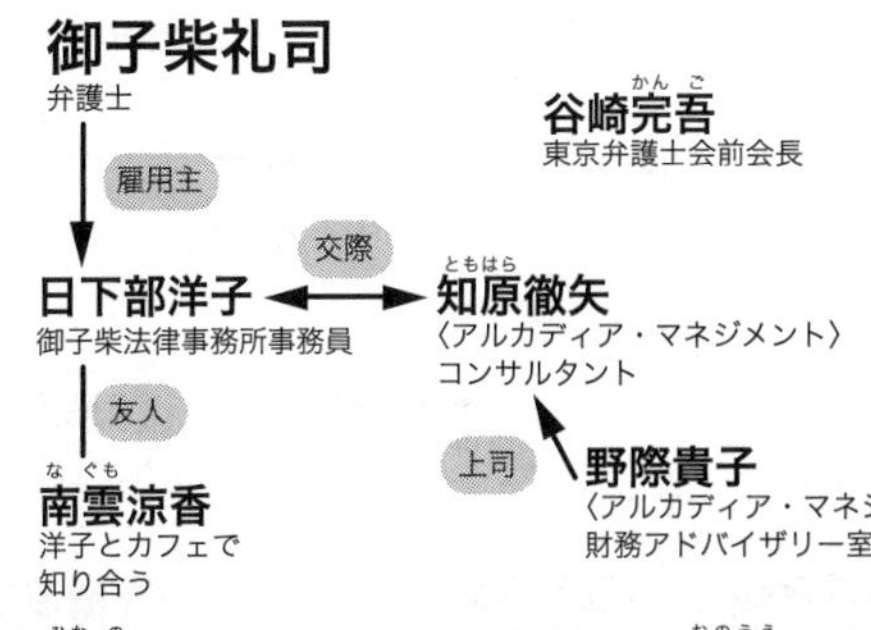

森沢雛乃（ひなの）
〈ル ヴォナ ハザマ〉の
女性給仕

宝来兼人
弁護士
6 9 13 17 26

尾上（おのうえ）（善二）
〈埼玉日報〉社会部記者
3 6 15 30

◆あらすじ◆

幼女殺害の過去が暴かれ、縁を切っていた母親を弁護した『悪徳の輪舞曲（ロンド）』から一年。御子柴弁護士のもとにSNS上の呼びかけに応じた八百人以上から懲戒請求書が届く。事務所の事務員・日下部洋子はその処理に忙殺される。そんなさなか、洋子のデート相手が遺体で見つかり、凶器の指紋から彼女が逮捕されてしまう。弁護人を引き受けた御子柴だが、洋子の素性を調べるうち、過去の自分の事件にたどり着く！

55『境界線』

(NHK出版) 単 2020.12

人物相関図

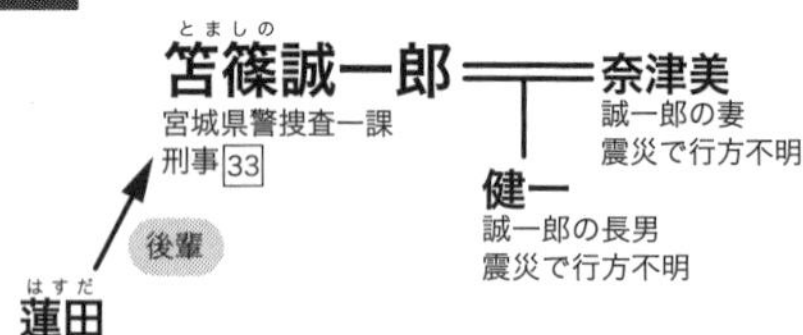

くりまた
栗俣友助
デリヘル〈貴婦人くらぶ〉
オーナー

おにこうちたまみ
鬼河内珠美
デリヘル嬢

まきたつや
真希竜弥
コンビニ強盗で
服役後出所

ごだいよしのり
五代良則
調査会社
〈エンパイア・リサーチ〉代表 33

くげぬま
鵠沼駿
NPO 法人
〈キズナ会〉代表

◆あらすじ◆

七年前の東日本大震災で、笘篠刑事の妻と息子は行方不明となった。ところが、今になって気仙沼で妻が遺体で発見されたという連絡が入る。現場に駆けつけた笘篠が見たのは、別人の遺体だった。なぜ妻の名が使われたのか？　個人情報の流出経路を探るうち、今度は仙台市で凄惨な殺人事件が発生。被害者は震災で行方不明となった人間の名を騙っていた。大災害に翻弄される人々のヒューマン・ミステリー！

56『ラスプーチンの庭』

（KADOKAWA）単2021.1

人物相関図

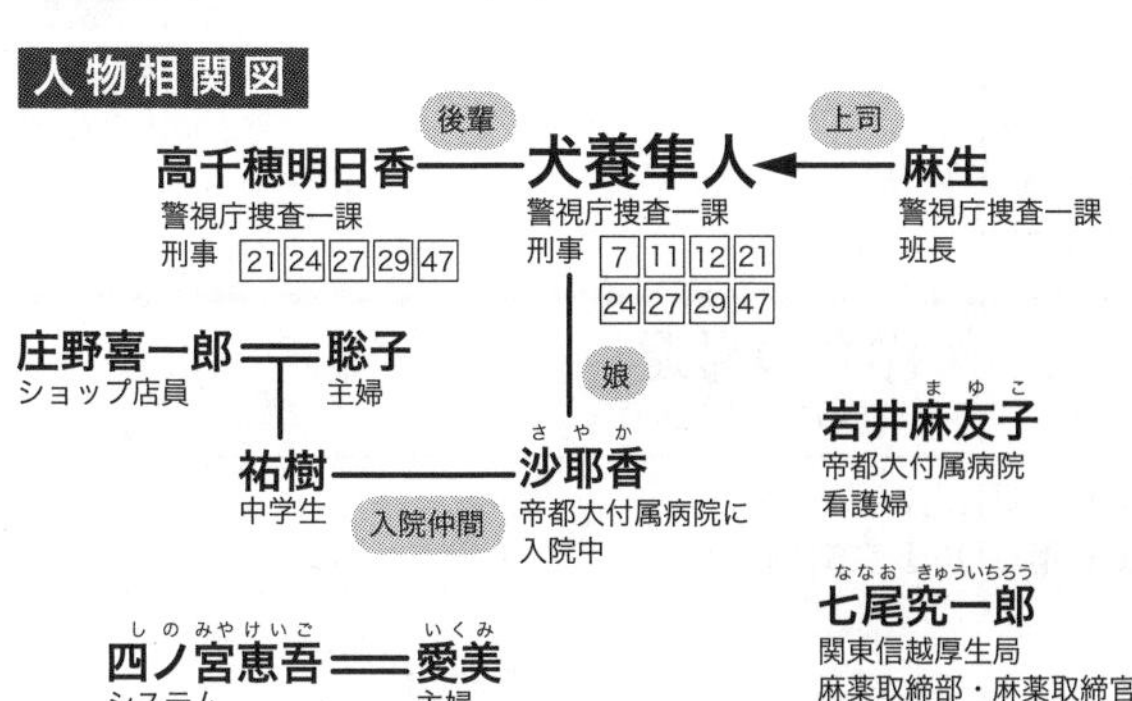

織田豊水
〈ナチュラリー〉主宰者

毬谷貢
〈ナチュラリー〉事務局長

◆あらすじ◆

娘・沙耶香の見舞いに病院を訪れた犬養刑事は、沙耶香の友人の庄野祐樹と知り合う。自宅療養に切り替えた祐樹は退院するが、一カ月後に急死。葬儀に参列した犬養は祐樹の身体に奇妙な痣があることに気づく。同時期、同じ痣を持つ女性の自殺遺体が見つかり、捜査が始まる。やがて〈ナチュラリー〉という謎めいた民間医療団体に行きつくが……民間療法の闇を描き、予想外の結末をもたらす医療ミステリー！

宝島社
文庫

合唱　岬洋介の帰還
（がっしょう　みさきようすけのきかん）

2021年6月18日　第1刷発行
2023年7月20日　第3刷発行

著　者　中山七里
発行人　蓮見清一
発行所　株式会社 宝島社
〒102-8388　東京都千代田区一番町25番地
電話：営業 03(3234)4621／編集 03(3239)0599
https://tkj.jp
印刷・製本　中央精版印刷株式会社

本書の無断転載、複製を禁じます。
乱丁・落丁本はお取り替えいたします。
©Shichiri Nakayama 2021

Printed in Japan
First published 2020 by Takarajimasha, Inc.
ISBN 978-4-299-01675-1